KB042719

선단기

# 선단기 3

**초판 1쇄 인쇄일** 2020년 10월 16일 | **초판 1쇄 발행일** 2020년 10월 21일

**지은이** 조휘 | **펴낸이** 곽동현 | **담당편집 팀장** 이범수
**편집부** 정요한 최훈영 이현아

펴낸곳 (주)조은세상 | 출판등록 제2002-23호
주소 경기도 연천군 미산면 청정로1355
TEL 02)587-2966 | FAX 02)587-2922
E-mail bukdu@comics21c.co.kr

조휘ⓒ2020
ISBN 979-11-6591-275-8 | ISBN 979-11-6591-272-7(set)
값 8,000원

선단기

3

조휘 신무협 장편소설

NEO ORIENTAL FANTASY STORY

북두
조은세상

**조휘** 대체 역사 장편소설

NEO ORIENTAL FANTASY STORY

# CONTENTS

1장. 적과 적의 적

금룡을 본 한매의 얼굴이 하얗게 질렸다.

"저, 정말 영보(靈寶)란 말인가!"

상대에게 영보란 소리를 듣고 기분이 확 상한 금룡은 하늘을 향해 포효를 터트렸다. 생명을 지닌 존재라면 누구나 지닌 두려움의 기저(基底)를 자극하는 진짜 용의 포효였다.

기가 질린 한매는 제자리에서 팽이처럼 빙그르르 돌았다. 곧 한매와 똑같이 생긴 다섯 명이 공중에서 튀어나와 각자 다른 방향으로 달아났다. 화신은 아니었다. 화신은 장선 이상만 쓰는 특기였다. 한매가 쓴 이 비술은 그녀의 가문에 전해 내려오는 구명 비술로 일종의 분신술에 더 가까웠다.

어이없다는 듯 히죽 웃은 금룡은 거대한 꼬리를 세차게 튕겼다. 그 순간, 금룡이 다섯 마리로 불어나 도망치는 한매의 분신 다섯 명을 하나씩 쫓아갔다. 한매의 비행술은 뛰어난 편이었다. 그러나 날개 달린 영물을 이길 수는 없었다.

한매의 분신 네 명이 금룡의 분신 네 마리에게 공격받아 연기로 흩어졌다. 그러나 마지막 분신은 다급하게 남색 보호막을 몸에 둘러 금룡이 휘두른 발톱을 가까스로 막아 냈다.

한매의 본신을 찾아낸 금룡은 다시 꼬리를 튕겨 흩어져 있는 분신 네 마리를 회수했다. 한편, 구명 비술이 실패로 돌아간 한매는 입을 앙다물더니 법보낭에서 남색 채찍을 꺼냈다.

남색 채찍은 곧 수백 마리의 얼음 뱀으로 변신해 금룡을 물어뜯었다. 흥 하며 보라색 콧김을 뿜은 금룡은 몸통을 흔들어 감고 있던 보라색 안개를 털어 냈다. 보라색 안개는 곧 황금색 눈과 보라색 혀를 지닌 구렁이로 변신해 남색 채찍이 만들어 낸 얼음 뱀 수백 마리를 순식간에 잡아먹었다.

원래 남색 채찍이 소환한 얼음 뱀에 닿으면 단단한 금속도 순식간에 얼어 버렸다. 한데 얼음 뱀 수백 마리를 잡아먹은 자하는 트림만 꺽 할 뿐, 몸에 별다른 이상이 없어 보였다.

콰르르릉!

그사이, 금룡은 뿔에 모아 둔 벼락을 일거에 방출했다. 자룡안과를 먹고 실력이 약간 는 덕에 금룡이 방출한 벼락은 이제 거의 벼락이 아니라, 벼락 다발로 불러야 할 정도였다.

"좋지 않다!"

한매는 다급히 남색 채찍으로 몸 주위를 에워싸 벼락에 대비했다. 그러나 벼락은 괜히 벼락이 아니었다. 벼락은 채찍이 만든 얼음 보호막을 뚫고 들어가 한매의 몸에 틀어박혔다.

화르륵!

한매는 원신이 도망칠 틈도 없이 재로 변했다. 자하제룡검의 두 축인 보라색 구렁이와 황금색 용이 처음으로 협공해 상대를 죽였을 때, 유건은 송우를 계속 몰아붙이는 중이었다.

유건이 전력을 다한 천수관음검법은 과연 그 위력이 대단했다. 10장까지 크기를 키운 몸에 황금 불광을 두른 그는 여덟 개의 팔에 달린 칼날을 일거에 내리쳐 송우를 베어 갔다.

그 순간, 칼날 수천 개가 마치 우박처럼 하늘에서 떨어져 송우를 그 속에 가두었다. 송우는 급히 향로처럼 생긴 법보를 방출해 몸을 보호했다. 향로에는 검은 향촉이 꽂혀 있었는데 그 향촉이 피워 올린 검은색 연기가 곧장 짙은 먹구름으로 변신해 칼날이 더는 밑으로 내려오지 못하게 막았다.

주변을 둘러보던 송우는 발밑에만 칼날이 없단 사실을 깨달았다. 상대가 실력이 강하긴 하지만 아직 공선 초기여서 허술한 면이 많다고 생각한 송우는 재빨리 지상으로 도망쳤다.

그때, 무광무영복을 덮어쓰고 땅속에 매복해 있던 규옥과 청랑이 공중으로 치솟아 송우 앞을 막아섰다. 상대의 정체를 알아본 송우는 깜짝 놀라면서도 한편으론 반갑기 그지없었다.

"어찌 이런 곳에 영선이 있단 말인가?"

욕심이 동한 송우는 영선을 낚아채 도망칠 생각으로 법보 낭에 있던 갈색 그물을 던졌다. 그러나 규옥을 태운 청랑이 재빨리 속도를 높이는 바람에 갈색 그물은 허공을 갈랐다.

그제야 함정임을 깨달은 송우가 아연실색할 때였다. 상대의 태도에 화가 난 규옥이 포선대를 벌려 송우와 갈색 그물을 동시에 포획하려 들었다. 위기에 처한 송우는 아끼는 법보 두 개를 자폭시킨 틈을 타 도망쳤다. 그러나 법보 자폭으론 화륜차의 불꽃을 키운 청랑을 완벽히 떼어 내지 못했다.

"으아악!"

좀 전까지 보여 주던 점잖은 태도와는 전혀 다른 모습으로 비명을 지르던 송우가 포선대 안으로 속절없이 빨려 들어갔다.

규옥과 청랑을 동원해 송우마저 포획하는 데 성공한 유건은 곧장 사곤 쪽으로 날아갔다. 사곤은 그사이 상황이 더 나빠져 지금 당장 쓰러져도 이상하지 않을 지경이었다. 그는 바로 사자후를 펼쳐 사곤을 몰아붙이는 동명자를 급습했다.

사자후가 만든 무형의 음파에 발이 묶인 동명자가 고개를 돌려 유건을 보았다. 유건이 왔단 얘기는 막리, 홍지가 죽었음을 뜻했다. 또, 홍지가 초빙한 공선 중기, 후기 수사 두 명도 이미 당했다는 뜻을 의미했다. 동명자는 의외로 표정이 아주 담담했다. 마치 이럴 줄 알았다는 표정에 가까웠다.

"모두 자네에게 당한 모양이군."

유건은 말없이 고개를 끄덕였다.

동명자가 하늘을 올려다보며 탄식했다.

"그렇군. 막 사매가 죽었어……."

동명자가 고개를 내려 유건을 보았다.

"홍지에게 이번 계획을 처음 들었을 때, 왠지 모를 불안감에 숨이 턱 막혔다네. 처음에는 내가 사곤 상대로 자신이 없어 그런지 알았지. 한데 가만 생각해 보니 아니었어. 그건 바로 자네에게서 풍기는 알 수 없는 묘한 느낌 때문이었지."

유건은 전장에 오래 있고 싶지 않았다. 더욱이 자하제룡검과 규옥, 청랑을 아직 회수하지 않은 상태에서는 더 그러했다.

유건은 바로 구련보등을 펼쳐 동명자를 죽이려 들었다.

그때, 동명자가 갑자기 자리에 털썩 주저앉아 눈을 감았다. 마치 자길 어서 죽여 달라는 행동 같았다. 그러나 유건은 상대의 그런 행동에 마음이 흔들리는 여린 성격이 아니었다.

구련보등이 만든 꽃잎이 상대를 옭아매려는 순간, 동명자의 몸이 갑자기 풍선처럼 부풀어 올랐다. 본신을 자폭시키려는 게 분명했다. 곧 풍선처럼 부풀어 오른 동명자의 본신이 폭발해 공중에 피와 살점으로 이루어진 장벽이 생겨났다.

미간을 찌푸린 유건은 바로 안력을 높여 장벽 너머를 살폈다. 전에 자하선부에서 금룡이 혀로 그의 얼굴을 핥은 적이

한 번 있었는데 그때부터 시각, 후각, 청각이 한층 예민해져 동명자가 비술로 만든 장벽을 쉽게 꿰뚫어 볼 수 있었다.

유건은 곧 도사 차림을 한 작은 원신 하나가 몰래 도망치는 모습을 발견했다. 싸늘히 미소 지은 유건은 바로 청랑을 보내 추격했다. 청랑은 얼마 지나지 않아서 동명자의 원신을 물고 돌아왔다. 동명자의 원신이 불쌍한 표정을 지으며 그의 동정심을 사려 들었다. 그러나 고개를 저은 유건이 명령하는 순간, 동명자의 원신은 청랑의 뱃속으로 사라졌다.

자하제룡검을 회수한 유건은 규옥, 청랑에게 전장을 정리하게 하였다. 그사이, 그는 사곤의 상태를 점검했다. 사곤은 외상이 약간 심할 뿐, 당장 죽을 정도의 부상은 아니었다.

사곤을 둘러멘 유건은 고공으로 올라가 조용한 장소를 찾았다. 곧 짐승이 쓰던 동굴을 발견한 그는 즉시 몸을 날렸다.

동굴 입구에 결계를 설치한 유건은 법보낭에서 외상에 잘 드는 단약 몇 개를 골라 사곤의 입에 넣어 주었다. 근골이 튼튼한 사곤은 불과 반나절 만에 부상을 거의 다 회복했다.

사곤이 몸을 추스르는 동안, 유건은 포선대에 잡아 둔 송우를 꺼냈다. 애초에 규옥, 청랑이 송우를 죽이지 않은 이유는 유건이 그를 생포하라 명령했기 때문이었다. 그는 송우의 원신을 강제로 꺼내 전과 같은 방법으로 기억을 확인했다. 얼마 후, 그는 그간의 사정을 어느 정도 꿰맞출 수 있었다.

홍지가 풍화벽 시험이나 백락장의 유래 등을 자세히 아는 이유는 그가 10년 전에 똑같은 시험을 치러 보았기 때문이었다. 그때, 홍지와 같이 시험을 친 동료가 바로 한매와 송우였다.

10년 전에 거의 성공 직전까지 갔다가 불운을 만나 시험에 낙방한 세 수사는 이번 시험을 위해 한 가지 계획을 세웠다.

양주성에서 쓸 만한 수사를 꼬드겨 일행으로 만든 홍지가 백락장에 도착하면 한매, 송우가 그 뒤를 따라다니며 기회를 엿본다는 계획이었다. 풍화벽 입문 시험에서 가장 까다로운 부분은 삼두호마의 내단을 풍화벽이 있는 곳까지 안전하게 가지고 가는 과정에 있다고 해도 틀린 말이 아니었다.

10년 전에 그 세 수사도 성공을 얼마 남겨 두지 않은 상황에서 삼두호마 내단을 강자에게 빼앗기는 뼈아픈 경험을 했었다.

그때의 경험을 거울삼아 10년 동안 백락장에 숨어 지내던 한매와 송우는 홍지 일행이 어떤 식으로든 내단을 구하면 그 즉시 내단을 가로채 풍화벽에 입문한다는 음모를 꾸몄다.

한매와 송우는 10년 전부터 백락장 인근에만 머물렀기 때문에 다른 낭선들은 그 두 수사를 의심하기 어려웠다.

또, 홍지, 한매, 송우 세 수사는 유건과 사곤을 죽이고 내단을 가로채는 계획이 성공해도 막리, 동명자를 살려 둘 의향이 전혀 없었다. 심지어 송우의 기억에 따르면 한매, 송우도 내단을 구한 다음엔 홍지를 죽여 꼬리를 자를 계획이었다.

'이건 누가 누구에게 속고 있는지 알 수 없는 세상이군.'

송우의 말처럼 삼혈서 선약에는 약점이 존재했다. 오혈주처럼 좀 더 높은 품계의 선약을 맺어 그 위에 덮어씌우면 삼혈서 선약이 가진 효과가 사라진다는 약점이었다. 애초에 홍지가 삼혈서 선약을 일행에게 열심히 권한 이유 역시 나중에 오혈주로 덮어씌우면 배신해도 큰 문제가 없어서였다.

물론, 홍지도 어차피 한매, 송우의 꼭두각시에 불과했다. 송우의 기억에 따르면 홍지가 수련한 오혈주 역시 완전하지 않아 언제든 파기할 수 있었다. 이를 모르는 홍지는 한매, 송우의 말만 믿고 꼭두각시 역할을 열과 성을 다해 수행했다.

전광석화 불꽃으로 송우의 본신을 태워 버린 유건은 고개를 돌려 뒤를 보았다. 어느새 정신을 차린 사곤이 동굴 벽에 기대앉아 그를 쳐다보았다. 그는 사곤이 한참 전에 정신을 차렸다는 사실을 알았다. 그러나 그냥 지켜보게 놔두었다.

사곤은 상당히 충격을 받은 상태였다. 이상하게 생긴 유건의 원신이 송우의 원신을 강제로 뽑아내 잡아먹는 모습을 보았기 때문이었다. 사곤이 알기로 경지가 낮은 수사의 원신은 본인보다 경지가 높은 수사의 원신을 잡아먹지 못했다. 이는 역천, 즉 하늘이 정해 둔 순리를 거스르는 행동이었다.

사곤은 눈을 가늘게 뜨며 유건을 떠보았다.

"나도 죽여 입을 봉할 셈인가?"

유건은 미소를 지으며 물었다.

"왜 그런 생각을 하셨습니까?"

"나와 자네의 처지가 바뀌었다면 난 자넬 살려 두지 않을 걸세."

유건은 사곤 앞으로 돌아앉으며 물었다.

"그보다 상처는 좀 어떻습니까? 고통이 있습니까?"

사곤은 미간을 찌푸렸다.

"죽고 싶을 만큼 아프지만 정말 죽지는 않을 정도에 가깝지."

유건은 피식 웃으며 물었다.

"한데 홍지 등이 뭐라고 하며 배신을 제안하던가요?"

사곤은 마치 오래전 일을 회상하는 듯한 표정을 지었다.

"홍지와 동명자가 은밀히 다가와서는 자네가 내단을 훔치는 데 성공해도 결국 네 개일 수밖에 없다며 차라리 자넬 죽인 다음에 하나씩 나눠 가지는 게 어떻겠냐고 제안하더군."

유건은 웃으면서 물었다.

"그들의 제안을 왜 받아들이지 않았습니까?"

"나는 성격이 지랄 맞아서 하기 싫은 일은 안 한단 주의일세."

"선도의 세계에서 장수할 성격은 결코 아니군요."

사곤이 씁쓸한 표정으로 대꾸했다.

"아마 그렇겠지."

그때, 유건이 일어나서 의미심장한 표정을 지었다.

"저와 거래를 하나 하시지요."

사곤이 약간 긴장한 목소리로 물었다.

"무슨 거래 말인가?"

"가장 쉬운 방법은 선배를 죽여 비밀을 아는 수사가 이 세 상에 없게 하는 것입니다. 하지만 저 때문에 죽을 뻔한 선배 를 이런 식으로 처리할 순 없지요. 해서 선배에게 제안을 하 나 하겠습니다. 전 지금부터 제 비밀이 들어 있는 선배의 기 억에 특수한 봉인 금제를 걸 생각입니다. 그렇게 하면 선배 가 강요에 의해서든, 자의에 의해서든 비밀을 발설하려 할 경우, 금제가 발동해 선배의 뇌를 태워 버릴 겁니다."

사곤이 놀란 표정으로 물었다.

"특정한 기억에만 봉인 금제를 건단 말인가?"

"하시겠습니까?"

"자네는 조금 전에 거래라고 하였는데 내가 자네에게 봉인 금제를 당해 주는 대가가 무엇인가? 나를 살려 주는 조건인 가?"

"이걸 드리죠."

유건은 삼두호마 내단 17개 중 5품을 제외한 16개를 꺼냈 다.

"철용조 둥지에서 찾아낸 겁니다. 생각보다 많더군요. 아 마 새끼가 태어나면 먹이려 한 모양인데 운이 아주 좋았습니 다."

사곤은 생각지 못한 대가에 황당한 표정을 지었다.

"철융조 둥지에 삼두호마의 내단이 이렇게나 많았단 말인가? 홍지 등이 저승에서 이 사실을 알면 놀라 까무러치겠군."

"어떻게 하시겠습니까?"

"내가 필요한 내단은 한 개일세."

"나머진 알아서 하십시오. 아마 처리할 방법은 무궁무진할 겁니다. 오행석을 받고 팔 수도 있고 부하를 만드는 데 쓸 수도 있으니까요. 풍화벽에 들어가고 싶어 환장한 낭선에게 주면 바로 형님으로 모시겠다며 달려들 것입니다."

사곤은 더는 고민하지 않았다. 그 자리에서 바로 봉인 금제를 받겠노라 결정했다. 유건은 백진이 알려 준 천농쇄박 중에서 기억을 봉인하는 금제를 이용해 사곤의 기억을 봉인했다. 앞으로 사곤 본인의 의지이든, 아니든 상관없이 봉인한 기억을 해제하려 들면 금제가 즉시 발동해 뇌를 태워 버릴 것이다. 뇌가 타면 기억은 자연히 사라질 수밖에 없었다.

유건은 약속대로 삼두호마 내단을 건넸다.

사곤이 내단을 법보낭에 챙기며 물었다.

"자넨 돌아가지 않을 생각이군?"

"맞습니다. 전 원래 백락장을 둘러보러 온 거니까요."

"그렇겠지. 자네 같은 인재가 풍화벽에 만족할 리 없지."

뭔가 할 말이 남은 사람처럼 입술을 몇 번 달싹이던 사곤이 이내 비검에 올라타 백락장 입구 쪽으로 빠르게 날아갔다.

한편, 유건은 백락장 지도를 꺼내 다시 한번 확인했다.

"구곡동은 반도 끝에 있구나."

지도를 접은 유건은 비행술을 써서 반도 끝에 자리한 구곡동으로 향했다. 구곡동은 분홍색 쇠막대기가 나온 곳이었다.

◆ ◈ ◆

녹원대륙 서해는 해안과 인접한 바다만을 뜻하는 지명이었다. 즉, 인접한 바다 너머엔 종류가 다른 바다가 있단 뜻인데 삼월천에서는 그 바다를 칠선해라 부르며 출입을 삼갔다.

칠선해에 있는 작은 무인도 지하에 빛이 번쩍하며 바람막이를 머리까지 뒤집어쓴 여수사 네 명이 나타났다. 바람막이로 얼굴은 가렸어도 풍만한 몸매까지는 가리지 못한 탓에 지하에 등장한 수사들이 여인임을 쉽게 짐작할 수 있었다.

여수사 중에서 나이가 가장 많아 보이는 여수사가 나이가 가장 어린 여수사를 바라보며 걱정스러운 기색으로 물었다.

"정말 가셔야겠습니까?"

질문을 받은 나이가 가장 어린 여수사가 쟁반에 옥구슬이 굴러간다는 표현이 딱 어울리는 목소리로 쾌활하게 대답했다.

"이모할머니는 아직도 제 신점(神占)을 믿지 못하시는 거예요?"

나이가 가장 많은 여수사가 당황해 대답했다.

"소교주님의 신점이 신통하단 사실을 전 교인이 다 아는데 저라고 어찌 믿지 못하겠습니까? 다만, 너무 위험해 드리는 말씀이지요. 지금처럼 칠선해를 돌아다니는 행동도 무모하기 짝이 없는데 더 먼 곳인 녹원대륙까지 가시겠다니요."

소교주라 불인 어린 여인이 고개를 갸웃거리며 물었다.

"녹원대륙이 그렇게나 위험한가요?"

"녹원대륙이 다 위험하단 말은 아닙니다. 하지만 녹원대륙 서해의 백락장은 상황에 따라서 정말 위험할 수도 있습니다. 그곳에서는 제가 지켜 드리지 못할 가능성이 있으니까요."

"백락장이 특이한 장소란 사실은 저도 알아요. 오선 이상의 수사가 들어가면 법력이 빠져나가는 이상한 장소라더군요."

나이가 가장 많은 여수사가 의미심장한 표정으로 대꾸했다.

"소교주님 말씀처럼 오선 이상의 수사가 백락장에 들어가면 내력이 빠져나가지요. 물론, 거기엔 곡절이 조금 있습니다만."

"어떤 곡절인데요?"

나이 든 여수사가 주변에 방음벽을 친 후에 대답했다.

한참을 듣던 소교주가 어안이 벙벙한 표정을 지었다. 그만큼 나이 든 여수사가 말해 준 얘기는 충격을 주기에 충분했다.

나이 든 여수사가 방음벽을 제거하며 다시 물었다.

"그래도 정말 가시겠습니까?"

소교주가 웃으면서 대답했다.

"이모할머니는 아직도 제 신점(神占)을 믿지 못하시는 건 가요?"

그 말에 한숨을 내쉬며 고개를 저은 나이 든 여수사가 지하실 옆에 있는 새 전송진으로 소교주와 다른 일행을 데려갔다.

"이 전송진을 이런 용도로 쓸 줄은 상상도 못 했습니다. 원래는 녹원대륙에 첩자를 들여보낼 목적으로 만들었으니까요."

소교주가 나이 든 여수사의 팔짱을 끼며 웃었다.

"전송진이 사람이라면 아마 그 정도는 충분히 이해해 줄 거예요. 사실, 우린 지금 어떤 수사를 없애러 가는 길이니까 전송진을 만든 옛 선조의 의도를 많이 벗어난 것도 아니고요."

그때, 전송진이 지하실을 태울 것 같은 강렬한 빛을 쏟아냈다.

한편, 상동에서부터 유건을 추적하던 낙낙사 추적대는 백락장 입구 앞에서 심각한 표정으로 밀담을 나누는 중이었다.

모군이 걸걸한 목소리로 안소에게 힐문했다.

"야효견이 백락장에서 놈의 흔적을 발견했다는 말이 정말이냐?"

안소가 야효견의 머리를 쓰다듬으며 대답했다.

"틀림없습니다, 모군 대사님. 제가 한 달 전부터 오휴 대사님의 명령을 받고 야효견과 백락장 안으로 들어가 놈의 흔적을 찾아다녔다는 사실은 대사님도 익히 아실 겁니다. 한데 놈이 최근에 삼두호마가 있는 비수호 근처에서 그 푸른 가죽을 지닌 개 영수를 불러내는 바람에 야효견이 놈의 냄새를 확실히 맡았습니다. 제 머리를 걸고 장담할 수 있습니다."

팔짱을 끼고 있던 모군이 콧방귀를 끼었다.

"흥, 네놈의 하찮은 머리 따위를 건다고 해서 네놈 말의 신뢰성이 좀 더 올라갈 거로 생각한다면 큰 오산일 것이야."

안소가 시무룩해져 대답했다.

"그야 그렇겠지요."

그때, 묵묵히 듣던 오휴가 손을 들었다. 다들 장선인 오휴를 어려워했기 때문에 모군과 안소 역시 바로 입을 다물었다.

뭔가를 골똘히 생각하던 오휴가 한참 만에야 입을 뗐다.

"놈은 확실히 백락장 안에 있다. 우선 놈이 풍화벽 낭선들이랑 같이 행동하고 있다는 게 가장 중요한 단서다. 풍화벽 낭선들이 풍화벽에 입문하기 위해 백락장 비수호 근처에서 삼두호마의 내단을 구하는 중이라면 그놈 역시 자기 일행과 함께 비수호 근처를 얼쩡거릴 확률이 높아. 한데 안소와 야효견이 백락장에 가서 직접 확인까지 한 마당에 놈이 그곳에 없을 확률은 거의 없다고 봐야겠지."

모군이 조심스러운 목소리로 물었다.

"그럼 백락장을 감시하며 놈이 밖으로 나오길 기다리는 겁니까?"

오휴가 냉랭한 눈빛으로 모군을 쏘아보았다.

"만약, 놈이 10년 동안 백락장에 머무른다면 너는 10년 동안 이곳에 죽치고 앉아 놈이 밖으로 나오기만 기다릴 셈이냐?"

모군은 움찔해 물었다.

"설마 백락장에 직접 들어가 보실 생각인 겁니까?"

오휴가 피식 웃으며 대꾸했다.

"용을 잡으려면 용이 사는 곳으로 들어가야지. 놈이 비록 용은 아닐지라도 지금은 용을 잡는 심정으로 임해야 할 것이야."

모군은 눈이 휘둥그레져 물었다.

"법력을 빨아먹는 백락장 마물은 어떻게 처리하실 생각입니까?"

"가경술(假境術)이란 비술을 쓸 생각이다."

모군은 처음 듣는 비술 이름에 당황해 급히 물었다.

"가경술이 대체 무엇입니까?"

"말 그대로 자신의 경지를 위장하는 비술이다. 물론, 원래 경지보다 낮은 경지로만 위장할 수 있지. 예를 들어 오선 후기 최고봉인 모군 너는 공선 후기로 경지를 위장할 순 있어도 그 위 경지인 장선으로는 위장할 수가 없단 뜻이야."

모군이 꺼림칙한 표정으로 물었다.

"당연히 부작용이 있겠지요?"

"물론이다. 가경술을 쓴 상태에서 법력을 과도하게 사용하면 몸에 부하가 생겨 그대로 폭발해 버린다. 심지어 원신마저 같이 폭발하기 때문에 이번 세상에선 살아날 방도가 없다."

부작용을 듣고 안색이 확 달라진 모군이 다급히 물었다.

"정말 위험하기 짝이 없는 비술이군요. 한데 대사께서는 정말 가경술을 써서라도 백락장에 들어가 놈을 계속 추적하실 생각입니까? 놈이 아무리 중요해도 그동안 해 온 수백 년의 고행과 맞바꿀 만큼 중요하지는 않다는 생각이 드는데요."

오휴가 혀를 찼다.

"쯧쯧, 모군 넌 이번 명령이 어디서 내려온 줄 모르는 것이냐?"

모군이 떨떠름한 투로 대답했다.

"태상방장 어르신이 직접 내린 명령으로 알고 있습니다."

"맞다. 태상방장 어르신이 직접 내린 명령이다. 한데 넌 일신의 안위만 생각해 어르신의 명령을 따르지 않을 셈이냐? 아마 그 소문이 어르신 귀에 들어가는 날엔 넌 즉시 반도로 낙인찍히는 수준을 넘어 혼백을 제거당해 윤회마저 못 하는 신세로 전락할 거다. 대신, 성공하면 얘기가 달라지지만."

"어떻게 달라진단 말이니까?"

오휴가 역정을 냈다.

"멍청한 놈! 당연히 태상방장 어르신의 눈에 들 기회가 늘어나지 않겠느냐? 태상방장 어르신은 평생 숙적이던 후양종 길마와 현독을 죽인 엄청난 분이시다. 아마 앞으로 몇십 년 내에 구구말겁을 무사히 통과하고 비선에도 오르실 게 거의 확실한 분이라고. 한데 그런 분의 눈에 들면 어찌 우리가 오선 후기, 장선 초기 경지에 계속 머물러 있겠느냐?"

오휴의 말을 들은 모군 역시 눈을 번득이며 계획에 찬성했다.

이렇게 하여 추적대 10명 중 가장 강자인 오휴와 두 번째 강자인 모군 두 명이 가경술을 펼친 상태에서 공선 경지인 안소 등을 데리고 백락장에 잠입한다는 계획이 세워졌다.

한편, 유건은 10년 전 풍화벽 입문 시험에 참여한 낭선이 분홍색 쇠막대기를 발견한 구곡동 입구에 와 있었다.

구곡동은 지도에 나온 대로 옆이 아니라, 밑으로 뚫려 있는 거대한 동굴이었다. 또, 구곡이란 이름처럼 구조가 상당히 복잡해 직접 들어가 보지 않곤 알 수 있는 게 많지 않았다.

유건은 주변에 뇌력을 퍼트리며 구곡동 지하를 내려다보았다. 입구는 지름이 거의 1,000장에 달할 정도로 거대했으며 빛이 한 점도 들지 않는 지하 쪽은 칠흑보다 더 어두웠다.

전체적인 형상이나 인상이 마치 악마가 입을 벌리고 칠흑 같은 어둠을 뱉어 내는 것 같아 약간 으스스한 느낌을 받았다.

입구 주변에 생명체가 없단 사실을 확인한 유건은 비행술을 써서 지하로 내려갔다. 금룡이 얼굴을 핥아 준 후에는 시력이 일취월장해 따로 주변을 밝힐 조명 도구가 필요 없었다.

그래도 혹시 몰라 홍지에게 빼앗은 주황색 장삼을 겉옷 안에 걸친 유건은 주변을 천천히 수색하며 지하로 계속 내려갔다.

주황색 장삼은 봉우포(鳳羽袍)란 이름의 방어 법보였다. 진짜 봉황의 깃털로 만든 법보는 아니어도 방어력이 꽤 괜찮아 금강부동신공과 같이 쓰면 웬만한 공격은 거뜬히 막아 냈다.

구곡동은 엄청나게 넓은 데다, 수사가 채굴하는 데 쓴 동굴이 곳곳에 널려 있어 어디가 어딘지 알아보기가 쉽지 않았다.

더욱이 중반부턴 본격적으로 통로의 지형이 복잡해져 한시진 즈음 비행한 다음부턴 동서남북조차 가늠하기 힘들었다.

'이래선 수색에 몇 년이 걸릴지 알 수 없는 노릇이군. 더욱이 나에게는 철지대법(徹地大法)처럼 특정한 재료를 채굴하는 비술조차 없는데 말이야. 혹시 규옥이나 백 선자는 철지대법을 알지 않을까? 그렇다면 이렇게 고생할 필요 없지.'

27

철지대법은 수사가 원하는 재료를 빨리 찾아내 채굴하기 위해 만든 비술이었다. 다만, 철지대법을 보유한 종파에서는 이 비술이 밖으로 새어 나가는 일을 엄격히 금지하기 때문에 대종문 이상의 장로가 아니면 철지대법을 알기 어려웠다.

그러나 규옥, 백 선자 둘 다 철지대법을 알지 못했다. 물론, 견문이 넓은 백 선자는 철지대법과 비슷한 비술을 알았다. 그러나 장선 이상만 펼칠 수 있단 말에 포기할 수밖에 없었다.

비행술을 멈춘 유건은 법보낭에서 분홍색 쇠막대기를 꺼냈다.

'혹시 이 쇠막대기도 자하제룡검처럼 영물이어서 자신의 동류를 감응하는 것은 아닐까? 자하제룡검이 사신기의 나머지 법보를 감응해서 찾아낸 것처럼 말이야. 이 분홍색 쇠막대기가 그에 못지않은 보물이라면 혹시 가능할지도 모르지.'

유건은 시험 삼아 분홍색 쇠막대기에 법력을 약간 주입해 보았다. 그러나 전처럼 분홍색 쇠막대기가 꿈틀거리며 손을 빠져나가려만 들 뿐, 별달리 이상한 점은 눈에 띄지 않았다.

'쳇, 그것도 아닌 모양이군.'

고개를 저은 유건은 지상과 이어진 입구로 돌아갔다. 그의 최우선 목표는 공선 초기를 대성해 경지를 최고봉까지 끌어올리는 것이었다. 그래야 공선 중기 진입을 시도할 수 있었다.

한데 몇 년이 걸릴지 알 수 없는 일에 시간을 허비하다가 조양과 백락장에서 얻은 깨달음마저 무위로 돌릴 수는 없었다.

유건은 상동, 조양, 서해 백락장에서 수십 번의 실전을 경험하며 상당한 깨달음을 얻은 상태였다. 그게 어느 정도냐면 최소 3년 안에 최고봉에 이를 수 있단 확신까지 들 정도였다. 한데 정체도 모르는 재료를 찾겠다며 그 귀중한 시간을 허비할 수는 없는 노릇이었다. 그는 한번 결정하면 하늘이 무너져도 지키는 성격이어서 미련 없이 발길을 돌렸다.

물론, 생각지 못한 변수가 발생했을 때는 예외지만 말이다. 들어올 때와는 다른 경로를 이용해 돌아가던 유건이 갑자기 멈춰 서더니 땅이 내려앉은 사람처럼 한숨을 푹 내쉬었다. 자하제룡검이 또 허락도 없이 튀어나오려 든 탓이었다.

유건은 화가 나 물었다.

"이번엔 또 왜 그러는 거요?"

그러나 자하제룡검은 당연히 뇌음을 쓰지 못했다. 그저 당장 안 내보내 주면 알아서 하겠다는 듯 계속 꿈틀댈 뿐이었다.

'빌어먹을, 요샌 좀 잠잠하나 싶더니 또 이러는군.'

뇌력을 몇 번 퍼트려 그 근처에 아무도 없음을 재차 확인한 유건은 남은 정혈을 쥐어짜 자하제룡검에 투입했다. 그동안 모아 놓은 정혈 대부분을 한매를 제거할 때 몽땅 소진했

기 때문에 앞으로 2, 3년은 자하제룡검을 소환하기 어려웠
다.

투입한 정혈의 양이 적었기 때문에 금룡 역시 사람보다 약
간 큰 크기를 유지하는 게 고작이었다. 밖으로 나온 금룡은
마치 동네 산책 나온 영감님처럼 구곡동 주위를 둘러보았다.

유건은 답답한 마음에 계속 재촉했다.

"그래, 이번엔 무슨 일 때문에 난동을 피운 거요?"

고개를 홱 돌린 금룡은 유건의 단어 선택이 영 마음에 들
지 않는다는 표정을 지으며 보라색 콧김을 홍 하고 내뿜었
다.

이제 금룡의 성격을 어느 정도 파악한 유건이 살살 달랬
다.

"그러지 말고 대체 무슨 이유로 그러는 건지 알려나 주시
구려?"

그제야 마음이 약간 풀린 금룡이 앞발로 유건이 손에 쥔
분홍색 쇠막대기를 가리켰다. 유건은 분홍색 쇠막대기를 달
라는 줄 알고 금룡에게 건네주었다. 설마 금룡이 정체도 모
르는 분홍색 쇠막대기를 먹어 버리진 않을 것 같아서였다.

한데 금룡은 분홍색 쇠막대기를 받기 무섭게 구곡동 지하
로 냅다 던져 버렸다. 놀란 유건은 쇠막대기를 쫓기 위해 청
랑을 소환했다.

그러나 그마저도 쉽지 않았다. 청랑이 화륜차를 발동하기

무섭게 금룡이 그 앞을 대뜸 막아선 탓이었다.

금룡을 두려워하는 청랑은 몸만 덜덜 떨 뿐, 좀처럼 움직일 생각을 하지 않았다. 화가 난 유건은 금룡을 쏘아보았다.

그때, 금룡이 자길 따라오라는 듯 앞발로 손짓하더니 구곡동 지하로 내려갔다. 그제야 금룡이 자길 골탕 먹이려고 그런 게 아니란 사실을 깨달은 유건은 황급히 그 뒤를 쫓았다.

구곡동 지하 바닥에 도착한 금룡이 주변을 슬쩍 둘러보았다. 유건이 불안해서 뭔가 물어보려는 순간, 감을 잡았다는 표정을 지은 금룡이 서쪽에 뚫려 있는 동굴 안으로 들어갔다.

한숨을 쉰 유건은 금룡의 뒤를 계속 쫓아갔다. 다시 반나절 가까이 금룡을 따라 어디가 어딘지 모를 곳을 돌아다녔다.

금룡은 심지어 결계와 금제, 진법이 어지럽게 얽혀 있는 위험한 구역까지 제집인 양 돌아다녀 유건을 흠칫하게 만들었다.

그때, 갑자기 멈춰 선 금룡이 앞발로 귀를 가리켰다. 유건은 혹시 하는 생각에 법력으로 청력을 높였다. 곧 뭔가 딱딱한 물건이 또 다른 딱딱한 물체와 부딪히는 소리가 들렸다.

유건은 즉시 소리가 난 방향으로 날아갔다. 그렇게 다시 반 시진 넘게 이동했을 무렵, 마침내 분홍색 쇠막대기가 보였다.

분홍색 쇠막대기는 거대한 쇳덩이 사이에 난 틈을 비집고 들어가려고 머리를 계속 들이미는 중이었다. 좀 전에 들은 소리는 분홍색 쇠막대기가 쇳덩이를 들이받아 난 소리였다.

안력을 높인 유건은 깜짝 놀라 멀찍이 물러섰다.

"이건?"

그 앞에 쇳덩어리로 이루어진 거대한 시체가 누워 있었다. 한데 문제는 그 형태가 용의 골격과 무척 닮았다는 점이었다.

◆ ◈ ◆

유건은 법결을 날려 쇳덩이 사이에 난 틈을 비집고 들어가려는 분홍색 쇠막대기부터 회수했다. 살아 있는 생명체처럼 머리를 돌려 거대한 쇳덩이 사이에 난 틈을 애처로이 바라보던 분홍색 쇠막대기가 법결에 묶여 그의 손으로 돌아왔다.

내친김에 금룡까지 회수한 유건은 좀 더 위로 올라가 쇳덩이 전체를 관찰했다. 예상대로 용의 형상을 한 쇳덩이였다. 다만, 완벽한 용이라고 하기에는 약간 부족한 면이 있었다.

머리는 뱀을 닮았고 꼬리엔 물고기 지느러미 같은 날개가 달려 있었다. 그렇다면 현재로선 용의 아종일 가능성이 컸다. 어쨌든 삼월천에 존재하지 않는 생명체임에는 분명했다.

유건은 쇳덩이 가까이 내려가 분홍색 쇠막대기가 들어가려 애쓰던 틈을 조사했다. 안에는 뼈처럼 보이는 물체 외에 텅 비어 있었다. 한데 놀랍게도 그 뼈 역시 분홍색이었다.

유건은 그제야 분홍색 쇠막대기의 정체가 이 쇳덩이에 들어 있는 분홍색 뼈의 일부분임을 눈치 챘다. 실제로 생선 가시처럼 생긴 뼈 중 몇 개가 부러져 바닥에 흩어져 있었는데 그 부러진 뼈의 모양이 분홍색 쇠막대기와 정확히 일치했다.

'어쨌든 구곡동을 찾은 일은 대성공인 셈이군.'

유건은 자하제룡검을 검 형태로 풀어 쇳덩이 사이에 난 틈에 힘껏 내리쳤다. 사신단 정상에서 찾은 구결 중에는 자하제룡검을 팔찌 형태에서 검 형태로 돌리는 구절이 있었다. 지금까지는 그저 구결을 활용할 기회가 없었을 따름이었다.

자하제룡검은 역시 대단한 보물이었다. 엄청나게 단단해 보이는 쇳덩이가 두부처럼 쑥 잘려 나가며 사람이 출입할 수 있는 통로를 뚝딱 만들어 냈다. 뇌력을 퍼트려 안전을 확인한 유건은 안으로 들어가 분홍색 뼈를 본격적으로 조사했다.

한데 쇳덩이 크기와 비교하면 남은 뼈는 겨우 한 줌에 불과했다. 이렇게 큰 생명체가 본체를 지탱하는 데 썼다곤 믿기지 않을 정도로 적은 양이었다. 유건은 주변을 둘러보았다.

유건은 곧 등뼈 부분에 약간의 홈이 있단 사실을 알아냈다. 한데 그 홈이 바닥에 떨어진 분홍색 뼈의 형태와 일치했다.

유건은 그제야 남은 뼈가 적은 이유를 깨달았다.

'원래는 누가 쇳덩이에 들어 있는 재료를 다 챙겨 간 모양이구나. 이 뼈는 등에 붙어 있던 부분이어서 깜빡하고 가져

가지 못한 거고. 그게 아니라면 이미 뼈를 충분히 확보해 더 가져갈 필요가 없었거나. 어쨌든 그로부터 시간이 꽤 흐른 후에 등이 벌어지면서 남은 뼈가 저절로 떨어진 거겠지. 풍화벽 시험에 참여했다가 우연히 구곡동에서 이 뼈를 발견한 낭선은 정체를 몰라서 하나만 가져갔던 거고. 그는 아마 나중에 정체를 알아내서 다시 올 생각이었을 텐데 죽었거나, 아니면 용도를 알아내지 못해 포기했을 거야.'

유건은 자하제룡검으로 분홍색 뼈를 내리쳐 분홍색 쇠막대기로 만들었다. 한나절을 쉬지 않고 작업했을 무렵, 유건은 똑같이 생긴 분홍색 쇠막대기 107개를 만들 수 있었다. 즉, 기존에 있던 쇠막대기와 합치면 총 108개인 셈이었다.

'숫자가 딱 떨어져 좋군.'

분홍색 쇠막대기를 챙긴 유건은 밖으로 나와 쇳덩이 전체를 가지고 나갈 방법을 연구했다. 뼈가 보물이라면 그 보물을 감싼 껍데기 역시 보통 보물이 아닐 것이기 때문이었다.

한데 그때, 백진의 나직한 뇌음이 들려왔다.

"애써 가져가 봐야 자리만 차지할 뿐입니다."

"이 쇳덩이의 정체를 아셨습니까?"

"금룡의 행동을 보고 의심을 했었는데 이제야 좀 알겠습니다."

유건은 기뻐하며 물었다.

"이 이상하게 생긴 쇳덩이는 대체 정체가 뭡니까?"

"공자님도 태원십류(太原十流)를 아실 것입니다."

"선도를 걷는 수사가 어찌 태원십류를 모르겠습니까. 그건 선도를 지금과 같은 모습으로 만든 위대한 수사들이 아닙니까?"

백진이 약간 쓸쓸하게 들리는 음성으로 대답했다.

"맞습니다. 그 태원십류의 으뜸은 역시 용족(龍族)이지요. 하지만 진짜 용족은 그리 많지 않습니다. 용족이라 자처하는 자들 대부분은 용의 피를 아주 소량만 물려받은 자들이지요. 이 쇳덩이 역시 그런 용의 아종인 교어족(鮫魚族)의 먼 후손으로 보입니다. 교어족은 원래 용이 깊은 바다에 사는 신수인 태어(太魚)와 혼인해 낳은 후손입니다. 한데 교어족이 몇억 년 동안 지상과 육지에 사는 여러 악수, 영수 등과 혼인해 닥치는 대로 새끼를 낳다 보니 용의 피와 태어의 피가 거의 남지 않은 지금의 모습에 이른 것이지요."

유건은 그제야 금룡이 쇠막대기를 찾아낸 이유를 알 수 있었다.

"그럼 금룡은 분홍색 쇠막대기에 남은 미세한 용의 피를 감지해 저를 이곳으로 유도한 거군요? 한데 어째서 분홍색 쇠막대기를 처음 발견했을 땐 참견하지 않고 모르는 척한 걸까요?"

백진이 드물게도 소리 내어 웃으며 대답했다.

"그건 자존심이 누구보다 센 금룡이 교어족의 먼 후손 따위

를 친척이라 생각하지 않아 그랬을 것입니다. 그리고 지금에
서야 나선 이유는 공자님이 분홍색 쇠막대기를 찾으려는 열
망이 강하단 사실을 알고 은근슬쩍 도와주려던 거고요."

유건은 백진의 웃음소리를 더 듣고 싶단 생각이 잠시 들었
다. 그러나 곧 정신을 차리고 가장 중요한 질문을 던졌다.

"한데 이 교어족의 먼 후손은 왜 이런 모습으로 이곳에 죽
어 있는 걸까요? 구멍이 뚫린 모습을 봐선 누구에게 당한 듯
한데."

"그건 잘 모르겠습니다. 아마 백락장에 있는 백락과 연관
이 있을 듯싶은데 정보를 더 얻기 전까진 말을 아껴야겠습니
다."

백진은 그 말을 끝으로 입을 다물었다.

유건은 혼자서 곰곰이 생각했다.

'이 쇳덩이와 법력을 빨아들이는 백락장의 마물이 관련 있
다는 백 선자의 말이 사실일까? 아니, 지금은 그녀 말대로 정
보가 부족하다. 나랑 상관없는 일에 아까운 심력을 낭비하기
보단 일단, 이곳을 나가 당분간 수련할 장소나 찾아보자.'

결정을 내린 유건은 전광석화를 펼쳐 구곡동 입구로 향했
다. 한데 입구를 막 벗어나기 직전, 알 수 없는 불안감에 휩
싸인 유건은 급히 뇌력을 퍼트려 근처에 누가 있는지 조사했
다.

그러나 뇌력이 다른 수사의 존재를 감지하기 무섭게 위와

양옆, 아래 네 방향에서 빛줄기가 나타나 포위망을 형성했다.

유건은 포위당한 사람답지 않은 침착한 표정으로 상대를 확인했다. 가장 먼저 눈에 들어온 상대는 오른쪽을 막아선 중후하게 생긴 중년 승려와 승려가 데리고 다니는 영수였다.

영수는 생김새가 아주 독특해 머리는 올빼미를, 몸통은 개를 닮았다. 올빼미 머리를 한 개가 유건을 보며 사납게 짖었다.

유건은 고개를 돌려 왼쪽을 확인했다. 왼쪽에서는 머리를 산발한 젊은 승려가 눈을 번득이며 그를 주시하는 중이었다. 그는 공선 후기로 중년 승려보다 경지가 한 단계 높았다.

그러나 유건이 정작 신경 쓰는 인물은 좌우에 있는 중년 승려와 머리를 산발한 젊은 승려가 아니었다. 그는 고개를 내려 아래쪽을 확인했다. 아래쪽에선 얼굴이 각지고 체구가 건장한 승려가 팔짱을 낀 오만한 자세로 그를 올려다봤다.

'분명 공선 후기의 경지인데 느껴지는 기운에선 왠지 이질감이 느껴진다. 설마 경지를 속이고 백락장에 들어온 것인가?'

유건의 의심은 위를 막은 마지막 승려를 확인하기 무섭게 확신으로 변했다. 마지막 승려는 얼굴을 아는 수사였다. 바로 낙낙사의 장선 초기인 오휴였다. 그는 손미선사, 마봉 등과 자화연 상공에 가장 먼저 모습을 드러낸 낙낙사의 강자였다.

유건은 고개를 들어 위를 막은 오휴에게 물었다.

"불문의 제자이신 듯한데 어찌하여 저를 못살게 구시는지요?"

오휴가 서늘한 미소를 지으며 대꾸했다.

"흐흐, 그리 태연한 표정으로 점잔 뺄 거 없느니라. 우린 네가 헌월노조에게 복신술을 배웠단 사실을 이미 알고 있으니까."

유건은 여전히 공손한 태도로 대답했다.

"소인은 경지가 아직 낮은 탓에 헌월노조란 법명을 선사님께 처음 들었습니다. 또, 복신술 역시 어떤 법술인지 알지 못하고요. 소인을 혹 다른 수사로 착각하신 것은 아닐지요?"

오휴가 코웃음을 쳤다.

"좋다. 네가 정말 헌월노조도 모르고 복신술도 모른다면 네 허리춤에 있는 영수낭을 이쪽으로 던져라. 만약, 그 영수낭에 우리가 찾는 파란색 가죽을 지닌 개가 들어 있지 않다면 우리는 네게 깨끗이 사과하고 이곳을 떠날 것이다. 그러나 그 안에 파란색 가죽을 지닌 개가 들어 있다면 넌 우리를 따라 상동으로 가야 한다. 거기에 너를 찾는 분이 계시다."

오휴가 껄껄 웃어 보인 후에 말을 덧붙였다.

"물론, 반항한다면 강제로 데려가는 수밖에 없겠지."

유건은 애써 태연한 척하며 생각했다.

'제길, 역시 을성선사가 나를 포기하지 않은 거였군. 그나

마 을성선사가 나를 산 채로 잡아 오라 명령한 일은 다행이
야.'

잠시 후, 유건은 허리춤에 차고 있던 영수낭을 풀며 물었
다.

"이 안에 선사님께서 찾는 영수가 없으면 정말 풀어 주시
는 겁니까? 그 점만 약속해 주시면 백번이고 넘겨 드리겠습
니다."

오휴가 어색해 보이는 미소를 지었다.

"당연하다. 나는 한 입으로 두말하는 부류가 아니다."

"알겠습니다. 바로 건네 드리지요."

유건은 영수낭을 오휴에게 건네주기 위해 자세를 취했다.
한데 그 순간, 갑자기 유건의 모습이 감쪽같이 사라져 버렸
다.

영수낭을 받을 채비를 하던 오휴가 눈을 부릅뜨고 안력을
높였다. 그러나 유건은 이미 허깨비처럼 모습을 감춘 후였
다.

오휴가 뇌력을 퍼트리며 외쳤다.

"놈이 은신 법보를 써서 신형을 감추었다! 모두 법보를 꺼
내라!"

오휴의 경고를 들은 다른 승려들은 급히 법보를 방출해 유
건이 도망치지 못하게 막았다. 한데 아래를 맡은 모군이 북처
럼 생긴 법보를 꺼내 막 두드리려는 순간, 그와 얼마 떨어지지

않은 장소에 유건이 갑자기 튀어나와 옆으로 달아났다.

급한 마음에 북 법보를 쓸 경황이 없던 모군은 솥뚜껑만한 주먹을 앞으로 냅다 질러 갔다. 곧 주먹이 5, 6장 크기로 불어나 쏜살같이 달아나는 유건의 등을 세차게 후려쳤다.

모군은 이번 주먹질로 유건을 때려눕혔을 거라 확신했다. 겨우 공선 초기 따위가 막기엔 너무 강한 공격이었다. 오히려 유건이 이대로 죽어 버리면 어떻게 하나 걱정마저 들었다.

그때, 유건의 몸 주위에서 황금색 불광과 주황색 광채가 연달아 터져 나오더니 오히려 전보다 더 빠른 속도로 달아났다. 이는 마치 모군이 도망치는 유건의 등을 떠밀어 준 것 같은 모습이었다. 화가 난 모군은 유건의 뒤를 급히 추격했다.

원래 유건은 오휴에게 영수낭을 건네주는 척하면서 몰래 무광무영복을 덮어써 신형을 감추었다. 물론, 무광무영복을 덮어쓰면 비행술을 쓰지 못하기에 그는 그대로 추락했다.

유건은 처음부터 낙낙사 추적대 네 수사 중에서 모군에게 가장 빈틈이 많다는 사실을 간파했다. 모군은 자기 실력을 과신한 나머지 오히려 공선 경지인 중년 승려와 머리를 산발한 젊은 승려보다 그에 대한 경계를 게을리하는 중이었다.

예상대로 추락하던 유건이 재빨리 전광석화를 펼쳐 그 옆으로 달아날 때 성격이 급한 모군은 주먹부터 날리고 보았다.

물론, 모군은 가경술을 써서 억지로 경지를 낮춘 탓에 제 실력을 발휘하지 못했다. 아마 모군이 백락장이 아닌 다른 곳에서 유건을 만났으면 이번 일수로 그를 죽일 수 있었다.

유건은 그 순간, 재빨리 금강부동공과 겉옷 안에 걸친 봉우포를 믿고 모군의 주먹질을 받아 냈다. 덕분에 오히려 추진력까지 얻은 그는 전광석화를 연달아 펼쳐 속도를 더 높였다.

포위망을 가까스로 빠져나온 유건은 내친김에 청랑까지 불러냈다. 어차피 청랑이 드러나는 일은 시간문제일 따름이었다. 그럴 바에야 차라리 청랑을 타고 도망치는 편이 나았다.

청랑이 화륜차의 불꽃을 키워 질주하는 순간, 속도가 배로 빨라져 모군을 멀찍이 떼어 냈다. 이는 모군이 가경술로 경지를 낮춘 탓에 생각만큼 빠르게 추적하지 못한 이유가 컸다.

모군은 가경술을 쓸 때부터 법력을 과도하게 쓰지 않겠노라 결심하는 바람에 오히려 공선 후기보다 못한 실력을 보였다.

청랑을 타고 전광석화를 연신 펼치던 유건은 뒤를 힐끔 보았다. 모군은 까마득히 멀어져 거의 점으로 변한 상태였다. 대신, 이번에는 야효견 위에 올라탄 중년 승려가 쫓아왔다.

중년 승려, 즉 안소의 영수인 야효견도 달리는 재주를 타고나 빠른 속도로 쫓아왔다. 그러나 지구력이 청랑만큼 뛰어나지 못한 야효견은 얼마 가지 않아 간격이 다시 벌어졌다.

그러나 유건은 안심하지 않았다. 가장 무서운 상대인 오휴가 이대로 물러설 리 없었다. 예상대로 오휴가 가장 늦게 나타났다. 하지만 그는 순식간에 간격을 쭉쭉 좁히는 놀라운 실력을 선보였다. 역시 장선의 실력은 어디 가지 않았다.

유건은 전속력으로 달아나며 계산했다.

'오휴와 싸워서 내게 승산이 있을까?'

결론은 없다였다. 자하제룡검은 현재 지닌 정혈이 부족해 소환이 힘들었다. 또, 가장 의지하는 상대인 백진도 자하선부에서 일어난 사고를 수습하느라 법력을 소진한 탓에 도움을 기대하기 어려웠다. 그렇다고 그가 가진 실력으로 오휴에게 도전하는 짓은 섶을 지고 불에 뛰어드는 행동과 같았다.

'오휴는 백락장에 들어오기 위해 비술로 자기 경지를 속인 게 분명하다. 헌월선사의 기억에도 그런 종류의 비술이 몇 개 있으니까. 하지만 본판은 여전히 장선이다. 공선 초기인 내가 장선이 가진 법보와 법술을 상대로 이길 턱이 없다.'

결론을 내린 유건은 최후의 방법을 써 보기로 하였다. 바로 규옥의 지둔술을 이용해 땅속으로 도망치는 방법이었다. 지금까지 이 방법으로 강적 여럿을 물 먹인 경험이 있는 그는 지둔술에 마지막 희망을 걸어 보고 바로 지상으로 내려갔다.

그런 유건의 행동을 말없이 지켜보던 오휴가 비릿한 미소를 지었다. 그가 미소를 지은 이유는 바로 밝혀졌다. 오휴 역시 지둔술의 달인이라, 오히려 간격이 더 빨리 좁혀졌다.

심지어 오휴가 입을 벌려 뱉어 낸 비취색 도마뱀이 순식간에 따라붙어 비취색 불길을 토해 냈다. 규옥은 가까스로 비취색 불길을 피해 냈다. 그러나 그 틈에 간격은 더 줄어들었다.

'빌어먹을.'

유건은 다시 지상으로 올라가며 뒤를 힐끔 돌아보았다. 한데 오휴의 모습이 보이지 않았다. 심상치 않은 분위기를 감지한 그는 재빨리 전광석화를 펼쳐 대각선으로 몸을 날렸다.

그때, 땅속에서 거대한 손이 불쑥 튀어나와 유건을 움켜쥐려 들었다. 등에 식은땀이 흐른 유건은 전광석화를 연속 다섯 번 펼쳐 상대의 손에 붙잡히는 불상사를 가까스로 모면했다.

유건을 놓친 오휴가 지상으로 올라와 냉랭히 소리쳤다.

"지금까진 어르신을 생각해 산 채로 잡아갈 생각이었다! 한데 네놈이 이런 식으로 나온다면 나도 더는 봐줄 생각 없다!"

말을 마친 오휴가 빛이 번쩍이는 구슬 세 개를 꺼내 동시에 던졌다. 유건은 급히 전광석화를 펼쳐 피하려 했다. 그러나 구슬은 추적기능이 있는 것처럼 그의 뒤에서 떨어질 생각을 하지 않았다. 곧 첫 번째 구슬이 유건 등에 작렬했다.

유건은 피를 분수처럼 뿜어내며 튕겨 나갔다. 그때, 두 번째, 세 번째 구슬이 동시에 들이닥쳤다. 봉우포와 금강부동공으로도 막지 못한 구슬을 두 개나 더 맞고 멀쩡할 리 없었다.

한데 그 순간, 누구도 예상치 못한 놀라운 일이 일어났다. 하늘에서 눈을 부시게 하는 흰 광채가 치마폭처럼 퍼져 나와 유건을 노리던 구슬 두 개를 동시에 휘감아 버린 것이다.

2장. 의심과 의혹

## 2장. 의심과 의혹

이 돌연한 사태에 가장 놀란 사람은 오휴가 아니라, 유건이었다. 그는 재빨리 오휴의 사정거리 밖으로 달아나 사태의 추이를 지켜보았다. 눈앞에서 먹잇감을 놓친 오휴는 오히려 냉정한 시선으로 그의 법보를 가져간 흰 광채를 주시했다.

잠시 후, 고공에서 여수사 네 명이 아름다운 자태를 뽐내며 내려왔다. 상황이 너무 극적인 탓에 유건의 눈엔 그녀들이 그를 구해 주기 위해 하늘이 내려보낸 선녀처럼 느껴졌다.

오휴가 나이가 가장 많은 여수사를 지목하며 물었다.

"다들 신태가 범상치 않으신데 어느 종파에서 오신 분들입니까?"

여수사가 고개를 천천히 가로저었다.

"지금은 사이좋게 통성명할 때가 아닌 듯하군요. 이대로 얌전히 물러가면 본녀도 오늘 일은 없었던 것으로 치겠습니다."

오휴가 콧방귀를 뀌었다.

"마찬가집니다. 그쪽 일행이 이번 일에 관여하지 않겠노라 약속하면 나 역시 수사의 이번 행동을 문제 삼지 않겠습니다."

여수사가 담담한 목소리로 물었다.

"수사도 가경술의 위험성을 모르진 않을 텐데요?"

오휴가 기세 싸움에서 밀릴 생각이 없다는 듯 바로 대꾸했다.

"그건 가경술로 경지를 속인 선자도 마찬가지라 생각합니다만."

"그렇지요. 하지만 서로 가경술로 경지를 속인 상태라면 그 고하는 역시 원래 보유한 경지에 의해 가려지지 않겠습니까?"

오휴가 그 말에 움찔하는 모습을 보였다. 그는 여인의 정확한 경지를 파악하지 못했다. 그저 장선이란 사실만 알 뿐이었다. 한데 그녀는 그의 경지를 아는 듯한 분위기를 풍겼다. 만약, 그녀가 장선 중기나 후기라면 살아남지 못했다.

오휴가 한발 물러서며 물었다.

"선자께서 저 녀석을 돕는 이유가 무엇입니까?"

여수사가 피식 웃으며 되물었다.

"그런 수사야말로 장선의 경지로 고작 공선 초기에 불과한 저 아이를 악착같이 잡으려 드는 이유가 대체 무엇이랍니까?"

오휴가 떨떠름한 표정으로 대꾸했다.

"그건 본종의 기밀이라 말씀드릴 수 없습니다."

"마찬가집니다. 본녀 역시 기밀이라 말씀드리기가 어렵군요."

대답한 여수사가 고개를 돌려 그들이 왔던 방향을 확인했다.

"부하들이 오는 모양입니다."

오휴가 여수사를 보며 경악을 감추지 못했다. 그가 아직 감지하지 못한 모군 등의 위치를 여수사가 먼저 감지했다는 말은 경지는 몰라도 뇌력은 확실히 여수사가 위라는 증거였다.

잠시 후, 현장에 도착한 모군은 치미는 화를 주체 못한 탓에 화가 난 들소처럼 몸을 연신 들썩거렸다. 그는 유건을 놓친 일로 오다가 오휴에게 한 소리 들었을 뿐만 아니라, 유건이 도망칠 때 그의 불같은 성미를 이용하는 잔재주까지 부리는 바람에 화가 나서 머리가 거의 터질 지경이었다.

한데 씹어 먹어도 시원치 않을 유건 앞을 처음 보는 여수사가 막아선 상태였다. 당연히 말이 좋게 나올 리 만무했다.

"어디서 나타난 잡년이기에 감히 이 대화상 앞을 겁도 없이 가로막는 것이냐? 경을 치기 전에 어서 썩 꺼지지 못할까!"

모군은 백락장에 자기 일행처럼 가경술을 쓴 다른 수사가 있을 거란 예상을 전혀 못 한 탓에 여수사 네 명이 기껏해야 공선 후기일 거라 단정했다. 그 바람에 모군은 나이가 가장 많은 여수사가 날린 흰 광채에 둘러싸이기 무섭게 먼지로 변해 흩어졌다. 실로 허무한 죽음이 아닐 수 없었다.

여수사의 법술을 보고 자신보다 강자임을 깨달은 오휴는 바로 돌아서서 달아났다. 그러나 이미 살계를 연 여수사는 오휴를 살려 둘 생각이 전혀 없어 바로 따라붙어 공격했다.

여수사는 날개 달린 여신을 머리에 조각한 흰 지팡이를 법보로 사용했는데 지팡이를 휘두를 때마다 좀 전에 본 하얀 광채가 치마폭처럼 퍼져 나와 오휴를 그 속에 가두려 들었다.

그러나 오휴는 모군과 달리 장선 초기의 강자였다. 즉시, 비취색 도마뱀을 풀어 여수사를 공격하는 한편, 얼마 전에 유건을 낚아채는 데 쓴 커다란 손을 불러내 하얀 광채에 맞섰다.

그때, 유건은 그들이 왔던 방향을 주시했다. 다행히 얼마 지나지 않아서 그가 노리는 목표물이 전장에 도착했다. 그

목표물은 바로 야효견을 데리고 다니던 중년 승려 안소였다.

유건은 바로 천수관음검법을 펼쳐 안소를 급습했다. 화들짝 놀란 안소는 급히 방어 법보를 꺼내 천수관음검법을 막았다. 또, 평소에 그가 애지중지하는 야효견에겐 유건의 빈틈을 공격하란 지시를 내렸다. 유건은 이에 청랑을 내보내 야효견을 상대하게 하고 본인은 안소를 죽이는 데만 집중했다.

'이자가 데리고 다니는 저 올빼미처럼 생긴 개가 날 추적했음이 분명하다. 다른 자는 몰라도 이자만은 반드시 여기서 죽여야 한다. 그래야 낙낙사의 추적을 방지할 수 있다.'

마음을 독하게 먹은 유건은 천수관음검법에 이어 사자후, 구련보등까지 펼쳤다. 처음에 공선 초기인 유건을 우습게 여기던 안소는 유건이 연달아 불문 정종 공법을 펼치는 모습을 보기 무섭게 안색이 크게 달라져 전력을 다해 방어했다.

그러나 조양, 백락장에서 실전 경험을 갈고닦은 유건은 이미 예전 실력이 아니었다. 반면, 안소는 실전보다 야효견을 이용한 추적술에 매진한 터라, 실력이 그리 뛰어나지 못했다.

결국, 사자후가 만든 무형 음파에 몸이 묶인 사이, 20장 크기로 커진 유건이 휘두른 칼에 수천 토막으로 잘려 즉사했다.

유건은 고개를 돌려 청랑을 확인했다. 야효견을 시종일관 밀어붙이던 청랑은 주인이 안소를 죽이기 무섭게 사기가 부쩍 올라 겁을 먹은 야효견을 머리부터 통째로 씹어 삼켰다.

그때, 낙낙사 추적대 네 명 중 아직 모습을 드러내지 않은 네 번째 추적자가 나타났다. 바로 머리를 산발한 젊은 승려였다. 그는 눈치가 빨랐다. 앞서간 모군, 안소, 야효견은 이미 모습을 보이지 않는 데다, 가장 의지하던 장선 초기의 오휴마저 정체를 알 수 없는 여수사 한 명에게 묶여 목숨이 간당간당한 모습을 보기 무섭게 바로 뒤돌아서 달아났다.

한데 젊은 승려가 막 몸을 돌리는 순간, 갑자기 체구가 작은 여수사가 쫓아가며 품속에서 은빛이 흐르는 거울을 꺼냈다.

젊은 승려는 다급히 가진 법보를 전부 꺼내 여수사와 맞섰다. 그러나 여수사의 거울이 맑은 은빛을 뿜어내는 순간, 거울 안에서 몸이 투명한 학이 튀어나와 젊은 승려의 법보를 한꺼번에 깨트렸다. 기겁한 젊은 승려는 급히 고공으로 도망쳤다. 그러나 뒤따라간 학이 맑은 울음소리를 내며 발톱을 휘두르기 무섭게 젊은 승려가 먼지로 변해 흩어졌다.

젊은 승려를 쫓다가 그 모습을 본 유건은 화들짝 놀라 급히 물러섰다. 여수사의 실력은 공선 초기로 그와 비슷했다. 한데 그녀가 꺼낸 은빛 거울에서 나온 투명한 선학(仙鶴)은 기이할 정도로 짙은 영기를 발산해 그를 겁먹게 하였다.

'범상치 않은 법보다. 겉으로 봐선 자하제룡검처럼 영물을 길들여 만든 법보의 일종으로 보이는데 나이도 그리 많지 않은 공선 초기 경지의 여수사가 저런 보물을 몸에 지니다니. 이번에 나타난 여인들의 정체가 심상치 않은 듯하구나.'

그때, 투명한 학을 거울로 불러들인 여수사가 다가왔다.

"소녀와 같이 가셔서 저 무례한 승려의 최후를 구경하시지요."

그녀의 목소리는 옥쟁반에 옥이 굴러가는 소리처럼 청아했다. 물론, 그녀의 입에서 나온 말은 전혀 청아하지 않았다.

얼떨결에 고개를 끄덕인 유건은 여수사의 뒤를 따라갔다. 두 남녀는 곧 나이가 가장 많은 여수사와 오휴가 벌이는 격전의 현장에 도착했다. 여수사는 처음부터 오휴를 압도했다.

한데 지금은 오히려 차이가 더 벌어져서 오휴가 발산하던 회색 광채는 심지가 다 탄 양초처럼 꺼질락 말락 했다. 그에 비해 여수사 주위에 흐르는 하얀 광채는 갈수록 더 짙어져 거의 반경 10리에 달하는 하늘을 태울 것처럼 번쩍였다.

법보 10여 개를 꺼내 대항하던 오휴는 독한 마음을 먹고 가경술로 조정하던 경지를 장선 초기로 돌려놓았다. 어차피 죽을 거라면 여수사를 같이 데려가겠다는 의도가 분명했다.

"흥, 그럴 줄 알았다!"

그때, 여수사의 맑은 외침이 들려오기 무섭게 반경 10리에 펼쳐져 있던 하얀 광채가 갑자기 줄어들어 사람 크기로 변했다.

유건은 눈을 부릅떴다. 사람 크기로 줄어든 하얀 광채가 여수사의 등에서 하얀 깃털을 지닌 날개로 변신했기 때문이었다.

마치 천사(天使)처럼 기다란 두 날개를 활짝 편 여수사가 수중의 지팡이로 열십자(十字)를 그리는 순간, 십자 형태의 거대한 빛무리가 뿜어져 나와 여수사의 몸을 에워쌌다.

한편, 장선 초기로 경지를 되돌린 오휴는 전과 비교할 수 없을 정도의 엄청난 기세를 뿜어내며 빛무리에 에워싸인 여수사를 들이쳤다. 그러나 하얀 빛무리에 둘러싸인 여수사의 방어가 워낙 단단해 무려 장선 초기의 공격까지 버텨 냈다.

가끔 빛무리에 금이 가기는 했지만, 여수사가 진언을 외우며 지팡이를 휘두를 때마다 새로운 빛이 뿜어져 나와 금이 간 부위를 재빨리 보수했다. 결국, 먼저 지쳐 버린 오휴는 법력이 폭주해 그대로 터져 버렸다. 심지어 본신이 터질 때 원신마저 같이 폭발해 문자 그대로 참혹한 죽음을 맞이했다.

유건은 처음에 여수사가 오휴처럼 경지를 되돌린 줄 알았다. 한데 그렇지 않았다. 여수사는 공선 후기 최고봉의 상태에서 본신의 실력과 법보의 힘으로 오휴의 공격을 막아 냈다.

'설령 오휴가 온전한 상태였어도 저 방어를 뚫지는 못했을 것이다. 대체 어디서 나타난 여인들이기에 지닌 법보들이 하나같이 대단하단 말인가? 혹시 늑대를 피해 도망친 장소가 범의 아가리인 상황은 아닐까? 정신 똑바로 차려야겠어.'

그때, 오휴를 처리한 여수사가 내려와 유건과 그 옆에 바짝 붙어 있는 어린 여수사를 번갈아 쳐다보며 입맛을 다셨다. 마치 할 말은 많아도 유건 앞에선 하지 않겠단 것 같았다.

나이 많은 여수사가 유건의 몸을 살펴보며 물었다.

"자네, 경지는 공선 초긴데 지닌 법력은 공선 후기와 맞먹는군. 기연을 얻은 것인가? 아니면 좋은 선근을 타고난 것인가?"

유건은 나이 많은 여수사에게 인사부터 정중히 올렸다.

"우선 구해 주셔서 감사하단 말씀부터 드리는 게 순서일 듯합니다. 그리고 물어보신 일은 저도 어찌 된 영문인지 잘 모르겠습니다. 다만, 운이 좋은 것만은 확실한 것 같습니다."

나이 많은 여수사는 그래도 의심을 거두지 않았다.

"흐음, 이상한 점은 그뿐만이 아닐세. 얼굴과 목소리가 왠지 변형한 것처럼 영 자연스럽지가 않군. 다른 수사들은 몰라도 본녀는 소싯적에 그쪽에 관심이 있어서 꽤 아는 편이지. 자네, 혹시 남의 얼굴을 훔치는 비술을 배운 적이 있는가?"

유건은 어차피 들킨 마당이라, 솔직하게 대답했다.

"선배님의 짐작대로 배운 적이 있습니다."

나이 많은 여수사가 혀를 끌끌 차며 못마땅해했다.

"젊은 친구가 그런 비술에 집착하다간 끝이 좋지 않을 것이네."

"선배님도 보셨다시피 저를 쫓는 세력이 있습니다. 저 혼자선 감당하기 힘든 상대라, 잡기에 의지할 수밖에 없었습니다."

그때, 조용히 듣던 어린 여수사가 고개를 들었다. 아마 뇌음을 보내는 모양이었다. 잠시 후, 나이 많은 여수사가 썩 내키지 않는다는 표정으로 유건을 안전한 장소로 데려갔다.

"호법은 걱정하지 말고 여기서 정양토록 하게."

"분에 넘치는 배려에 몸 둘 바를 모르겠습니다."

유건은 얼른 가부좌하였다. 사실 그의 상태는 썩 좋은 편이 아니었다. 모군의 억세기 짝이 없는 주먹질을 몸으로 받아 낸 데다, 오휴가 던진 구슬에 맞아 피를 분수처럼 토했었다. 비록 바로 쓰러질 정도로 심하진 않아도 당분간 조용히 정양하지 않으면 후유증이 남을 수밖에 없는 상태였다.

유건은 부상을 치료하며 여수사의 정체에 관해 생각했다. 그러나 헌월선사의 기억엔 여수사의 정체나 종파를 유추할 만한 내용이 들어 있지 않았다. 헌월선사의 방대한 기억을 생각하면 꽤 의외였다. 더욱이 여수사가 그를 낙낙사의 추적에서 구해 준 이유를 아직 듣지 못해 정양하는 내내, 마치 가시방석에 앉은 사람처럼 불안한 마음을 감출 길이 없었다.

대충 몸을 추스른 유건은 근처 동굴에 머무르는 나이 많은 여수사를 찾아갔다. 한데 나이 많은 여수사는 나이가 가장 어린 여수사와 나란히 앉아 한창 담소를 나누는 중이었다.

최소 장선 중기로 보이는 여수사와 공선 초기 여수사가 같은 자리에 앉아 있단 말은 두 사람이 모녀, 혹은 친척이란 얘기였다. 두 여인이 설령 같은 사부를 둔 사매라도 경지 차이가 워낙 커 같은 자리에 앉아 있을 수 없기 때문이었다.

반면, 두 여인과 같이 나타난 중년 여수사 두 명은 나이가 가장 어린 여수사보다 경지가 높은 공선 후기였음에도 동굴 입구를 지키거나 두 여인의 시중을 드는 데만 신경 썼다.

'나이가 가장 많은 여수사와 가장 어린 여수사는 모녀, 혹은 친척 관계일 게 틀림없다. 또, 그녀들이 속한 종파에서 두 여수사 다 지위가 높을 것이다. 그렇지 않다면 공선 초기 따위가 감히 공선 후기를 하녀처럼 부리지는 못할 테니까.'

유건을 본 나이 많은 여수사가 앞에 있는 돌의자를 가리켰다.

"거기에 앉게."

"서 있는 게 편합니다."

"그럼 서 있게나. 그래, 몸은 좀 어떤가?"

"배려해 주신 덕분에 많이 좋아졌습니다."

"그럼 이제 슬슬 본론으로 들어가야겠군."

유건도 원하던 바라 그녀의 말에 귀를 기울일 준비를 하였다.

나이가 어린 여수사를 힐끔 본 그녀가 천천히 운을 떼었다.

"우리가 안면도 없는 자넬 구한 이유는 한 가지일세."

"어떤 이유입니까?"

"지금 당장 우리와 같이 떠나야겠어."

유건은 올 것이 왔다고 생각하며 급히 물었다.

"실례가 되지 않는다면 무슨 이유로 그러시는지 알려 주실 수 없겠습니까? 목숨을 구해 주신 은혜를 생각지 못하고 배은망덕하게 굴려는 게 아닙니다. 그저 이유라도 알고 나서 선배님을 따라나서는 게 마음이 좀 더 편할 것 같아 그렇습니다."

여수사의 목소리가 대번에 냉랭해졌다.

"감히 공선 초기 따위가 본녀 앞에서 이유 운운하는 것이냐?"

유건은 바로 바닥에 바짝 엎드렸다.

"소, 송구합니다."

그때, 나이 어린 여수사가 다시 뇌음을 보낸 모양이었다. 여수사가 한숨을 푹 내쉬더니 알아서 하라는 듯 몸을 홱 돌렸다.

잠시 후, 나이 어린 여수사가 일어나 유건을 일으켜 세웠다. 유건은 젊은 여수사의 손길이 몸에 닿는 바람에 살짝 움찔했으나 곧 평정을 되찾고 자리에서 일어나 머리를 숙였다.

"도와주서서 고맙습니다."

젊은 여수사가 쾌활한 목소리로 권했다.

"조용한 장소로 가서 잠시 얘기를 나눌 수 있을까요?"

"선자의 말씀대로 하겠습니다."

유건은 젊은 여수사를 따라 동굴 안쪽으로 걸어갔다.

동굴 끝에 다다랐을 무렵, 여수사가 방음벽을 치며 돌아섰다.

"궁금한 점이 많을 거로 생각해요."

"솔직히 말하면 그렇습니다."

"우선 제 소개부터 할게요. 저는 거령대륙 성화교(星火敎)의 소교주인 소언(素言)이에요. 그리고 아까 당신과 대화를 나눈 분은 제 이모할머니로 양빙란(洋氷蘭)이란 분이시죠."

유건은 의외로 담담한 표정을 유지하며 물었다.

"한데 성화교의 존귀하신 분께서 어찌 저를 구하신 것입니까?"

"그건 당신과 거래할 일이 있어서예요."

유건은 오히려 그녀가 거령대륙에서 왔단 말보다 지금 말에 더 놀랐다. 대체 그가 그녀와 거래할 일이 뭐가 있단 말인가.

◆ ◈ ◆

유건은 바로 평정을 회복했다.

"어떤 종류의 거래인 겁니까?"

"어떤 거래인지 말씀드리기 전에 먼저 우리 일족에 관한 설명부터 하는 게 좋을 듯하군요. 그래야 이해하기 쉬울 거예요."

"경청하겠습니다."

"대대로 성화교 교주를 맡아 온 우리 소 씨(素氏) 일족은 일종의 예지력을 가지고 태어나요. 예지력은 모계 유전으로 이어지는데 가끔은 몇 대를 걸러 예지력을 가진 아이가 태어나죠. 바로 제가 그런 경우예요. 본교에선 제가 가진 예지력으로 본 점을 신점이라 부르며 꽤 중요하게 생각해요. 한데 이번에 본 신점에 언제인지 알 순 없어도 본교에 큰 위기가 닥친단 내용이 있었어요. 또, 그 위기를 막아 내기 위해선 어떤 사내의 도움이 꼭 필요한데, 그가 지금 녹원대륙 서해 백락장이란 곳에서 위험에 처해 있다고 나오더군요."

유건은 눈을 부릅뜨며 물었다.

"그 신점에 나온 사내가 혹시 저입니까?"

"맞아요."

"어떤 이유로 그렇게까지 확신하시는 겁니까?"

"제가 신점에서 본 광경과 오늘 겪은 일이 거의 일치하거든요."

유건은 황급히 물었다.

"거의 일치한다는 말은 전부 똑같지는 않다는 뜻이 아닙니까?"

소언이 피식 웃었다.

"저와의 거래를 피하려고 무던히도 애를 쓰시는군요."

유건은 얼른 용서를 구했다.

"귀 교에 목숨을 빚진 입장에서 어찌 은혜를 저버릴 생각을 하겠습니까? 다만, 좀 더 확실히 알고 싶어 그랬을 뿐입니다."

"당신을 탓하려고 한 말은 아니었어요. 제가 당신의 입장이었어도 이런 종류의 일은 좀처럼 받아들이기 어려우니까요. 그럼 좀 전에 한 질문에 대답해 드리죠. 거의 똑같다는 말은 당신의 얼굴이 신점에 나온 얼굴과 다르단 뜻이었어요."

유건은 머쓱한 표정을 지었다.

"그렇게까지 말씀하시면 저도 더는 거절하기 힘들군요. 알겠습니다. 선자를 따라 거령대륙으로 가겠습니다. 제가 지닌 미천한 능력으로 귀 교에 닥쳐올 엄청난 위기를 어떻게 막아낼 수 있다는 건진 잘 모르겠으나 최선을 다해 보겠습니다. 어차피 귀 교의 도움이 없었으면 진작 죽었을 몸이니까요."

소언은 고개를 가로저었다.

"그건 이모할머니의 의견이었을 뿐이에요."

"무슨 말입니까?"

"저는 제가 본 신점을 믿어요. 제가 신점에서 본교에 위기가 닥칠 때 당신의 모습을 봤다는 말은 당신이 어디에서 활동하든 상관없이 때가 무르익으면 자연스레 일이 이루어질 거란 뜻일 거예요. 즉, 지금 당장 따라나설 필요가 없단 뜻이죠."

"그렇군요."

그때, 소언이 품속에서 세모 깃발이 달린 법보를 하나 꺼냈다.

"이걸 받으세요."

"뭡니까?"

"좀 전에 제가 거래라고 말씀드렸잖아요. 본교에 위기가 닥쳤을 때, 당신이 최선을 다해 도와주기로 한 약속의 대가예요."

유건은 얼떨결에 그녀가 건넨 삼각 깃발 법보를 받았다.

삼각형 깃발에는 짙은 금발에 이목구비가 뚜렷한 아름다운 소녀가 한쪽 무릎을 꿇고 두 손은 서로 맞잡은 상태에서 하늘에 있는 태양을 향해 기도하는 그림이 그려져 있었다.

그림이 너무나 생생한 탓에 마치 움직이는 입체 그림을 보는 것처럼 기분이 약간 이상했다. 심지어 깃발 곳곳에 여인의 향긋한 체취가 묻어 있는 데다, 여인의 살을 만지는 것처럼 표면이 부드럽고 따뜻하여 속이 갑자기 약간 울렁거렸다.

'아차, 이건 지독한 음기(陰氣)다.'

유건은 얼른 금강부동공을 끌어올려 몸에 침투한 음기를 몰아냈다. 다행히 양강한 기운을 지닌 금강부동공이 삼각 깃발 법보에서 흘러나오는 음유한 기운을 순식간에 밀어냈다.

소언은 유건이 음기를 몰아내는 모습을 보고 눈에 이채를 띠었다. 깃발이 지닌 음기는 여인에겐 아주 이로운 기운이어도 사내에게는 독보다 더 나쁜 영향을 끼쳤다. 한데 유건은 그녀의 도움 없이 음기를 밀어냈다. 선근이 뛰어나지 않거나, 익힌 공법이 훌륭하지 않으면 할 수 없는 일이었다.

유건은 얼른 봉인 부적을 꺼내 삼각 깃발 법보를 봉인했다. 다행히 부적을 붙인 후엔 음기가 더는 새어 나오지 않았다.

유건은 설명을 원하는 표정으로 소언을 쳐다보았다.

소언은 어깨를 으쓱하며 대답했다.

"그건 심좌기(心佐旗)란 법보예요. 목숨이 경각에 처했을 때, 심좌기를 꺼내 제 이름을 세 번 부르세요. 그러면 심좌기가 당신을 1,000리 밖에 있는 어딘가로 데려다줄 거예요."

유건은 심좌기를 다시 살펴보며 물었다.

"깃발이 지닌 음기 외에 다른 부작용이 있습니까?"

"물론, 있지요. 심좌기가 당신을 어디로 데려다줄진 저도 몰라요. 그러니 반드시 신중하게 생각한 다음에 써야 해요. 또, 한 번 사용하면 그 즉시 심좌기가 지닌 효용이 사라져요. 일종의 상용 법보라 할 수 있죠. 만약, 심좌기를 충전해 다시 쓰고 싶으면 거령대륙 성화교로 저를 찾아오셔야 해요."

유건은 엷은 미소를 지었다.

"심좌기를 충천하기 위해서라도 귀 교에 들러야 한단 뜻이군요."

소언이 방긋 웃으면서 대꾸했다.

"뭐 겸사겸사라 해 두죠."

"거령대륙에 도착하면 성화교를 바로 찾을 수는 있는 겁니까?"

"그럴 거예요. 거령대륙에서 가장 큰 종파니까요."

"그런 대단한 종파에서 어찌 저처럼 경지가 낮은 수사에게 도움을 청하는 겁니까? 그런 대단한 종파라면 선자의 이모할머니처럼 엄청난 강자가 교내에 득실거릴 텐데 말입니다."

소언이 살짝 눈을 흘기며 물었다.

"비꼬는 건가요?"

유건은 얼른 손사래를 치며 변명했다.

"비꼬다니요. 그냥 순수한 호기심이었을 따름입니다."

"저도 신점의 내용을 완벽하게 이해하진 못했어요. 다만, 강자가 아니라, 오직 당신만이 해결할 수 있는 문제일 거예요."

"그렇다면 다행입니다. 막상 귀 교에 위기가 닥쳤을 때, 제 능력이 닿지 못해서 선자께 실망을 안겨 드리긴 싫으니까요."

이번엔 소언이 먼저 질문하며 화제를 바꾸었다.

"한데 백락장까지 온 이유가 뭐죠?"

유건은 풍화벽 시험, 삼두호마, 구곡동 얘기를 두루뭉술하게 설명했다. 한데 풍화벽과 삼두호마 때는 별 반응이 없던 소언이 구곡동 얘기를 듣는 순간, 눈빛이 갑자기 바뀌었다.

이를 놓칠 리 없는 유건이 재빨리 물었다.

"선자도 구곡동을 아시는군요?"

소언은 딴청을 피우며 넘어가려 들었다.

"백락장 지도에서 한 번 봤을 뿐이에요."

"그게 아님을 저도 알고 선자도 아시지 않습니까?"

그때, 잠시 고민하던 소언이 소곤거리며 물었다.

"뭐 대단한 비밀은 아니니 말씀드리죠. 단, 다른 수사에게는 절대 말하지 않는다는 조건에서요. 그렇게 해 주실 수 있나요?"

"비밀 유지와 관련한 선약을 맺으라면 맺을 의향도 있습니다."

소언이 손사래를 치며 웃었다.

"그럴 필요까진 없어요."

"대체 구곡동의 정체가 뭡니까?"

"저도 오다가 이모할머니에게 살짝 들은 삼월천 비사인데 지금으로부터 몇만 년 전에 다른 세계에 살던 쇄갑족(鎖鉀族) 고위 수사 하나가 죄를 짓고 여기로 도망쳐 왔다더군요."

유건은 쇄갑족이란 말을 듣는 순간, 구곡동 지하 깊숙한 곳에서 발견한 쇳덩어리를 떠올렸다. 그러나 바로 표정을 바꾸고 소언이 들려주는 삼월천 비사 내용에 다시 귀를 기울였다.

소언의 설명이 더 이어졌다.

"쇄갑족 고위 수사는 중계의 제선(際仙), 어쩌면 침선(浸仙)의 경지였을지도 모른대요. 물론, 삼월천은 고위 수사가 활동하는 세계처럼 영기가 짙지 못해 제약을 받지만 어쨌든 삼월천 수사들이 상대하기에는 너무나 강한 강자였대요."

유건은 머리가 약간 멍해졌다.

비선 위의 경지가 바로 제선이고 그 제선 위의 경지가 침선이었다. 침선에서 화선(和仙), 극선(極仙)까지 도달하면 마침내 진짜 신선이라 할 수 있는 산선의 경지가 코앞이었다.

그에겐 너무나 아득해 감조차 잡히지 않는 경지였다. 비선은커녕, 장선조차 아득하게 보이는 상황에서 그 위의 경지인 제선이니, 침선이니 하는 말이 공허한 단어처럼 다가왔다.

소언의 이어진 설명에 따르면 삼월천으로 도망쳐 온 그 쇄갑족 고위 수사는 단신으로 칠선해를 제패한 상태에서 그다음 목표를 녹원대륙으로 잡았다. 당연히 녹원대륙은 발칵 뒤집혔다. 당시 녹원대륙 초강자 100명이 한자리에 모여 굴복과 저항 둘 중 하나를 선택하기로 했는데 저항하길 원하는 수사가 더 많았다. 상대가 아무리 제선, 침선이라 해도 삼월천에서는 본래 실력을 발휘하기 어렵기 때문이었다.

녹원대륙 초강자들은 다른 대륙에도 도움을 청했다. 어차피 녹원대륙이 넘어가면 삼월천의 다른 지역이 그다음 목표였다. 각개격파 당하기 전에 서로 힘을 합치자는 의도였다.

이에 거령대륙, 황조대륙(黃鳥大陸), 적사양(赤沙洋), 혈

빙라(血氷喇), 북설지(北雪地), 남빙도(南氷島) 등 삼월천에 있는 거의 모든 지역에서 초강자를 파견해 녹원대륙을 도왔다.

그때, 당시에 유일하게 비선 후기의 초강자이던 현규자(鉉圭子)가 서해에 있는 기이한 섬인 백락도(白珞島)를 진법으로 공중에 띄워 폭발시키는 계획을 세웠다. 백락도는 수사의 법력을 빨아들이는 기이한 섬이라 평소에는 그 근처에 얼씬도 하지 않았다. 한데 이번엔 모든 수사가 꺼리는 백락도에 삼월천 선도 전체의 운명을 걸어 보겠단 뜻이었다.

수많은 희생을 치르면서 간신히 쇄갑족 고위 수사를 서해까지 유인하는 데 성공한 삼월천 수사들은 현규자의 지휘에 따라 백락도를 고공에서 폭발시켰다. 쇄갑족 고위 수사와 그 고위 수사에게 굴복해 따르던 수많은 칠선해 강자들 역시 백락도가 폭발하면서 쏟아 낸 마물에 속박당해 실력을 발휘하지 못했다. 이는 방어하는 쪽인 삼월천 강자들 역시 마찬가지였다. 그러나 어차피 서로 실력을 발휘할 수 없는 처지라면 쇄갑족 고위 수사의 실력을 제한하는 쪽이 나았다.

전투는 1년 넘게 이어졌다. 그때 수많은 희생을 치른 삼월천은 몇만 년이 흐른 지금까지도 당시의 성세를 회복하지 못했다. 물론, 쇄갑족 고위 수사와 그를 따르던 칠선해의 수많은 강자 역시 지금의 서해 백락장 부근에 뼈를 묻어야 했다.

한데 전투는 거기서 끝나지 않았다. 이번에는 쇄갑족 고위 수사와 그를 따르던 칠선해의 수많은 강자가 남긴 유품을 놓고 전투가 벌어져 거의 100년간 혼란한 시기가 이어졌다.

당시에 성화교도 적지 않은 강자를 서해 전투에 파견한 터라, 지금은 아는 수사가 많지 않은 백락장의 유래를 성화교 장로인 양빙란은 자세히 파악하고 있었다. 또, 그녀는 그 비사를 그녀가 아끼는 성화교 소교주인 소언에게 알려 주었다.

유건은 고개를 끄덕이며 물었다.

"그 쇄갑족 고위 수사가 최후를 맞은 곳이 바로 구곡동이군요?"

"그런 것 같아요."

대답한 소언이 의미심장한 표정으로 물었다.

"그렇게 그 일을 궁금해하는 것을 보면 구곡동에 들렀을 때, 뭔가를 보셨나 보군요? 혹시 보물이라도 발견하신 건가요?"

"웬걸요. 괜히 갔다가 헛심만 썼습니다."

물론, 소언은 그 말을 믿지 않는 눈치였다.

"흐음, 그렇군요."

두 남녀는 반나절 넘게 다양한 주제로 이런저런 얘기를 나누며 꽤 가까워졌다. 유건은 그녀가 활기찬 성격이며 다른 사람과 수다 떠는 일을 좋아한단 사실을 알아냈다. 또, 소교주란 막중한 직책을 버거워하면서도 어떻게든 맡은 임무를 완수하려는 의지 역시 아주 강하다는 사실 역시 알아냈다.

그러나 만남이 있으면 헤어짐도 있기 마련이었다.

소언이 방음벽을 해제하기 전에 마지막으로 물었다.

"이모할머니 말씀처럼 정말 다른 사람의 얼굴을 훔친 건가요?"

"그렇습니다. 지금은 풍화벽에서 만난 민홍이란 이름을 지닌 어떤 나쁜 사내의 얼굴과 목소리를 빌려 쓰는 중이지요. 물론, 저 역시 민홍보다 좋은 사람이라고는 할 수 없지만요."

"그럼 헤어지기 전에 본모습을 보여 주실 수 있나요?"

유건은 웃으면서 대꾸했다.

"선자도 미리에 덮어쓴 바람막이를 걷어 준다면요."

"그건 어렵지 않죠."

생긋 웃은 소언이 머리에 덮어쓴 바람막이를 뒤로 젖혔다. 그 순간, 심좌기 깃발에 있던 소녀와 똑같이 생긴 소녀가 나타났다. 살짝 곱슬머리처럼 보이는 치렁치렁한 짙은 금발을 허리까지 길게 길렀으며 작은 얼굴에 오밀조밀하게 모여 있는 이목구비는 아주 산뜻한 인상을 주었다. 특히, 백옥을 연상시키는 매끄러운 피부와 날카로운 콧날, 벽옥색 커다란 눈동자는 어떤 사내의 마음도 단숨에 훔칠 수 있을 듯했다.

소언이 치마를 잡고 제자리를 몇 번 돌며 장난스럽게 물었다.

"어때요? 상상한 거보다 못생겼나요?"

유건은 소언의 아름다운 얼굴과 파란색 치마가 펄럭일 때

마다 살짝 드러나는 날씬한 다리에서 좀처럼 눈을 떼지 못했
다.

"아니, 상상한 그대로인 것 같습니다."

유건의 시선이 자기 다리 쪽으로 향하는 모습을 본 소언이
씩 웃으며 파란색 치마를 종아리 위까지 살짝 걷어 올렸다.

"제 다리가 마음에 들어요?"

"아니라고 하면 솔직한 대답이 아니겠지요."

"그 말대로 솔직하시네요. 하지만 낯선 사내에게 첫 만남
부터 다 보여 드릴 수는 없죠. 아쉽지만 오늘은 여기까지예
요."

흐트러진 치마를 내려 똑바로 정리한 소언이 재촉했다.

"이번엔 당신 차례예요."

유건은 난감한 표정으로 물었다.

"한데 저는 선자처럼 아름답게 생기지 않아서 무척 실망할
텐데 그래도 보고 싶습니까? 아마 크게 후회할지도 모릅니
다."

"보고 나서 후회할지, 말지는 제가 알아서 할 문제예요."

"그렇게까지 원하신다면야."

유건은 복신술을 잠깐 풀어 본 얼굴을 드러냈다.

유건의 얼굴을 요리조리 뜯어보던 소언이 고개를 갸웃거
렸다.

유건은 피식 웃으면서 민홍의 얼굴로 돌아갔다.

"실망했습니까?"

"음, 뭐랄까. 당신과 어울리는 얼굴이었어요."

"제게 어울리는 얼굴이 대체 어떤 얼굴입니까?"

"뭔가 숨겨 둔 비밀이 잔뜩 있을 것 같은 얼굴이랄까요."

"왠지 알 것 같으면서도 모를 것 같은 대답이군요."

"딱 그런 대답에 어울리는 얼굴이죠."

두 남녀는 참지 못하고 서로 웃음을 터트렸다.

그때, 소언이 동굴 안쪽을 가리켰다.

"제가 이모할머니에게 잘 말씀드릴 테니 이곳으로 도망치세요."

"정말 절 이대로 보내도 괜찮겠습니까? 선약도 맺지 않고요?"

"괜찮아요. 전 당신이 반드시 올 거라 믿으니까요."

"그 믿음에 보답해 보도록 하죠."

소언에게 인사한 유건은 비행술을 펼쳐 동굴을 빠져나갔다.

유건이 나가는 모습을 지켜보던 소언은 한참 만에야 발길을 돌렸다. 동굴 입구로 나온 소언을 보고 양빙란이 물었다.

"그자에게 설마 심좌기까지 주신 겁니까?"

"어쨌든 그가 살아 있어야 우리에게 도움을 줄 수 있으니까요."

"심좌기는 소교주께서 거의 몇십 년 넘게 공들여서 직접

배양한 귀중한 법보인데 아깝기 짝이 없습니다. 그자가 소
교주님의 이런 정성을 알고 배신하지 않아야 할 텐데 말입니
다."

방긋 웃은 소언이 양빙란의 팔짱을 끼며 재촉했다.

"어서 본교로 돌아가요."

"알겠습니다."

그로부터 얼마 후, 하얀 빛살 네 가닥이 칠선해 쪽으로 향
했다.

◆ ◇ ◆

유건은 당분간 백락장에서 수련을 이어 나갈 생각이었다.
사실 그에게 자하선부 다음으로 안전한 곳이 바로 백락장이
었다.

비록 오휴, 양빙란과 같은 장선이 가경술을 써서 들어오긴
했어도 이는 특별한 예일 뿐이었다. 그들 외에 다른 장선이
위험천만한 비술인 가경술을 써서 백락장에 들어올 가능성
은 거의 없으므로 그는 당분간 이곳을 떠날 생각이 없었다.

'홍지의 설명이 맞는다면 여기서 9년은 더 버틸 수 있다. 9
년이면 초기를 대성해 중기 진입까지 시도할 수 있을 테지.'

유건은 규옥과 청랑에게 수련할 장소를 찾아보란 명령을
내렸다. 규옥은 그에게 필요한 나무 속성 기운을 잘 감지하

는 데다, 지둔술에 능숙해 이런 작업에 딱 맞는 적임자였다.

또, 청랑은 냄새를 잘 맡아 영기가 짙은 장소를 잘 찾아냈다. 더욱이 야효견을 잡아먹은 다음부턴 후각까지 훨씬 예민해져 이런 일을 맡기기에 이보다 나은 영수는 별로 없었다.

수련할 장소를 찾는 일은 아주 중요했다. 백락장에는 오선, 장선과 같은 강자만 없을 뿐이지, 공선 초기 수사를 위협할 만한 요소가 지천으로 널려 있었다. 오선, 장선이 없다는 말이 실력이 비슷한 악수까지 없다는 말을 의미하진 않았다.

선도를 수련한 수사인 오선, 장선은 백락이란 이름의 마물에 법력이 빠져나가도 법력이 없는 악수는 전혀 영향을 받지 않았다. 오히려 백락장의 짙은 영기 덕에 성장이 빨라 4품인 철용조를 우습게 볼 정도로 강한 악수가 득실거렸다.

유건은 규옥, 청랑에게 강한 악수의 거처와 떨어져 있으면서도 영기는 충만한 안전한 장소를 찾아보란 명령을 내렸다.

규옥, 청랑은 난감하기 이를 데 없었다. 그런 장소에는 이미 강한 악수가 들어가 살고 있기 때문이었다. 그러나 주인이 내린 명을 거부하지 못한 그들은 보름 동안 백락장 이곳저곳을 돌아다니다가 주인의 마음에 들 만한 장소를 찾아냈다.

그곳은 바로 지도에도 나와 있지 않은 작은 호수였다. 아니, 정확히 말하면 그 작은 호수 안에 있는 초소형 섬이었다.

반경 300장이 갓 넘을 듯한 호수 중앙에 작은 나무와 아름다운 꽃이 흐드러지게 피어난 섬이 탑처럼 우뚝 솟아 있었다.

규옥은 청랑을 타고 숲 위를 천천히 돌아보았다. 나무 속성 기운뿐만 아니라, 금 속성 기운까지 충만한 장소였다. 보통 오행의 기운 중 하나가 성세를 자랑하면 나머지 네 기운은 버티질 못하고 도망치는 법이었다. 한데 이 작은 섬은 나무 속성 기운과 금 속성 기운이 절묘하게 맞닿아 한 번에 두 가지 기운을 모두 수련할 수 있는 최적의 장소였다.

규옥이 청랑의 귀에 대고 물었다.

"넌 이곳을 어떻게 생각하니?"

청랑은 마음에 든다는 듯 허공을 향해 세 차례 짖었다.

규옥이 기뻐하며 청랑에게 지시했다.

"그럼 돌아가서 공자님께 어서 이 기쁜 소식을 알려 드리자꾸나."

잠시 후, 유건은 규옥, 청랑의 성화에 못 이겨 호수 가운데 있는 작은 숲을 찾았다. 과연 규옥의 장담대로 숲 남쪽에는 금 속성 기운이, 북쪽에는 나무 속성 기운이 아주 짙었다. 그동안 안 다녀 본 데가 없는 그도 약간 감탄할 정도였다.

"너희들이 정말 좋은 곳을 찾아냈구나."

오랜만에 유건의 칭찬을 들은 규옥과 청랑은 뛸 듯이 기뻐했다. 특히 청랑은 제자리를 한 바퀴 돌더니 유건 앞에 엎드려 털이 북슬북슬한 꼬리 세 개를 정신없이 흔들어 댔다.

유건은 기특한 마음에 청랑의 부드러운 털가죽을 쓰다듬어 주었다. 그런 청랑을 보며 부럽다고 생각한 규옥이 자기가 영선이란 사실조차 망각한 듯 유건 앞에 머리를 내밀었다.

"하하, 그래 너도 잘했다."

껄껄 웃은 유건은 털실처럼 굵은 규옥의 녹색 머리카락을 쓰다듬어 주었다. 규옥은 기분이 좋아져 자리에서 방방 뛰었다.

규옥, 청랑과 한참을 놀아 준 유건은 일어나서 다시 숲을 보았다.

"걸리는 점이 전혀 없지는 않다만 이 정도면 당분간 수련하며 지내기에 알맞구나. 어서 지하에 선부를 만들도록 해라."

"예!"

신이 난 규옥은 청랑을 도움을 받아 지하에 멋들어진 선부를 뚝딱 만들어 냈다. 지둔술은 땅속에서 움직일 때만 유용한게 아니었다. 지금처럼 지하에 선부를 건설할 때도 아주 유용해 숲 지하에 있을 건 다 있는 선부를 금세 완성했다.

유건도 어설픈 솜씨로 본인이 쓸 수련장을 직접 만들었다. 어차피 임시로 쓸 거처라 모양은 별 상관없었다.

규옥은 바로 약초밭에 본체와 자기가 키우는 여러 영초를 심고 수련에 들어갔다. 청랑도 전에 배운 대로 영기를 흡수했다. 영기가 짙은 장소라 청랑, 규옥의 수련 진도가 빨랐다.

물론, 수련 속도가 가장 빠른 이는 유건이었다. 유건은 조양, 백락장에서 얻은 실전 경험을 토대로 공선 초기 대성을 위해 매진했다. 아무것도 없는 석실 중앙에 가부좌한 그는 머릿속으로 지금까지 경험한 실전을 차례대로 떠올려 보았다.

곧 전에는 미처 깨닫지 못한 부분이 보이며 단단한 껍질처럼 그를 감싸던 무언가가 조금씩 깨져 나가는 느낌을 받았다. 이를 대성의 징조라 여긴 유건은 전보다 더 집중했다.

역시 가장 중요한 부분은 그가 타고난 천령근이었다. 천령근에는 집중력을 강화해 주는 능력이 들어 있어 수련에 들어간 지 1년이 막 흘렀을 무렵, 마침내 공선 초기를 대성했다.

엄청난 집중력을 발휘해 그를 감싼 껍질을 단숨에 깨 버린 유건은 말할 수 없는 희열을 느꼈다. 고작 공선 초기 대성일 뿐인데도 법력이 엄청나게 늘었다. 심지어 단전 한구석에 공처럼 뭉쳐 있던 천지 영기를 끌어다 써야 할 정도였다.

유건은 공선에 진입할 때, 탈경조령 과정을 거치며 과도하게 흡수한 천지 영기를 공처럼 뭉쳐 단전 한구석에 치워 두었다.

한데 마침내 법력을 담는 그릇이 약간 커지면서 그동안 신경 쓰지 않던 천지 영기를 끌어다 쓸 정도로 큰 진보를 이뤘다.

유건은 내친김에 공선 초기 최고봉에 도전해 보기로 마음먹었다. 그러나 아무리 천령근을 타고났어도 1년이 넘는 기간 동안 집중력을 계속 유지하긴 힘들었다. 곧 고개를 저은 그는 다른 방식으로 공선 초기 최고봉에 오르기로 하였다.

바로 독문 법보를 연성하면서 자연스레 경지를 돌파하는 방식이었다. 그가 지닌 헌월선사의 기억에 따르면 독문 법보를 연성하는 과정에서 법력이 크게 늘 뿐만 아니라, 선도에 대한 이해 역시 늘어 경지를 돌파하는 경우가 자주 있었다.

유건은 우선 나불림 우물에서 찾은 목검부터 꺼냈다.

'앞으로 독문 법보로 삼을 귀중한 재료인데 계속 목검이라 부르긴 뭣하군. 그래, 우물 정 자를 넣어 목정검(木井劍)이라 부르는 게 좋겠어. 그 정도면 우리 둘 다 만족할 수 있겠지.'

유건은 사곤에게 사들인 적금예사를 목정검에 흡수시키는 작업부터 해 나갔다. 그동안 여유가 생길 때마다 목정검에 적금예사를 흡수시켜 온 덕분에 보름 만에 작업을 마칠 수 있었다.

유건은 적금예사를 머금은 목정검을 공중에 띄워 자세히 관찰했다. 짙은 갈색을 띤 목정검 검날에 붉은 기가 약간 돌았다. 목정검이 적금예사를 완벽히 흡수했다는 증거였다.

유건은 시험 삼아 목정검에 법결을 날려 보았다. 법결을 맞은 목정검이 머리를 돌려 벽으로 날아가더니 마치 허공을 관통한 것처럼 거의 손잡이만 남겨 놓고 안으로 쑥 들어갔다.

'괜찮군.'

성능에 만족한 유건은 백락장 시장에서 구한 재료 몇 가지를 추가로 집어넣어 목정검의 성능을 더 끌어올렸다. 그렇게 100일을 했을 무렵, 마침내 모든 준비를 마칠 수 있었다.

몸을 정갈히 하고 나서 천신에게 잘 봐 달란 절을 올린 유건은 천령개를 열어 원신을 내보냈다. 원신은 어린애처럼 손가락으로 콧구멍을 후비며 유건의 얼굴을 멀뚱멀뚱 쳐다보았다. 여전히 머리엔 뿔이, 겨드랑이엔 날개가 달려 있었다.

처음에는 본인의 외형과 닮지 않은 낯선 원신의 모습에 크게 당황했다. 그러나 지금은 어느 정도 익숙해져 바로 원신에게 진화(眞火)를 뿜어 목정검을 달구라는 명령을 내렸다.

반대쪽 콧구멍을 후비던 원신이 손가락 끝에 묻은 코딱지를 허공에 튕기더니 이번엔 바닥에 누워 발가락을 꼼지락댔다.

'왜 내 곁에 있는 놈들은 하나같이 이 모양이지?'

머리가 지끈 아파져 온 유건은 명령을 따르지 않으면 한동안 바깥 구경을 못 하게 할 거란 엄포를 놓았다. 원신은 그제야 내키지 않은 기색으로 일어나 볼을 빵빵하게 부풀렸다.

잠시 후, 원신이 배 속에 가득 찬 황금색 진화를 내뿜어 공중에 띄워 둔 목정검을 달구었다. 황금색 진화에 에워싸인 목정검은 시간이 지날수록 검날의 크기가 점점 줄어들었다.

유건은 석실에서 꼼짝 않고 1년을 더 보냈다. 그러던 어느 날, 몇 달 동안 쫄쫄 굶은 사람처럼 양 볼이 모두 핼쑥해진 원신이 뒤로 벌렁 넘어가더니 코를 드르렁드르렁 골았다.

'하는 행동은 어린애인데 코는 어른처럼 고는군.'

고개를 절레절레 저은 유건은 고개를 들어 석실 천장을 보았다. 원신 진화를 이용해 1년 동안 달군 목정검은 손마디 하나까지 크기가 줄어 집중하지 않으면 찾기 힘들 정도였다.

유건은 회수 법결을 날려 목정검을 앞으로 끌어 왔다. 갈색 검날에 붉은 기가 약간 돌던 목정검이 속이 비칠 정도로 투명해져 있었다. 심신을 재차 정갈히 한 그는 원신을 흡수한 상태에서 투명해진 목정검을 입으로 천천히 밀어 넣었다.

곧 단전에 목정검의 형태가 흐릿하게 나타났다. 유건은 다시 그 상태에서 1년 동안 목정검을 정성스레 배양했다. 처음에는 흐릿하던 목정검이 점점 뚜렷해지더니 급기야 완벽한 형태를 갖추었다. 가끔 원신이 찾아와 배양하던 목정검을 갖고 노는 바람에 애를 먹긴 했어도 어쨌든 제시간에 배양을 완료한 셈이었다. 물론, 이는 토대를 완성했다는 얘기였다.

목정검을 강력하게 만들기 위해선 몇백 년의 시간이 필요했다. 또, 오행검으로 만들기 위해선 그보다 더 긴 시간이 필요했다. 지금은 그저 독문 법보 연성의 첫발을 뗀 셈이었다.

유건은 입을 벌려 목정검을 다시 토해 냈다. 여전히 손마디 하나 크기에 속이 투명하게 비치는 모습으로 1년 전과 다를 바 없었다. 그러나 만족한 미소를 지은 그는 자하제룡검을 부리던 법결 몇 개를 수정해서 목정검을 조종해 보았다.

곧 목정검이 원래 크기로 돌아갔다. 또, 색깔 역시 갈색 검날에 붉은 기가 도는 원래 모습으로 돌아갔다. 유건은 수결을 맺은 손으로 법결을 날려 목정검을 조종했다. 목정검은 그의 지시에 따라 허공을 베기도 하고 제자리에서 한 바퀴 돌기도 했다. 그는 그날부터 목정검과 침식을 같이 하며 법보가 지닌 진짜 성능을 끌어내는 데 온 정성을 쏟았다.

유건은 원래 헌월선사를 증오했다. 그러나 지금은 감정이 약간 애매해진 상태였다. 헌월선사가 가진 방대한 기억 덕에 유건은 낭선이 겪는 시행착오를 겪지 않을 수 있었다.

'언젠가부터 헌월선사가 나의 사부인 셈이나 마찬가지군. 뭐, 내가 복신술을 쓴다는 점 때문에 낙낙사가 나를 그의 후인으로 오해하는 상황을 생각하면 딱히 틀린 말도 아니지. 실제로 후인도 맞고. 지금은 이 세상에 없는 헌월선사가 이 말에 동의할지 안 할지는 나로서는 알 수 없는 일이지만.'

유건은 헌월선사의 기억 속에서 아주 중요한 가르침을 하나 얻었다. 그건 바로 수사는 상상력이 중요하단 가르침이었다.

유건은 헌월선사의 가르침에 따라 상상력을 최대한 동원해 목정검이 가진 능력을 수면 밖으로 끌어내는 데 집중했다.

'나무, 나무라. 나무는 가지가 자라고 잎이 달리지. 그렇다면?'

눈을 감은 유건은 뇌력으로 목정검을 연결했다. 곧 직접 들여다본 것처럼 목정검의 내부 모습을 자세히 관찰할 수 있었다.

유건은 그 상태에서 목정검에 뇌력을 계속 밀어 넣으며 가지가 자라고 잎이 피어나는 모습을 상상했다. 그러나 처음에는 쉽지 않았다. 그는 한 달 동안 부단히 노력한 후에야 어느 정도 경험이 쌓여 뇌력으로 목정검을 변화시킬 수 있었다.

처음엔 목정검 검날에 돌기 같은 작은 가지가 튀어나온 게 다였다. 그러나 다시 반년이 더 지났을 때는 마침내 돌기 같던 작은 가지가 쭉쭉 자라 완벽한 형태의 가지를 이루었다.

유건은 그 상태에서 가지에 잎이 달리도록 노력했다. 얼마 후, 목정검 검날에 자란 가지에 붉은 기가 도는 갈색 잎이 달렸다. 그것으로 만족하지 않은 그는 정신을 더 집중해 가지의 숫자를 늘려 갔다. 그렇게 1년쯤 노력했을 무렵, 마침내 수십 개의 가지가 목정검 검날을 빽빽하게 둘러쌌다.

눈을 뜬 유건은 석실 상공을 떠다니는 목정검부터 확인했다. 수십 개의 가지와 수백 개의 갈색 잎으로 둘러싸인 탓에 목정검 본체의 모습이 잘 보이지 않았다. 만족한 그는 수결을 맺은 손으로 법결을 날려 목정검에 생명을 불어넣었다.

파파파파팟!

곧 목정검을 둘러싼 수십 개의 가지가 비검처럼 사방으로 날아가 벽에 날카로운 흔적을 만들어 냈다. 또, 가지에 달린 갈색 이파리는 붉은 기가 점점 짙어지다가 갑자기 폭발했다.

마치 갈색 폭죽으로 만든 불꽃놀이를 구경하는 듯했다. 물론, 불꽃놀이를 보는 사람은 즐거워도 폭죽이 옆에서 터지면 목숨을 잃는 것처럼 상당한 위력을 지닌 연쇄 폭발이었다.

자신감이 부쩍 오른 유건은 바로 다른 상상을 하였다. 곧 목정검이 수만 년 동안 한자리를 지킨 고목으로 변신했다.

수만 년의 혹독한 겨울을 꿋꿋이 견디고 거친 풍상에도 아랑곳하지 않는 고목을 상상하는 순간, 부피를 늘려 가던 목정검이 단단한 방패로 변신해 외부에서 해 오는 공격을 막았다.

유건은 단단한 방패로 변한 목정검을 다른 법보를 써서 공격해 봤다. 불과 뇌전에 약하단 점을 제외하면 쓸 만했다. 특히, 물과 얼음, 바람 속성을 지닌 공격에 강한 면모를 드러냈다.

신이 난 유건은 4년 동안, 목정검을 여러 형태로 변화시켜 가며 공격과 방어를 연마했다. 그리고 그사이 마침내 소원하던 공선 초기 최고봉에 오르는 데 성공했다. 이제는 공선 중기 진입을 시도해 볼 수 있는 위치까지 도달한 셈이었다.

백락장에 머물 수 있는 시간이 얼마 남지 않았단 사실을 아는 유건은 내친김에 공선 중기까지 도전해 볼 요량으로 입정에 들어갔다. 입정을 마치면 홍쇄검(紅鎖劍)으로 이름 붙인 분홍색 쇠막대기 108개를 본격적으로 연성할 생각이었다. 홍쇄검 연성이 목정검보다 어려우면 어렵지, 쉬울 리는 없었다. 그러나 그 와중에 운이 좋다면 홍쇄검 연성 성공과 공선 중기 등극이란 두 마리 토끼를 잡을 수 있었다.

'가능성은 반반인가?'

한데 입정에 막 들어가려 할 때였다.

쿠르르르룽!

갑자기 선부가 있는 섬 전체가 무너질 것처럼 흔들렸다.

미간을 찌푸린 유건은 바로 석실 밖으로 튀어 나갔다.

'역시 그럴 줄 알았어.'

대청에선 규옥과 청랑이 다급한 기색으로 진법을 살피는 중이었다. 원래 선부 주위에는 진법과 결계, 금제가 촘촘히 이어져 있어 강한 지진에도 꿈쩍하지 않았다. 한데 그런 선부가 흔들린단 말은 지진보다 큰 충격을 받았단 증거였다.

유건을 발견한 규옥이 달려와 황급히 물었다.

"이게 대체 무슨 난리일까요?"

유건은 담담한 표정으로 대답했다.

"아마 영기가 짙은 이 섬이 지도에도 나와 있지 않고 다른 악수도 살지 않는 이유겠지. 일단, 밖에 나가 살펴봐야겠다."

알 수 없는 말을 남긴 유건은 무광무영복을 덮어쓴 상태에서 미리 뚫어 둔 통로를 기어 올라갔다. 잠시 후, 금제로 막아 둔 지점에 도착한 유건은 고개를 살짝 내밀어 밖을 살폈다.

크기가 몇백 장에 달하는 나무 형태의 악수와 빛이 나는 광석으로 이루어진 거대한 돌 거인이 섬 상공에서 한창 힘을 겨루는 중이었다. 섬은 그 두 악수의 대결 때문에 발생한 엄청난 충격파 때문에 마치 돛단배처럼 흔들리고 있었다.

## 3장. 사기꾼과 도망자

유건은 일전에 숙지한 백락장 지도를 다시 한번 머릿속으로 떠올렸다. 백락장 지도에는 수사가 들어가면 안 되는 장소가 잔뜩 적혀 있었는데 이 근처에는 그런 곳이 두 군데였다.

하나는 4품 악수인 고산령(古山靈)이 거주하는 마울림(魔蔚林)이었다. 고산령은 이곳이 백락장이라 불리기 한참 전부터 서식하던 악수로 나이를 측정하기 힘든 영물이었다. 또, 지도에는 고산령이 4품에 불과해도 워낙 나이를 많이 먹어 3품과 비등비등하단 부가 설명까지 친절하게 달려 있었다.

유건은 고개를 들어 크기가 300장, 둘레가 50장에 달하는 거대한 고목 형태의 악수를 올려다보았다. 악수는 나무 기둥

중간에 사람처럼 눈과 코, 귀가 뻥 뚫려 있다는 점을 제외하면 몇천 년 묵은 고목을 수십 배 확대한 것처럼 생겼다.

'틀림없다. 마울림에 산다는 고산령이 분명해.'

유건은 고개를 돌려 고산령이 힘을 겨루는 상대인 돌 거인을 관찰했다. 돌 거인은 청회색 빛을 발하는 바위 수십 개를 덕지덕지 이어 붙여 조립한 것 같은 기괴한 모습이었다.

'그렇다면 고산령과 겨루는 저 이상하게 생긴 돌 거인은 청봉암(靑蜂巖)에 거주한다는 청석귀장(靑石鬼將)이 틀림없겠군.'

백락장 지도에 따르면 청봉암은 이 근처에서 마울림과 더불어 절대 들어가선 안 되는 두 곳 중 하나였다. 그 이유는 바로 저 청석귀장이 청봉암에 터를 잡고 살기 때문이었다.

청석귀장은 3품 악수로 고산령보다 더한 괴물이었다. 다만, 나이가 어린 축에 속해 고산령을 이겨 내지 못할 뿐이었다.

유건은 규옥과 청랑이 이 섬을 찾아냈을 때부터 불안한 느낌을 지우지 못했다. 이 섬이 고산령의 마울림과 청석귀장의 청봉암 사이에 자리한 탓이었다. 다만, 두 악수의 영역에서 절묘하게 벗어난 지역이라, 큰 해는 없을 거라 여겼다.

한데 인제 보니 두 악수가 정기적으로 만나 그동안 기른 힘을 겨루는 장소가 이 섬인 모양이었다. 상대의 기운이 강한 마울림이나 청봉암보다는 중립지대라 할 수 있는 이 섬이 그나마 두 악수 모두에게 공평한 장소이기 때문이었다.

'이것이 고산령의 마울림과 가까운 섬 북쪽에는 나무 속성 기운이, 청석귀장의 청봉암과 가까운 섬 남쪽에는 금 속성 기운이 풍부한 이유일 테지. 그 덕에 수련에 성취는 있었어도 이젠 이곳을 어떻게 빠져나갈지가 걱정이군. 두 악수 중에 감각이 예민한 악수가 있다면 길보다 흉이 많을 텐데.'

고산령, 청석귀장 둘 다 대단한 악수였다. 한 번 공격하면 폭풍이 몰아치고 한 번 발을 디디면 지진이 난 것처럼 그 일대 전체가 흔들렸다. 다만, 품계는 높아도 아직 영성을 깨우치지 못한 악수인 탓에 공격하는 방식은 약간 단조로웠다.

뱀처럼 꿈틀거리는 검은색 뿌리 수만 개로 상대를 옭아매 움직이지 못하게 만든 고산령은 웬만한 고목의 몸통보다 몇 배나 굵은 나뭇가지 수천 개를 회오리처럼 회전시켜 청석귀장의 단단한 몸통에 구멍을 뚫으려 들었다. 또, 가끔 공격이 풀리지 않을 때는 수만 년 동안 몸 안에서 배양한 연녹색의 지독한 독 연기를 뿜어내 상대를 아예 녹이려 하였다.

고산령과 달리 청석귀장은 사람처럼 펄쩍펄쩍 뛰어다니며 청회색 바위로 만든 두 팔을 풍차처럼 휘둘러 상대를 공격했다. 또, 화가 나면 몸에 있는 바위를 떼어 내 던져 버렸다.

그러나 두 악수가 펼치는 공격의 강도에 비해 승패는 쉽게 가려지지 않았다. 청석귀장은 정말 단단해 어떤 공격으로도 몸을 이루는 청회색 바윗덩어리에 흠집조차 내지 못했다.

반대로 고산령은 청석귀장보다 단단하지 못한 탓에 뿌리
나 나뭇가지가 뭉텅이로 뜯겨 나가는 경우가 허다했다. 그러
나 그때마다 상처가 난 곳에서 녹색 진물이 흘러나와 원대대
로 돌아갔다. 고산령의 특별한 이능인 치유 능력 덕이었다.

고산령, 청석귀장 두 악수는 석 달 넘게 싸웠다. 그러나 승
부가 좀처럼 나지 않는 바람에 유건이 머무르는 섬만 갈수록
더 황폐화해졌다. 더구나 이제 얼마 안 있으면 백락장에 들
어온 지 딱 10년을 채우는 터라, 속이 바짝 타들어 갔다.

백락장에 들어오기 직전에 홍지가 입선, 공선 역시 백락장
에 들어온 지 10년쯤 지나면 마물에 법력이 빨려 나가는 속
도가 한층 빨라져 수련에 큰 지장을 받는단 말을 한 적 있었
다. 한데 시간이 어느새 유수와 같이 흘러 그 10년이 얼마 남
지 않았다. 그로선 어떻게든 그 전에 빠져나가야 했다.

'도박을 해 보는 수밖에 없겠어.'

유건은 규옥, 청랑에게 뇌음으로 계획을 설명했다. 잠시
후, 규옥은 지둔술을 써서, 청랑은 화륜차를 이용해 섬을 빠
져나갔다. 감각이 예민한 고산령과 청석귀장은 그 즉시 싸움
을 잠시 멈춘 상태에서 유건이 있는 섬을 주시했다. 그러나
두 악수는 무광무영복을 덮어쓴 유건을 발견하지 못했다.

두 악수는 이내 호기심을 거두고 다시 맞붙었다. 두 악수
가 서로를 향해 득달같이 달려드는 모습을 봐서는 전생의 원
수였던 모양이었다. 어쨌든 무광무영복을 덮어쓴 유건은 두

악수의 싸움을 지켜보며 시간이 빨리 흐르기를 기다렸다.

그로부터 다시 엿새쯤 흘렀을 때였다. 약속한 시각이 얼마 남지 않았음을 안 유건은 두 악수의 동태를 관찰했다. 잠시 후, 두 악수가 동시에 멈칫하더니 뒤로 훌쩍 몸을 날려 전장을 벗어났다. 뭔가 심상치 않은 일이 일어난 게 분명했다.

그때, 서로를 향해 한 차례 으르렁거린 두 악수가 갑자기 몸을 돌리더니 그들의 거처가 있는 방향으로 쏜살같이 돌아갔다.

뇌력을 퍼트려 두 악수가 완전히 사라졌다는 사실을 확인한 유건은 그제야 안도의 숨을 내쉬며 비행술을 써서 섬을 빠져나갔다. 줄타기할 때처럼 두 악수의 영역 사이를 조심스럽게 통과한 그는 다시 이틀 후에 작은 공터에 내려섰다.

작은 공터에 내려선 유건이 주위를 쓱 둘러볼 때였다. 땅속에서 청랑을 탄 규옥이 쑥 올라와 유건에게 절부터 올렸다.

"공자님, 무사하셨군요?"

"그래, 갔던 일은?"

"소옥과 청랑 둘 다 성공했습니다."

규옥이 자랑스러운 표정으로 대답하며 품속에서 뭔가를 꺼냈다.

유건은 규옥이 꺼낸 물건 두 개를 받아 자세히 관찰했다. 우선 돌절구 안에서 영롱한 빛을 발하는 녹색 진액부터 확인했다. 한데 뚜껑을 열기 무섭게 코를 쏘는 매콤한 향기가 진동했다. 더욱이 걸쭉한 녹색 진액에 작은 나무 모양을 한 씨앗이 다섯 개나 들어 있어 신기하기 이를 데 없었다.

유건은 냄새가 더 퍼지기 전에 얼른 돌절구의 뚜껑부터 닫았다.

"이게 고산령의 거처에서 찾아낸 보물인가?"

"그렇습니다."

"흠, 그렇단 말이지. 그래, 소옥 너는 이 진액이 뭔지 알겠느냐?"

전문 분야에 관한 질문을 받은 규옥은 신이 나서 대답했다.

"우선 녹색 진액은 고산령이 배양해 낸 영액(靈液)으로 보입니다. 또, 그 씨앗은 고산령이 영액을 이용해 키우던 아주 귀한 영초일 것입니다. 지금은 씨앗 상태라 어떤 영초인지 알지 못합니다만 다 자라면 이름을 알 수 있을 것입니다."

"그래, 고생 많았다."

규옥을 칭찬한 유건은 두 번째 물건을 확인했다.

두 번째 물건은 강렬한 청회색 빛을 뿜어내는 주먹만 한 돌덩이였다. 한데 빛을 내는 물건의 정체는 돌덩이가 아니라, 그 속에 든 금속 물체였다. 금속 물체는 수천 개의 작은 면으로 이루어져 있었는데 햇빛이 비칠 때마다 강렬한 청회색 반사광을 방출해 맨눈으론 쳐다보기조차 쉽지 않았다.

그때, 청랑이 유건 앞에 앉아 꼬리 세 개를 살랑거렸다.

청랑이 이 청회색 돌덩이를 청봉암 깊은 곳에서 찾아냈기 때문이었다. 유건은 청랑을 칭찬하며 백진에게 뇌음으로 물었다.

"이 금속 물체가 뭔지 아시겠습니까?"

"확실치 않습니다."

"괜찮습니다."

"본녀의 생각으론 금석족(金石族)이 소중하게 여기는 만각금(萬角金)이 아닐까 합니다. 만각금을 가루로 잘게 부숴 몸에 바르면 상대의 공격을 튕겨 낼 수 있습니다. 단단한 몸을 가진 금석족에게는 그야말로 금상첨화라 할 수 있지요."

유건은 기뻐하며 물었다.

"그럼 만각금으로 법보를 제련하면 위력이 훨씬 강해지겠군요?"

그때, 백진이 한숨을 내쉬었다.

"그건 공자님이 만물의 섭리를 잘 모르셔서 하는 말씀입니다."

유건은 당황해 물었다.

"그게 무슨 뜻입니까?"

"만각금은 금석족이나 금석족의 아종으로 보이는 청석귀장만이 가루로 부숴서 재료로 사용할 수 있습니다. 원래 만각금을 가루로 만들기 위해서는 금석족처럼 몸이 지극히 단단한 종족이 자기 몸을 맷돌처럼 이용해 조금씩 부수는 방법밖에 없습니다. 한데 이 정도 크기의 만각금이라면 가루로 만드는 데 아마 적게 잡아도 10만 년쯤 걸릴 겁니다. 더구나 다른 종족 수사라면 얼마나 걸릴지 알 수 없는 일이지요."

"그렇습니까?"

유건이 실망하며 물을 때, 백진의 담담한 목소리가 들려왔다.

"아직 실망하시기엔 이릅니다."

"설마 규옥이 찾아온 녹색 진액도 마찬가지입니까?"

"녹색 진액은 쓰려면 쓸 순 있을 것입니다. 그러나 그 안에 든 씨는 그럴 수 없습니다. 저 씨는 고산령의 후손입니다. 한데 성장하는 데 수십만 년이 걸릴 뿐 아니라, 고산령이 1만 년마다 뱃속에서 배양한 녹색 진액을 갈아 주지 않으면 씨가 성장을 멈추는 탓에 마땅히 사용할 데가 없을 겁니다."

유건은 그제야 백진이 말한 만물의 섭리를 이해할 수 있었다. 인간의 생명주기와 나무가 모체인 악수인 고산령, 영석이 진화해 악수로 거듭난 청석귀장의 생명주기는 다를 수밖에 없었다. 인간은 오래 살아야 백 년 안팎이었다. 그러나 나무는 종류에 따라 수만 년을 넘게 살았다. 심지어 바위는 그보다 더 심해 아예 수명이란 개념이 없는 것과 같았다.

그런 나무와 바위가 중요하게 생각하는 선도 재료와 인간 수사가 중요하게 생각하는 선도 재료는 다를 수밖에 없었다.

고산령과 청석귀장에게는 수만 년, 수십만 년의 세월을

연성해야 꽃을 피우는 재료가 별 상관없을지 몰라도 인간 수사에게는 시도조차 불가능할 뿐만 아니라, 시간을 낭비하는 결과를 불러왔다. 백진의 말처럼 만물이 타고난 섭리가 다 다르듯 그에게는 고산령의 씨앗과 만각금이 쓸모없었다.

'그렇다고 애써 구한 재료를 버릴 수도 없고 어떻게 처리하지? 현재로서는 있던 자리에 얌전히 돌려놓을 방법도 없는데.'

그때, 그의 머릿속에 계획 하나가 번개처럼 떠올랐다. 유건은 얼른 백진에게 그가 세운 계획을 알려 주며 조언을 구했다.

백진은 한참 후에 아리송한 조언을 해 주었다.

"원래 용기와 모험과 무모함은 한 끗 차이이지요. 그러나 어쨌든 이론적으로는 가능합니다. 공자님께서 알아서 하십시오."

충분히 승산이 있다고 판단한 유건은 재빨리 그가 머무르던 섬으로 돌아갔다. 예상대로 거처로 돌아간 고산령과 청석귀장이 어느새 다시 돌아와 치열한 대결을 벌이는 중이었다.

다만, 전에는 호승심을 충족하기 위한 대결에 가까웠다면 지금은 상대를 기어코 죽이고 말겠다는 살기가 충천하였다.

청석귀장은 돌덩이로 이뤄진 몸을 공처럼 둥글게 말아 고산령을 들이받았다. 청석귀장이 한 번 들이받을 때마다 고산령의 몸통이 푹푹 파이며 녹색 진액이 폭포수처럼 쏟아졌다.

고산령 역시 죽을힘을 다해 싸우는 중이긴 마찬가지였다. 고산령은 수만 개의 뿌리와 수천 개의 가지를 마치 그물처럼 촘촘하게 엮어 청석귀장을 가둔 다음에 거의 짙은 초록빛에 가까운 독 연기를 발출해 바위 표면을 자글자글 녹였다.

전에는 석 달 넘게 싸웠어도 승패를 가리지 못했다면 지금은 당장이라도 둘 중 하난 숨이 끊어질 정도로 위험해 보였다.

유건은 그 모습을 보며 쓴웃음을 금치 못했다. 이렇게 만든 이가 그였기 때문이었다. 그는 섬에서 빠져나갈 틈을 만들기 위해 규옥에게는 마울림에 있는 고산령 거처에 가서 중요한 물건을 빼 오게 시켰다. 또, 청랑에게는 그 반대편에 있는 청봉암에 가서 청석귀장이 귀하게 여길 것 같은 물건을 훔쳐 오게 했다. 한데 규옥과 청랑이 훔치는 시간이 같지 않으면 악수 둘 중 하나는 섬에 계속 남아 있는 상황이 벌어질 수 있으므로 시간을 맞춰 동시에 움직이게 하였다.

계획은 대성공이었다. 규옥은 마울림에 있는 고산령의 거처에서 녹색 진액에 든 씨앗을, 청랑은 청봉암에 있는 청석귀장 동굴 안에서 청회색 빛을 발산하는 만각금을 훔쳐 냈다.

규옥과 청랑이 자기 거처에 침입한 사실을 알아낸 고산령과 청석귀장은 곧장 몸을 돌려 돌아갔다. 유건은 그 틈에 유유히 빠져나와 규옥과 청랑이 기다리던 공터로 이동했다.

한데 이 사실을 모르는 고산령과 청석귀장은 서로 상대가 본인이 귀하게 여기던 물건을 훔쳐 갔다고 오해했다. 그 바람에 지금은 좀 전과 달리 살벌한 싸움을 벌이는 중이었다.

그때, 유건이 청랑을 타고 두 악수와 멀지 않은 곳에 내려섰다.

두 악수는 유건이 상대가 부른 지원군일 거라 착각해 싸움을 멈추었다. 유건이 둘 중 하나를 도우면 그 상대편은 지금보다 밀릴 수밖에 없었다. 전이라면 미련 없이 돌아설 수 있었다. 그러나 지금은 상대가 자신이 귀하게 여기던 물건을 훔쳐 갔다고 오해한 탓에 물러설 형편이 아니었다. 어떻게든 상대에게 빼앗긴 물건을 되찾아 돌아가야 했다.

유건은 두 악수를 향해 낭랑한 목소리로 외쳤다.

"두 분 다 사리 분별을 할 수 있다고 여기고 제안을 하나 하겠습니다! 저에게 두 분이 귀하게 여기는 물건이 있습니다!"

말이 끝나기 무섭게 두 악수가 성을 내며 달려들었다.

유건은 얼른 말을 덧붙였다.

"여기서 절 죽이면 두 분은 영원히 그 물건을 찾지 못합니다!"

그 말에 서로의 얼굴을 쳐다본 두 악수가 움직임을 멈췄다.

속으로 안도의 숨을 내쉰 유건이 마저 설명했다.

"여기서 얼마 떨어지지 않은 장소에 제 명령만 듣는 영수가 두 분이 귀하게 여기시는 물건을 지니고 있습니다! 만약, 두 분이 화가 나 절 죽이면 그 영수가 그 두 물건을 가지고 백락장 밖으로 나가 악수들이 사는 바다에 버릴 겁니다!"

두 악수 역시 백락장 바다에 사는 사나운 악수들을 아는지 긴장한 기색을 보였다. 쾌재를 부른 유건은 본론을 꺼냈다.

"두 분이 수만, 수십만 년 동안 영기가 풍부한 이곳 백락장에 기거하면서 수집한 귀한 재료가 한둘이 아닐 것입니다! 그리고 그중에는 두 분에겐 쓸모없어도 저와 인간 수사에게는 쓸모 있는 재료가 틀림없이 있을 것입니다! 만약, 그중에 제 마음에 드는 물건이 있다면 바로 두 분이 원하시는 물건을 즉각 돌려 드린 후에 저는 이곳을 떠나겠습니다!"

상대방의 눈치를 보던 고산령과 청석귀장은 누가 먼저랄 거 없이 자기 거처로 달려갔다. 재료를 가져오기 위해서였다.

귀중한 물건이 달린 일이어서 그런지 눈 깜짝할 사이에 돌아온 고산령과 청석귀장은 거처에서 가져온 물건을 보여 주었다.

유건은 감탄하며 두 악수가 가져온 물건을 세심하게 확인했다.

'과연 수만 년을 허투루 산 게 아니로군.'

두 악수가 가져온 물건 중에는 법보를 강화하는 희귀한 재료뿐만 아니라, 수사가 경지를 높일 때 복용하면 좋은 영약을 만드는 데 필요한 중요한 재료마저 몇 가지 섞여 있었다.

유건은 백진과 규옥의 도움을 받아 다른 데서는 쉽게 구할 수 없는 재료 몇 가지를 골라 얼른 법보낭에 챙겨 넣었다.

그들이 어렵게 구한 재료를 유건이 뭉텅이로 챙겨 가는 모습을 지켜보며 안절부절못하던 두 악수가 기대에 찬 눈빛으로 바라보았다. 어서 물건이 있는 장소를 알려 달란 뜻이었다.

유건은 두 악수에게 뇌음으로 그들이 찾는 물건이 어디 있는지 말해 주었다. 두 악수는 뇌음을 듣기 무섭게 바로 날아올라 각자 다른 방향으로 날아갔다. 두 악수가 찾는 물건을 같은 장소에 두면 나중에 분란이 또 생길 게 분명했다.

유건은 두 악수를 속이지 않았다. 두 악수가 찾는 물건은 그가 말한 장소에 얌전히 놓여 있었다. 물건을 챙긴 두 악수는 다시 섬으로 돌아와 주위를 두리번거리며 유건을 찾았다.

두 악수는 그들을 골탕 먹인 유건을 잡아 죽지도, 살지도 못하게 만든 다음에 분이 풀릴 때까지 실컷 가지고 놀다가 죽일 요량이었다. 그러나 유건은 이미 섬을 떠난 상태였다.

유건이 달아난 사실을 확인한 두 악수가 다시 서로를 노려보며 으르렁거렸다. 그러나 이번에는 싸우지 않았다. 유건처럼 그들이 싸우는 틈을 노린 도둑이 또 있을지 몰랐다. 두 악수는 결국 자기 거처로 돌아가 한동안 두문불출하였다.

한편, 두 악수를 속여 귀중한 재료를 적지 않게 확보한 유건은 백락의 마물이 본격적으로 기승을 부리기 전에 백락장을 빠져나갈 생각으로 걸음을 서둘렀다. 한데 백락장 입구에 도착했을 때, 누군가가 자신을 주시하는 느낌을 받았다.

유건은 평소처럼 비행술을 써서 날아가며 곁눈질로 누가 자기를 주시하는지 찾아보았다. 곧 남색 무복을 걸친 중년 수사 하나가 그의 이목에 걸려들었다. 중년 수사의 행색을 확인한 그는 숨이 턱 막혔다. 중년 수사의 정체는 낙낙사 승려였다. 비록 머리를 길게 기르고 승복도 입지 않았지만, 팔목과 목에 차던 염주가 남긴 자국까지 가리진 못했다.

'지독한 자들이야. 그로부터 10년 가까이 지났음에도 여전히 나를 찾는 모양이군. 이곳을 나가서도 계속 조심해야겠어.'

유건은 낙낙사 승려들이 자신을 알아보지 못할 거라 확신했다. 나중에 곰곰이 생각해 본 바에 따르면 오휴가 이끌던 낙낙사 추적대가 그를 쉽게 찾아낸 이유는 바로 그 올빼미머리를 한 야효견 덕분이었다. 야효견이 동류의 일종인 청랑의 냄새를 맡고 그가 있는 위치를 알아낸 게 틀림없었다.

'야효견은 청랑의 손에 죽었기 때문에 그들에게 야효견이 더 있지 않은 이상, 나를 추적할 수 있는 수단은 없는 셈이다. 아마 오휴가 이끌던 추적대가 백락장에서 소식이 끊기는 바람에 다른 제자들을 보내 소식을 알아보려는 걸 테지.'

예상대로 다른 수사로 위장한 낙낙사 승려는 곧 유건 뒤에 있는 다른 수사에게 관심을 옮겨 갔다. 그를 알아보지 못했음이 분명했다. 그는 태연한 표정으로 백락장을 빠져나갔다.

한데 백락장 입구에서 막 몸을 빼내려는 순간, 팔다리에 갑자기 힘이 탁 풀리며 몸에 있는 법력이 미친 듯이 빠져나갔다.

'아차, 10년 기한이 오늘이었구나!'

유건은 속도를 높여 입구에서 재빨리 벗어났다. 다행히 머문 시간이 그리 많지 않아 경지가 떨어지는 불상사는 일어나지 않았다. 만약, 고산령, 청석귀장 때문에 섬에 지금까지 갇혀 있었으면 경지가 공선 초기로 다시 떨어졌을지도 몰랐다.

하마터면 10년 고행을 허사로 만들 뻔한 유건은 조심스러운 눈길로 백락장 옆에 있는 거대한 시장을 조사했다. 시장은 인산인해를 이루었다. 백락장을 오가는 수사들이 안에서 채굴한 재료를 시장에 내다 팔기 때문에 다른 데선 볼 수 없는 재료를 사기 위해 이곳을 찾는 수사가 많은 탓이었다.

오늘 역시 마찬가지여서 발 디딜 데가 거의 없을 정도였다. 그러나 유건은 물건을 팔거나 사기 위해 시장에 온 게 아니었다. 얼마 후, 유건은 어렵지 않게 찾던 자들을 발견했다.

바로 그를 쫓는 낙낙사 승려들이었다. 낙낙사는 아예 백락장 시장 한편에 지휘 본부까지 마련해 둔 상태에서 본격적으로 유건을 찾는 중이었다. 다만, 이곳이 오성도 관할이라 대놓고 활동할 수가 없는 탓에 낭선으로 위장한 듯했다.

오성도가 낙낙사가 시장에 들어와 있단 사실을 모를 리 없었다. 한데 두 종파가 어떤 모종의 협약을 맺은 듯 낙낙사 승려들은 거리낌 없이 돌아다니며 주변 수사들을 감시했다.

그중에 장선, 오선 중, 후기 같은 강자는 없어 다행이었다. 그렇다고 마냥 안심할 순 없었다. 그는 서둘러 그곳을 떠났다.

유건은 도시에서 다른 도시로 이동할 때마다 뒤를 살펴 낙낙사 추적대가 따라붙는지 확인했다. 다행히 지금까지 그런 징조는 없었다. 그러나 언제까지 이런 생활을 할 순 없었다.

'우선 낙낙사가 쫓아올 수 없는 장소부터 찾아야 한다.'

그러나 자하선부나 남환산맥 쌍주봉으로 다시 돌아갈 수는 없었다. 자하선부는 낙낙사가 지키고 있을 것이 뻔했다. 또, 남환산맥 쌍주봉에는 헌월선사의 제자들이 돌아와 있을 가능성이 컸다. 그렇다면 이 넓은 녹원대륙에 그가 발을 붙일 만한 곳이 한 군데도 없단 뜻이었다. 잠시 거령대륙을 떠올린 그는 이내 고개를 저었다. 공선 초기 최고봉의 경지로 거령대륙까지 가는 행동은 미친 짓이나 다름없었다.

'그렇다면 방법은 하나뿐이다. 낙낙사보다 더 강한 종파에 들어가 잠시 몸을 의탁하는 거지. 마침 가지고 싶은 비술이 하나 있어서 언제고 한 번은 대종문의 서고를 직접 경험해 봐야겠다는 생각을 막연히 했었는데 좋은 기회가 찾아왔군.'

남쪽으로 내려간 유건은 2년 만에 서해 남부 운교(雲橋)에 도착했다. 운교는 야트막한 동산이 끝없이 이어진 신비한 지역으로 구름이 낀 날엔 동산과 동산 사이에 구름으로 이어진 다리가 있는 것 같다고 하여 운교란 이름이 붙었다.

운교는 세 가지가 유명했다. 앞에서 말한 끊임없이 이어진 야트막한 동산과 사시사철 찾아오는 짙은 구름, 그리고 십대 종파의 한 자리를 차지한 구화련의 칠교보가 그 세 가지였다.

구화련 칠교보는 그와 인연이 약간 있는 종파였다. 그는 몇십 년 전에 요검자 손에 죽을 뻔한 선혜수를 우연히 구해 준 적이 있었는데 그 선혜수가 속한 종파가 바로 칠교보였다.

당시 선혜수는 은혜를 갚기 위해 그를 칠교보에 입문시켜 주겠노라 장담했는데 유건은 그 기억을 되살려 운교를 찾았다.

유건은 운교에서 가장 큰 도시를 돌아다니며 놀라움을 감추지 못했다. 이곳의 문화는 아주 특색이 강해 그가 그동안 주로 경험한 동쪽이나 북쪽 문화와는 색다른 점이 많았다.

'서해에 있으면서도 이곳을 따로 서남(西南)이라 부르는 이유가 이거군. 북부와 남부가 이처럼 다르다면 그럴 만도 하겠어.'

서해는 다른 여덟 개 지역보다 규모가 훨씬 방대한 탓에 남부와 북부 두 곳으로 나뉘어 있었다. 실제로 서해 북부 끝은 북설지, 서해 남부 끝은 남빙지와 더 가까울 정도여서 북부와 남부는 생활양식, 기후, 문화, 상업, 종교, 심지어 수사의 경우에는 유행하는 수련 방식마저 큰 차이를 보였다.

이 때문에 서해 북부는 서북(西北), 서해 남부는 서남이라 부르며 구분했는데 이 두 지역을 대륙의 나머지 여덟 개 지역과 합쳐 녹원대륙 십지(十地)라 칭했다. 그 십지에는 유건이 직접 가 본 남림(南林), 상동, 쇄북, 조양이 속해 있었다.

남림은 유건이 처음 도착한 남환산맥 쌍주봉이 있는 지역으로 녹원대륙 남동쪽에 자리한 탓에 열대우림 기후를 지녔다.

물론, 헌월선사를 따라다니며 구경한 지역은 제외였다. 그때는 어디가 어딘지 알지 못해 그다지 큰 감흥을 느끼지 못했다.

그 네 곳에 백락장이 있는 서북과 구화련이 있는 서남에 들렀으므로 이제 녹원대륙에서 가 보지 못한 지역은 네 곳이었다. 그 네 곳은 육산, 월추(月湫), 마남(魔南), 그리고 봉아(鳳牙)였다. 육산은 말 그대로 산악 지역이고 월추는 늪이 많은 땅으로 유명했다. 그중 가장 신기한 곳은 마남이었다. 마남은 녹원대륙에서 유일하게 인간이 거주하지 않는 지역이었다. 그곳엔 마족(魔族), 요족(妖族), 귀족(鬼族), 거족(巨族), 반족(半族) 등과 같은 타 종족이 모여 살았다.

물론, 가장 유명한 지역은 따로 있었다. 바로 봉아였다. 녹원대륙 중앙에 있는 봉아는 다른 십지 지역의 세 배에 달하는 영역을 지닌 땅이었다. 또, 봉아는 복마전과 같아 웬만큼 실력에 자신 없으면 아예 발을 들일 생각을 하지 않았다.

서북은 일진자가 창건한 오성도란 강력한 종파가 쭉 지배해 왔다. 그러나 서남은 사정이 달랐다. 10만 명 안팎의 제자를 거느린 종문 아홉 개가 수천 년 전부터 경쟁해 온 터라, 서북이나 옆에 있는 월추 대종문의 위협에 항상 시달렸다.

그 때문에 지금으로부터 1천 년 전쯤, 아홉 개 종문이 연합을 이루어 구화련이란 단체를 만들고 다른 대종문의 위협에서 벗어났다. 그가 찾아가려는 칠교보는 그중 구화련 서열 7위의 종파로 제자 수가 7만 명이 넘는 중견 종파였다.

유건은 칠교보를 찾기 전에 얼굴부터 바꾸었다. 이번에는 다른 수사가 아닌 본인의 얼굴이었다. 우선 민홍의 얼굴을 너무 오래 써서 낙낙사가 추적할 위험이 있었다. 낙낙사가 풍화벽 입문 시험에 참여한 모든 낭선을 조사하겠다고 나서면 민홍이란 인물의 행적에 의문을 느낄지 몰랐다.

두 번째 이유는 칠교보에 그가 헌월선사의 복신술을 쓴 사실을 눈치 챌 수 있는 고위 수사가 있을 수 있기 때문이었다.

을성선사는 확실치 않아도 장선 중기로 보이는 성화교 양빙란은 그가 다른 사람으로 위장했다는 사실을 금세 눈치 챘다. 비록 양빙란이 젊을 때, 이쪽에 관심이 있어 쉽게 알아보왔다곤 해도 칠교보에 그런 인물이 없으리란 법이 없었다.

원래 얼굴로 돌아온 유건은 칠교보가 자리한 산맥을 찾았다. 칠교보가 있는 칠교산맥(七橋山脈)은 멀리서도 쉽게 알아볼 수 있었다. 운교에 있는 다른 동산은 높이가 1, 200장에 불과했다. 그러나 칠교보가 있는 일곱 개의 동산은 동산으로 부르기 민망할 정도로 높아서 높이만 5, 600장에 이르렀다. 또, 산맥의 지류는 그보다 훨씬 장대해 칠교산맥을 다 돌아보려면 수사라 해도 최소 열흘 이상이 걸렸다.

칠교산맥 주위에는 칠교보가 관리하는 시장이 몇 군데 있었다. 또, 칠교보를 상대로 장사하는 상인들 역시 자체적으로 시장을 형성해 그가 며칠 묵을 여관을 찾는 일은 쉬웠다.

여관에 여장을 푼 유건은 시장을 돌아다니며 정보를 모았다. 처음에는 선혜수에게 연락해 입문을 시도해 볼 생각이었다.

그러나 선혜수도 공선에 불과해 그녀가 재량으로 처리할 수 있는 일이 많지 않을 게 분명했다. 유건은 그녀에게 의지하기보단 본인이 가진 능력으로 입문에 도전해 볼 생각이었다.

곧 원하던 소문을 들을 수 있었다. 그러나 문제가 있었다. 칠교보 역시 다른 종파처럼 정기적으로 새 제자를 모집하는데, 하필이면 그 시기가 3년 뒤였다. 문제는 그뿐만이 아니었다. 칠교보는 새 제자를 뽑는 일에 무척 엄격하여 최소 공선 중기 이상이 아니면 지원조차 잘 받아 주지 않았다.

칠교보도 다른 종파처럼 기존에 데리고 있는 장로나, 제자를 배출한 선가에서 필요한 제자 대부분을 충당하기 때문에 출신이 분명치 않은 낭선을 많이 받아들이지 않았다.

그러나 유건은 실망하지 않았다.

'어차피 지원 조건이 공선 중기라면 그 3년 동안 수련해 공선 중기를 노려보는 게 낫겠지. 3년 동안 이름과 몸을 숨기고 수련에만 집중하면 낙낙사도 추적하기 쉽지 않을 테니까.'

유건은 칠교산맥과 약간 떨어진 어느 황무지 지하에 선부를 만들고 곧장 수련에 들어갔다. 그는 우선 규옥을 불러 고산령, 청석귀장에게 강탈한 영초, 영균, 영화 등을 주었다.

"소옥 너는 지금부터 이 영초 등으로 영약을 만들도록 해라. 영약 숫자가 충분하다면 너와 청랑에게도 일부 내리겠다."

규옥이 기뻐하며 재료를 받았다.

"최선을 다하겠습니다, 공자님."

규옥은 그날부터 청랑과 연단실에 들어가 영약을 만들었다.

한편, 수련실 중앙에 가부좌한 유건은 고산령, 청석귀장 때문에 미뤄 둔 작업을 재개했다. 바로 홍쇄검으로 이름 지은 분홍색 쇠막대기 108개를 독문 법보로 연성하는 일이었다.

사실, 유건은 수십 년 전에 본 요검자의 수법에서 깊은 인상을 받았다. 당시 요검자는 적수검이란 독문 법보를 써서 수사 수십 명을 살해하는 엄청난 위용을 선보였다. 그때 요검자가 적수검을 수십 개로 늘려 각자 다른 방향으로 도망치는 수사를 처리하는 모습은 그에게 큰 감명을 안겨 줬다.

유건은 그때부터 요검자가 쓰던 적수검과 비슷한 법보를 갖고 싶단 열망이 있었다. 한데 마침 금 속성 기운이 강한 쇄갑족 뼈를 108개나 구해 법보를 연성할 조건을 갖추었다.

'법보를 연성하기 전에 먼저 재료부터 강화해 놓자.'

목정검과 홍쇄검 108자루를 법력으로 공중에 띄워 놓은 유건은 고산령, 청석귀장에게 구한 귀한 재료 몇 가지를 꺼냈다.

그중 네 가지는 어디서도 구하기 힘든 귀한 재료였는데 바로 혈수목(血手木), 독음화(毒陰花), 은연금(隱燃金), 봉조석(鳳爪石)이었다. 혈수목, 독음화는 나무 속성 기운을 강화하는 재료로 고산령이 준 재료였다. 또, 은연금, 봉조석은 금 속성 기운을 강화하는 재료로 청석귀장의 애장품이었다.

고산령은 나무 속성 기운을 띤 악수고 청석귀장은 금 속성이 강한 악수여서 비슷한 기운을 지닌 재료를 쉽게 찾아냈다.

유건은 먼저 나무 속성 기운을 지닌 혈수목, 독음화를 목정검에 집어넣었다. 혈수목은 피가 멈추지 않는 출혈 효과를, 독음화는 음유한 독 성질을 지닌 재료였다. 목정검에 이 두 재료를 흡수시키면 강력한 독 기운을 발출할 수 있을 뿐 아니라, 한번 베이면 상처 회복을 더디게 만들 수도 있었다.

목정검 작업을 마친 다음엔 은연금과 봉조석을 108자루로 이루어진 홍쇄검에 집어넣었다. 은연금은 강도를, 봉조석은 날카로움을 더해 주는 재료라 홍쇄검에 딱 맞는 재료였다.

목정검을 연성하면서 시행착오를 여러 차례 겪은 유건은 거기서 얻은 깨달음을 홍쇄검 연성에 활용해 쓸데없는 실수를 범하지 않도록 하는 데 집중했다. 그 덕분에 진도가 예상보다 훨씬 빨라 거의 2년 만에 홍쇄검 108자루를 목정검처럼 단전에서 배양해 독문 법보로 만드는 데 성공했다.

법보 연성이 끝난 덕에 이젠 공선 중기 진입만이 남았다. 유건은 규옥이 만든 영약을 복용하며 중기 진입을 시도했다.

◆ ◈ ◆

유건은 어느새 자신의 뇌 안에 들어와 있었다.

'언제 봐도 신기한 광경이구나.'

거대한 중앙 혈관에서 뻗어 나온 수억 개의 미세한 핏줄이 순백의 공간을 따라 시선이 닿는 곳까지 이어져 있었다. 신기한 광경은 비단 그뿐만이 아니었다. 거대한 혈관의 뿌리에서는 찰나의 순간마다 파란색 전기 불꽃이 파바박 튀었다.

거대한 혈관의 뿌리에서 피어오른 파란색 전기 불꽃은 미세한 핏줄을 타고 빛과 같은 속도로 끊임없이 사방으로 퍼져 갔다. 마치 혈관과 전기 불꽃이 만든 초현실 세계 같았다.

유건은 곧 전과 약간 달라진 점이 있단 사실을 눈치 챘다. 입선 후기를 대성했을 땐 전기 불꽃이 어느 정도 뻗어 가다 가 투명한 장애물에 막혀 더는 나아가지 못했다. 한데 지금 은 전보다 훨씬 먼 거리까지 막힘없이 뻗어 나가는 중이었 다.

물론, 이번에도 특정 지점에 이르면 파란색 전기 불꽃은 투명한 막에 막혀 더는 뻗어 나가지 못했다. 아마 저 파란색 전기 불꽃이 그가 있는 순백의 공간 전체를 막힘없이 관통하 기 위해서는 산선, 지선, 혹은 천선 경지가 필요한 듯했다.

'한데 공선 중기는 다시 뇌력과 관련한 경지인 건가? 1년 동안 조용히 입정 중인 내가 왜 이곳으로 다시 돌아온 걸까?'

다행히 의문이 풀리는 데 걸린 시간은 그리 길지 않았다. 하늘을 덮은 뇌가 갑자기 주먹보다 작은 크기로 수축했다.

유건은 칠흑보다 더 새카만 공간 속에서 찰나의 순간마다 파란색 전기 불꽃을 만들어 내는 본인의 뇌를 묘한 감정으로 바라보았다. 뇌는 외피가 유리처럼 투명해 내부를 들여다볼 수 있었다. 한데 그 내부에서 파란색 전기 불꽃이 폭발할 때 마다 혈관 수억 개가 강렬한 빛을 뿜어내며 번쩍였다.

전혀 예상하지 못한 변화에 당혹감을 느낄 때였다. 이번 에는 머리 위에 유건이 독문 법보로 연성한 목정검과 홍쇄검

108자루가 갑자기 모습을 드러냈다. 그는 반가운 마음에 급히 법결을 날려 목정검과 홍쇄검을 회수했다. 한데 무슨 일인지 법결을 맞고도 목정검과 홍쇄검이 움직이지 않았다.

'왜 법결이 듣지 않는 거지?'

그가 의문을 드러낼 때였다. 목정검과 홍쇄검이 갑자기 그에게 달려들었다. 그러나 회수 법결 때문에 달려드는 게 아니었다. 오히려 그를 공격하기 위해 달려드는 행동에 가까웠다.

'이런!'

유건은 급히 전광석화를 펼쳐 옆으로 달아났다. 그러나 목정검과 홍쇄검은 공격을 포기하지 않았다. 두 법보는 바로 몸을 돌려 유건을 다시 베어 왔다. 본인이 연성한 독문 법보에 쫓기는 기이한 상황이 벌어졌다. 가끔은 목정검과 홍쇄검에 베이기 직전까지 갔다가 전광석화 덕에 위기를 넘겼다.

한데 문제는 그게 다가 아니었다. 시간이 흐를수록 목정검과 홍쇄검의 실력이 급속도로 늘어 전보다 강하게, 빠르게, 날카롭게 공격해 온다는 점이 그를 괴롭히는 진짜 문제였다.

심지어 목정검과 홍쇄검은 서로 협력해 공격하는 믿을 수 없는 광경까지 선보였다. 홍쇄검 108자루가 그를 포위하는 동안, 목정검이 행동반경이 좁아진 유건을 집요하게 노렸다.

화가 난 유건은 천수관음검법과 구련보등, 사자후를 펼쳐 목정검과 홍쇄검을 상대로 반격을 시도했다. 덕분에 전처럼 일방적으로 쫓기는 상황은 모면했어도 본인이 공들여 연성한 독문 법보와 겨루는 상황은 끝날 기미가 보이지 않았다.

'이게 무슨 개떡 같은 경우란 말인가? 도대체 이번 시험은 무슨 의미가 있는 거지? 독문 법보와 싸워 이기기라도 하란 말인가? 정말 내 손으로 내가 만든 법보를 부수란 뜻이냐고?'

처음엔 목정검과 홍쇄검을 상대하면서 뭔가 깨달음을 얻는 그런 상황인 줄 알았다. 한데 그렇지 않았다. 목정검과 홍쇄검은 그저 그를 죽이는 데만 심혈을 기울일 뿐이었다. 그는 반대로 그런 법보를 막느라 다른 생각할 여유가 없었다.

대결하면서 전엔 미처 깨닫지 못한 무언가가 갑자기 보이는 그런 기적은 일어나지 않았다. 그는 점점 지쳐 갔다. 반대로 목정검과 홍쇄검은 실력이 늘어 비행술과 전광석화로도 피하기가 어려워졌다. 그는 급히 금강부동공을 끌어올렸다.

쿠웅!

그때, 목정검이 등을 강타하며 지나갔다. 이곳에선 겉옷 안에 걸친 봉우포가 성능을 발휘하지 못해 금강부동공만으로 공격을 막아야 했는데 어찌나 아픈지 정수리까지 욱신거렸다.

'이놈이 감히 주인을 때려?'

전에 없이 흥분한 유건은 목정검을 쫓아가 반격을 가했다. 한데 이는 함정이었다. 목정검이 갑자기 고공으로 치솟는 순간, 홍쇄검 108자루가 부챗살처럼 퍼져 나와 그를 찔렀다.

파파파파팟!

홍쇄검 수십 자루에 난자당한 유건은 피를 뿌리며 쓰러졌다. 바닥에 드러누운 그는 오장육부를 쥐어짜는 것 같은 고통 때문에 꼼짝하지 못했다. 한데 목정검, 홍쇄검은 주인에게 약간의 인정조차 베풀지 않았다. 두 법보는 쓰러진 주인의 몸에 거의 매타작에 가까운 일방적인 공격을 퍼부었다.

유건은 누워서 본인의 팔, 다리가 잘려 나가는 기묘한 광경을 목격했다. 심지어 갈라진 뱃속에선 심장과 같은 장기까지 튀어나왔다. 마지막에는 아예 머리마저 뎅강 잘려 나갔다.

공처럼 통통 튕기며 굴러간 유건의 머리는 바닥에 목 부분을 어렵사리 지탱하고 똑바로 섰다. 그 순간, 차라리 계속 굴러가는 게 나았을지 모른단 생각이 들었다. 유건의 머리와 얼마 떨어지지 않은 곳에서 피를 뒤집어쓴 목정검과 홍쇄검이 걸레짝으로 변한 그의 몸을 잘게 다지는 중이었다.

차마 더 지켜보지 못한 유건은 눈을 질끈 감았다.

'도대체 이게 무슨 망신이지? 왜 몸과 감정이 제멋대로 움직이는 거야? 여기서는 내가 나를 제어할 수 없다는 뜻인가?'

조금 전에 화가 나서 목정검의 뒤를 추격한 행동은 확실히 그답지 않았다. 현실의 그라면 좀 더 냉정하게 상황을 살펴본 후에 침착하게 대처했을 가능성이 컸다. 한데 이곳의 그는 마치 어린애처럼 함정이 분명한 곳으로 뛰어들었다.

그때, 갑자기 찬물을 뒤집어쓴 것처럼 머릿속이 차가워지며 정수리까지 치솟은 분노가 누그러들었다. 그가 가진 가장 강력한 재능인 천령근이 또 한 번 그를 위기에서 구해 냈다.

유건은 그제야 뭔가 감이 잡히는 것이 있었다.

'그래, 이건 내 상상 속에서 벌어지는 일이다. 아니, 조금 더 정확히 말하면 내 뇌 속에서 벌어지는 일이지. 그렇다면?'

유건은 감은 눈을 뜨며 몸을 슬쩍 내려다보았다. 목정검과 홍쇄검에 난자당한 몸이 어느새 목 밑에 제대로 붙어 있었다.

'그래, 뇌력이었어. 뇌력을 이용하는 거였어.'

유건은 고개를 돌려 목정검과 홍쇄검의 위치를 확인했다. 허공을 부유하던 목정검과 홍쇄검은 유건이 다시 살아나기 무섭게 공격해 왔다. 그러나 이번에는 전혀 무섭지 않았다.

유건은 정신을 집중해서 목정검에 뇌력을 주입했다. 당연히 처음에는 쉽지 않았다. 엄청나게 빨리 움직이는 물체에 뇌력을 정확히 밀어 넣는 일이 그리 쉬울 리 없었다. 그가 밀어 넣은 뇌력 대부분은 옆으로 흘러가 사라졌다. 말 그대로 구멍 뚫린 항아리에 물만 계속 붓는 그런 형국이었다.

'그러나 나도 자존심이 있다. 여기서 포기할 거였으면 시작조차 하지 않았어. 어디, 둘 중 누가 먼저 이기나 해보자고.'

유건은 보통의 공선 초기보다 훨씬 방대한 뇌력을 지닌 덕에 뇌력을 끊임없이 밀어 넣을 수 있었다. 그런 식으로 몸과 마음이 한계에 다다를 때까지 뇌력을 밀어 넣었을 때였다.

목정검이 먼저 백기를 들었다. 결국, 유건이 뇌력을 써서 조종하는 대로 움직여 홍쇄검 앞을 막아섰다. 홍쇄검 108자루는 자길 배신한 동료를 무자비하게 몰아쳤다. 그러나 제멋대로 움직이는 홍쇄검은 숫자가 아무리 많아도 유건이 뇌력으로 조종하는 목정검 하나를 제대로 감당하지 못했다.

아름드리나무로 변신한 목정검의 검날에 곧 날카로운 나뭇가지와 갈색 이파리가 무수히 달렸다. 이를 지켜보던 유건은 재빨리 뇌력으로 신호를 보냈다. 그 순간, 목정검에 달린 나뭇가지 수천 개가 홍쇄검 쪽으로 쇄도해 상대를 공격했다.

비검처럼 날며 홍쇄검을 공격하던 나뭇가지가 갑자기 몸을 흔들었다. 그 즉시, 붉은 기가 도는 갈색 이파리가 불꽃놀이 할 때처럼 폭발해 홍쇄검 108자루를 엉망으로 만들었다.

또, 홍쇄검이 공격해 올 땐 목정검이 얇은 방패처럼 길게 늘어나 막아 냈다. 홍쇄검이 아무리 들이받아도 방패는 부서지기는커녕, 갈수록 더 단단해져 모든 공격을 거뜬히 받아 냈다.

유건은 뇌력을 한껏 활용해 상상만 가능하던 일을 현실로 만들었다. 아름드리나무이던 목정검이 어떨 땐 나무 방패로, 또 어떨 땐 날카로운 가시가 달린 나무 몽둥이로 변했다. 심지어 어떤 때는 나무로 만든 화살 수만 개로도 변했다.

유건은 벅차오르는 희열 때문에 정신이 멍할 정도였다.

물론, 전에도 목정검으로 이런 변화를 일으키긴 했었다. 그러나 그때는 복잡한 수결을 맺은 손으로 일일이 법결을 만들어 날려야 했다. 그래야 목정검이 법결을 맞고 그 형태로 변했다. 한데 지금은 그게 뇌력만으로 가능해진 상황이었다. 그 차이는 엄청나게 커 그의 실력을 급격히 올려 주었다.

유건은 마지막으로 숲 그 자체를 상상하며 뇌력을 보내 보았다. 잠시 후, 목정검이 갑자기 나무 수백 그루로 변신했다. 무리하면 나무의 숫자를 좀 더 늘릴 수 있었다. 그러나 지금은 수백 그루가 그가 조종할 수 있는 거의 한계치였다.

유건이 목정검을 이용해 만든 숲으로 벌과 나비와 잠자리가 찾아들고 기이한 화초와 울창한 가시덤불이 앞다투어 생겨났다. 숲으로 변신한 목정검이 뿜어내는 엄청난 양의 나무 속성 기운을 멀리 떨어진 그도 생생하게 느낄 수가 있었다.

준비를 마친 유건은 숲의 형태를 이리저리 바꿔 보았다. 처음에는 둥글게 말아 보기도 하고 그다음에는 정사각형 모양으로 가장자리를 깨끗하게 잘라 보기도 했다. 마지막에는 아예 숲을 거꾸로 뒤집어서 홍쇄검 108자루 위에 덮어씌웠다.

숲속에 갇힌 홍쇄검 108자루는 좌충우돌하다가 결국 숲이 뿜어내는 엄청난 양의 나무 속성 기운에 제압당해 움직임을 멈추었다. 쾌재를 부른 유건은 그 상태에서 홍쇄검에도 뇌력을 보내보았다. 그러나 홍쇄검에는 잘 통하지 않았다. 한두 자루면 몰라도 108자루 전체를 뇌력으로 통제하려면 지금보다 훨씬 많은 양의 뇌력과 정교한 법술이 필요했다.

한참 만에야 눈을 뜬 유건은 자신이 여전히 석실 가운데에 가부좌한 상태로 앉아 있단 사실을 알아냈다. 그러나 조금 전과 전부 똑같지는 않았다. 단전 안에서 용솟음치는 막대한 법력은 그가 마침내 공선 중기에 진입했다는 증거였다.

흥분한 마음을 차분하게 가라앉힌 그는 목정검을 꺼내 뇌력으로 천천히 움직여 보았다. 한데 상상 속에서 조종할 때처럼 목정검이 뇌력만으로 움직이며 갖가지 변화를 만들어 냈다.

'완벽하군.'

만족한 유건은 뇌력으로 목정검을 움직이면서 법결을 날려 홍쇄검 108자루를 조종하는 방법까지 터득한 후에야 폐관 수련을 마쳤다. 칠교보 입문 시험이 며칠 남지 않은 관계로 어차피 수련하고 싶어도 더 수련하기 힘든 상황이었다.

시험 당일까지 공선 중기 경지를 안정시키는 데 집중한 유건은 선부를 나와 접수가 이뤄지는 칠교보 산문으로 날아갔다.

칠교보 산문 앞에는 새벽부터 7만 명이 넘는 낭선들이 집결해 발 디딜 데가 거의 없을 지경이었다. 잘나가는 중견 종파가 제자를 모집할 때보다 몇 배나 많은 숫자였다.

'당연하겠지. 비록 칠교보가 구화련에 속한 종파 중 하나이긴 해도 엄연히 십대종문에 들어가는 곳이니까. 성공만 한다면 낭선에게는 벼락출세하는 것과 다를 바 없지.'

낭선의 숫자는 갈수록 늘어 시험 시작 시각이 임박해 올 무렵에는 10만 명이 넘는 수사가 산문 앞에 집결을 마쳤다. 자격 조건이 공선 중기 이상이 아니었다면 아마 10만 명이 아니라, 15만 명, 어쩌면 20만 명이 몰렸을지도 몰랐다.

유건은 산문 외곽에 있는 나무에 올라가 시험 시작을 기다렸다. 한데 그때, 주위를 두리번거리던 공선 중기 수사 하나가 그가 있는 나무 쪽으로 천천히 걸어왔다. 유건은 고개를 돌려 그에게 다가오는 수사를 슬쩍 관찰했다. 젊은 사내로 영준한 용모와 당당한 태도 덕에 호감이 가는 수사였다.

물론, 수사는 외모로 나이를 판단하기 어려웠다. 외모를 젊게 하는 비술이나 공법을 수련한 수사가 적지 않을 뿐 아니라, 젊음을 유지하는 영약도 생각보다 쉽게 구할 수 있었다.

유건도 헌월선사가 남긴 단약을 닥치는 대로 집어 먹은 다음부터는 20대 후반의 나이에서 더는 외형적인 변화가 없었다.

유건의 시선을 감지한 사내가 정중한 태도로 인사를 건넸다.

"초면에 실례가 많습니다. 입문 시험 시작 전까지 마땅히

대기할 장소가 없어서 그러는데 옆에 앉아도 괜찮겠습니까?"

"괜찮소."

"수사의 너그러움에 감복했습니다."

끝까지 예의를 잃지 않은 사내가 옆 나뭇가지에 앉으며 물었다.

"당연히 칠교보 입문 시험을 치러 오신 거겠지요?"

유건은 고개를 끄덕이며 대꾸했다.

"어차피 같은 경지인데 그렇게 예의 차릴 필요 없소."

사내가 호탕하게 웃으며 자신을 소개했다.

"하하, 성격이 시원시원해서 아주 마음에 드는구려. 난 월추에서 온 삼은(森殷)이라 하오. 노형(老兄)은 어디서 오셨소?"

"난 유건이오. 서북에서 왔소."

"서북이면 일황(日黃), 만지(滿地), 곡융(谷融), 항도(港都) 중 한 곳에서 오신 거요? 아니면 백락장이 있는 근위(勤衛)?"

"근위에서 왔소. 한데 삼 수사는 서북 지리를 잘 아는 모양이오?"

"낭선에게 백락장이 있는 근위야말로 두 번째 고향이 아니겠소? 나도 백락장이 있는 근위를 세 번이나 오갔다오."

유건도 마침 심심하던 차였기 때문에 지식이 많고 입심이 좋은 삼은과 대화를 나누며 칠교보 입문 시험을 기다렸다. 삼은은 서남에 대해 아는 게 별로 없는 그를 위해 이 지역 지리와 문화, 경계해야 할 인물 등을 자세히 소개해 주었다. 또, 입문 시험에서 조심해야 할 경쟁자도 직접 일일이 지목까지 해 가며 상세히 알려 주어 유건을 기쁘게 하였다.

그때, 굳게 닫힌 칠교보의 거대한 산문이 마침내 활짝 열리더니 비범한 자태를 지닌 남녀 수사 30명이 모습을 드러냈다.

## 4장. 두 번째 입문 시험

지원자들은 부러움이 담긴 눈빛으로 칠교보 수사를 응시했다.

"오오, 칠교보 수사들이 나타났다!"

"수사 대부분이 오선 중, 후기의 경지야! 역시 대단해!"

"정말이군! 역시 십대종파라니까!"

그때, 칠교보 수사 중에서 검은 수염을 길게 기른 중년 사내가 손을 번쩍 들어 좌중을 조용히 시켰다. 오선 후기를 대성한 중년 사내는 위엄이 대단해 수사 10만 명이 모인 공터가 바늘 떨어지는 소리도 들릴 만큼 순식간에 조용해졌다.

삼은이 탄성을 내지르며 속삭였다.

"아, 이번 입문 시험은 칠교보 일월교(日月橋)의 수석 호법으로 명성이 자자한 진종자(進倧子) 선배가 주관하는가 보오."

유건이 검은 수염을 길게 기른 중년 사내를 바라보며 물었다.

"저분이 진종자 선배요?"

"맞소. 오선 후기를 대성해서 장선 진입만 남은 선배님이시지."

"한데 좀 전에 말한 일월교는 어떤 조직이오?"

"칠교보의 원래 이름이 백교보(百橋堡)였다는 사실은 아시오?"

"얼핏 들어는 보았소. 구화련에 들어갈 때, 이름을 바꿨다고."

"대충 맞소. 원래 칠교보는 백교보란 명칭을 쓸 정도로 산하에 100개가 넘는 조직을 두었소. 한데 구화련을 처음 결성할 때, 백교보가 구화련을 구성하는 9개 종파 중에서 서열 7위를 받았지 뭐요. 아마, 실력이나 제자 수에서 밀렸을 테지. 어쨌든 구화련으로 적을 옮긴 다음엔 서열에 맞게 앞에 숫자 칠을 붙여 칠교보란 이름으로 새로 지어야 했소."

삼은의 설명에 따르면 구화련 아홉 개 종파는 각 서열에 맞게 앞에 숫자를 붙여 구분했다. 즉, 구화련 맹주인 운심관(雲沈館)은 일심관(一沈館)으로, 서열이 꼴찌인 독윤곡(毒尹

谷)은 구윤곡(九尹谷)으로 이름을 바꾼 셈이었다. 그처럼 원랜 백교보이던 칠교보도 지금의 이름으로 바꿔야 했다.

한데 이름 따라간단 말처럼 이번엔 오히려 백교보 밑에 있던 100개 조직이 칠교보를 대표하는 일곱 개 조직이 어디인지 가리는 경쟁을 하였다. 그 일곱 개 조직에 가장 먼저 뽑힌 곳이 일월교였다. 즉, 칠교보의 실세 조직이었다.

삼은의 설명에 따르면 바로 전까지는 제자를 관리하는 행정조직이 입문 시험 대부분을 주관했다. 한데 이번 시험은 일교보가 나서 주관하는 것이었다. 이는 역설적으로 칠교보가 이번 입문 시험에 공을 상당히 들인단 증거였다.

유건은 곰곰이 생각했다.

'갑자기 입문 시험에 공을 들이는 덴 분명 다른 이유가 있을 거다. 우선 뭔가 큰 전쟁을 앞두고 쓸 만한 제자의 수를 불릴 필요가 있거나, 아니면 종파 내부에 암투가 발생했거나.'

유건이 그런 생각을 할 때, 진종자의 목소리가 다시 들려왔다. 진종자가 법력을 써서 말했기 때문에 멀리 떨어진 유건과 삼은의 귀에도 옆에서 말하는 것처럼 선명하게 들렸다.

"우선 오선 이상은 왼쪽으로 모여 주시오!"

그 말이 끝나기 무섭게 100명이 넘는 수사가 일어나 왼쪽으로 걸어갔다. 다른 낭선들은 그런 그들을 부러운 시선으로 바라보았다. 오선 이상부터는 입문 시험을 치를 필요가 없었다. 그들은 신원 조회 후에 바로 합격을 통지받았다. 오선이

125

라면 어느 종파에 가든 대우받기 마련이었다.

잠시 후, 칠교보 수사 몇 명이 한쪽에 모인 오선 이상 지원
자를 데리고 산문 안으로 들어갔다. 이제 갈 사람은 다 간 셈
이라, 입문 시험이 본격적으로 치러지는 일만 남았다.

거의 마지막 순번인 유건과 삼은은 공터에서 한 달쯤 기
다린 후에야 접수대에 설 수 있었다. 지원자가 워낙 많기 때
문이었는데 수사에게 한 달은 그리 긴 시간이 아니어서 크게
지루하지 않았다. 적당한 장소에 터를 잡은 유건과 삼은은
낮에는 이런저런 주제로 이야기를 나누고 밤에는 각자 마련
한 수련 장소에 들어가 심신을 깨끗하게 가다듬었다.

삼은은 그와 궁합이 꽤 잘 맞아 금세 친해졌다. 물론, 겉모
습으로 수사를 판단하는 행동은 바보들이나 하는 짓이었다.

유건은 전에 그를 아주 정중히 대하던 헌월선사가 순식간
에 안면을 바꾸는 모습을 보았었다. 또, 불과 얼마 전에는 몇
달을 동고동락한 홍지, 동명자, 막리가 그와 사곤을 배신하
는 광경을 현장에서 자기 눈으로 직접 목격한 적도 있었다.

홍지야 처음부터 의심스러운 구석이 있어 전혀 신뢰하지
않았다고는 해도 살갑게 대하던 막리와 언제나 사람 좋아 보
이는 미소를 잃지 않던 동명자가 끌사나운 모습을 보인 일은
확실히 의외였다. 그런 경험을 벌써 두 차례나 한 유건은 경
계심을 약간 지닌 상태에서 삼은을 대하는 중이었다.

삼은도 그를 대할 때 약간 경계하긴 매한가지였다. 중요

한 문제가 화두에 오를 때마다 얼버무리며 대충 둘러대곤 하였다.

접수 마지막 날, 유건은 삼은과 이런저런 대화를 나누며 본인 차례가 오길 기다렸다. 한데 그때 젊은 여자 하나와 사내두 명으로 이루어진 수사 무리가 두 사람 쪽으로 다가왔다.

여자는 눈가가 길게 찢어져 있어 약간 표독한 느낌을 주는미녀였고 옆에 있는 두 사내는 얼굴이 상당히 닮은 게 형제처럼 보였다. 두 형제는 마치 시골에서 갓 상경한 농부처럼 순박한 미소를 짓고 있어 보고 있으면 기분이 절로 좋아졌다. 좀처럼 어울릴 것 같지 않으면서도 왠지 모르게 잘 어울리는면이 있는 이 세 수사는 모두 공선 후기였다.

그때, 삼은의 다급한 뇌음이 들려왔다.

"유 형, 조심하시오. 저 셋은 서남 남서쪽 해안에 있는 요안(曜岸)이란 지방에서 악명을 떨치는 요안삼수(曜岸三修)요. 저 표독한 인상의 여자가 저들의 맏이인 치원(熾媛)이고 그옆에 있는 형제는 온호(溫虎), 온사(溫獅)라 하는데 오선 후기의 어떤 선배를 사부로 모신 다음부턴 금수의 탈을 쓴 것처럼 악행을 저지르길 밥 먹듯 하였소. 한데 그 사부가 몇 년 전에 강적을 만나 황천으로 떠나고 나선 소식이 끊어져 죽은 줄알았는데 인제 보니 칠교보에 입문해 그들을 노리는 강적으로부터 안위를 보장받을 생각인 모양이오."

삼은의 설명을 들은 유건은 새삼스러운 눈으로 세 수사를 관찰했다. 특히, 온호, 온사가 인상적이었다. 겉모습만 봐서는 막 상경해 세상 물정 모르는 순박한 사내 같았다. 한데 그들이 하는 짓은 악마보다 더하면 더했지 덜하진 않았다.

'역시 수사의 인상은 믿을 게 아니야.'

요안삼수는 삼은을 손가락질하며 대놓고 비웃었다.

특히, 막내인 온사가 악연이 있는지 조롱까지 서슴지 않았다.

"월추의 용감한 협선(俠仙)께서 어딜 가서 요즘 통 안 보이나 했더니 이런 곳에 숨어 계셨군. 소문에는 월추 흑선 패거리랑 시비가 단단히 붙어 쫓기고 있다던데 우리 삼형제처럼 칠교보에 입문해 강적의 추적을 피할 생각인 모양이지? 평소엔 거들먹대더니 하는 짓은 우리와 별 차이가 없구먼."

삼은은 온사의 조롱을 태연한 태도로 받아넘겼다.

"하하, 세 분께서 몇 년 전에 선연을 맺어 공선 후기에 오르셨다는 말은 들었습니다만, 역시 실제로 보는 것과는 차이가 크군요. 후배가 시험에 합격한다면 아무쪼록 한솥밥 먹는 동문인 점을 생각해 아량을 베풀어 주시길 부탁드립니다."

맏이인 치원이 서리를 얹은 듯한 냉랭한 목소리로 대꾸했다.

"흥, 그건 네놈이 시험에 합격했을 때의 얘기겠지."

싸늘하게 경고한 치원은 두 동생을 데리고 접수대로 걸어갔다.

한데 삼은이 악명 높은 요안삼수와 원한을 맺었단 사실을 안 지원자들이 그들과 간격을 벌렸다. 괜히 삼은 옆에 있다가 요안삼수에게 밉보이면 재미가 적을 것이기 때문이었다.

삼은이 한숨 쉬며 유건에게 권했다.

"유 형도 이런 내가 부담스러우면 다른 곳으로 가도록 하시오. 난 괜찮소. 어차피 이런 일이 한두 번 있었던 게 아니니까."

유건은 삼은에게 물었다.

"요안삼수 막내란 자와 원한을 맺은 거요?"

삼은이 말도 말라는 듯 손사래를 치며 대답했다.

"벌써 십수 년 전 이야기요. 요안삼수가 아직 중기였을 때니까. 요안삼수 막내가 입선 여수사를 욕보이려는 걸 방해한 적 있는데 그걸 아직도 잊지 못하고 날 증오하는 모양이오."

"월추 흑선 패거리랑 시비가 붙었단 얘기는 또 뭐요?"

삼은의 한숨이 더 깊어졌다.

"그 얘기를 다 하려면 하루로는 모자랄 거요. 그냥 간단히 말해서 내가 친구로 사귄 수사를 월추 흑선 패거리 하나가 노리고 있다는 소식을 듣고 얼른 달려가 구해 준 적이 있었는데, 글쎄 그 흑선 패거리 뒤에 생각지 못한 강자가 있지 않았겠소. 그 바람에 살아 보겠다고 여기까지 찾아온 거라오."

삼은은 그러면서도 흑선 패거리 배후에 있는 강자에 관해서는 얘기하길 꺼렸다. 아마 상당한 규모의 세력에 속해 있는 대단한 실력자인 모양이었다. 그가 그런 추측을 한 이유는 그가 굳이 활동하던 월추에서 이 먼 서남으로 도망쳐 와 십대종파 중 하나인 칠교보에 입문하길 원하기 때문이었다.

유건은 삼은과 요안삼수를 보면서 거대 종파가 낭선을 제자로 받지 않은 이유를 확실히 깨달았다. 삼은과 요안삼수 둘 다 거대 종파에 의지할 생각으로 칠교보를 찾았다.

그건 그도 마찬가지였다. 그는 낙낙사의 추적에서 벗어날 목적으로 거대 종파인 칠교보에 몸을 의탁하러 온 상황이었다.

이런저런 생각 중일 때, 앞줄에 있는 수사가 접수를 마치면서 마침내 그의 차례가 다가왔다. 유건은 접수대에 앉은 아담한 체구의 오선 초기 여수사가 물어보는 질문에 대답했다.

"태어난 곳은 어딘가?"

"대홍산맥 인근의 개염국입니다."

"선도에 입문한 지는?"

"80년쯤 지났습니다."

서류에 답변을 적던 여수사가 고개를 획 들어 그를 확인했다.

"그럼 80년 만에 공선 중기에 올랐단 말인가?"

"왜 그러십니까?"

여수사가 헛기침하며 대답했다.

"아니, 수련 진도가 꽤 빨라서 잠시 놀랐을 뿐이네."

유건은 여수사의 말을 듣고 크게 안도했다. 그가 선도에 입문한 지는 이제 60여 년에 불과했다. 실제보다 20년을 더 해 말했는데 그녀가 이 정도로 놀란다면 만약, 진실을 말했을 땐 앞으로 다른 수사의 이목을 끌 가능성이 상당히 컸다.

평정을 회복한 여수사가 질문을 이어 갔다.

"누구에게서 처음 선도를 배웠는가?"

"이름을 밝히지 않은 어떤 선사께 배웠습니다."

"그럼 주로 수련한 공법은 어느 계열인가?"

"불문 공법입니다."

반 시진 동안 이어진 질문의 끝은 선근에 관한 내용이었다.

"타고난 선근은 무엇인가?"

"상령근(上靈根)입니다."

여수사가 만족한 표정을 지었다.

"괜찮은 선근이군."

선도에는 원칙이 하나 있었다. 바로 상대의 선근을 확인하지 않는단 원칙이었다. 이는 본인이 타고난 선근이 드러날 경우, 다른 수사의 욕심이나 질투를 동반한 경계심을 자극하기 때문이었다. 예를 들어 유건처럼 천령근을 타고난 자의 신상이 까발려지면 헌월선사 같은 강자가 법보 제련이나 연단에 사용하기 위해 그를 죽이려 들 게 거의 확실했다.

물론, 그 원칙이란 말은 항상 통하는 게 아니어서 상대적이란 표현이 더 맞았다. 이를테면 을성선사가 같은 초강자가 그의 선근을 알아보겠다고 나서면 누가 막을 수 있겠는가. 그러나 그런 경우를 제외하면 보통은 믿어 주는 편이었다.

유건이 천령근 대신에 대답한 상령근은 꽤 좋은 선근으로 그 위의 등급은 모두 천품(天品)이라 불리는 선근이었다. 유건이 타고난 천령근은 당연히 천품 중에서도 등급이 높은 선근으로 그 존재가 알려지면 하루도 채 살아남기 어려웠다.

헌월선사처럼 그의 천령근을 이용하려는 강자와 미래의 경쟁자를 초장에 없애려는 적들이 벌떼처럼 몰려들 게 분명했다.

지원서를 작성한 여수사가 날카로운 눈으로 그를 쏘아보았다.

"만약, 오늘 자네가 대답한 내용 중에 사실과 다른 내용이 있다면 파문으로 끝나지 않을 것이네. 이 점을 명심하게나."

유건은 얼굴색 하나 변하지 않고 태연하게 대답했다.

"물론입니다."

접수를 마친 유건이 다른 곳으로 가란 말을 들었을 때, 삼은, 요안삼수는 이미 접수를 마치고 다른 곳으로 이동한 후였다.

그곳은 어떤 들판으로 일종의 시험장에 가까웠다. 그들이 도착했을 때는 이미 수십 개에 달하는 시험장에서 시험이 치러지는 중이었다. 시험을 치르는 방식은 의외로 간단했다.

진종자를 비롯한 시험 감독관이 지켜보는 앞에서 시험에 응시한 수사가 장기를 선보였다. 비검에 자신 있는 수사는 비검을, 법술에 자신 있는 수사는 법술을 선보였다. 한데 장기의 종류가 다양해 그는 견문을 넓히는 계기로 삼았다.

유건은 특히 그에게 부족한 진법이나 부적 제조, 연단술, 법보 제련술에 관심을 가지고 지켜보았다. 그로부터 다시 한 달이 지났을 무렵, 유건이 장기를 선보일 차례가 다가왔다.

유건은 적당히 통과할 생각으로 목정검을 꺼내 비검술을 약간 선보였다. 물론, 뇌력은 쓰지 않고 법결을 날려 조종했다.

한데 그때, 상석에 앉아 있던 진종자가 불쑥 물었다.

"너는 불문의 공법을 배웠다면서 그건 왜 펼치지 않는 것이냐?"

유건은 한껏 당황한 표정으로 머리부터 조아렸다.

"아직 미숙한 점이 많아 여러 선배님 앞에서 펼치기가 부끄러워 그랬습니다. 그래도 보고 싶으시다면 펼쳐 보겠습니다."

진종자가 팔짱을 끼며 호되게 꾸짖었다.

"수사가 자신의 실력을 삼 푼쯤 감추는 것은 어쩌면 당연한 일이다! 하지만 네 녀석처럼 칠 푼을 감추지는 않아! 더욱이 우리 종파에 입문하기 위해 시험을 보러 온 주제에 말이야!"

허를 찔린 유건은 어찌할까 잠시 고민했다.

그때, 진종자가 다시 지시했다.

"어설픈 비검술은 그만두고 네가 그동안 배웠다는 불문 공법이나 한번 펼쳐 보도록 해라. 설마 그것까지 속이진 않겠지."

"송구합니다."

유건은 바로 전광석화, 구련보등, 금강부동공을 펼쳐 보였다. 물론, 위력이 가장 강한 천수관음검법은 끝까지 감추었다.

시연을 마친 후, 진종자가 고개를 끄덕였다.

"실력이 괜찮군."

그 말에 안심한 유건은 시험장을 나와 결과를 기다렸다. 결과는 물론 합격이었다. 시험이 모두 끝났을 땐 10만 명이 넘는 수사가 5만 명으로 줄어 있었다. 그러나 여전히 많은 편이어서 시험은 거의 반년 동안 이어졌고 시험이 하나 끝날 때마다 지원자가 뭉텅이로 떨어져 나가 3,000명까지 줄었다.

진종자가 마지막 시험을 앞두고 지원자들에게 설명했다.

"마지막 시험에서는 진법, 연단 등의 특기를 지닌 지원자를 제외한 1,000명만 남기겠다. 시험 방식은 간단하다. 앞에 있는 계곡에 합격패 1,000개를 뿌려 놓았다. 본보는 그 합격패를 지닌 수사만 제자로 받아 주겠다! 모두 최선을 다해라!"

지원자들은 그 즉시 합격패를 찾기 위해 계곡으로 몸을 날렸다.

◆ ◈ ◆

지원자들은 합격패가 뿌려진 계곡으로 날아가며 쾌재를 불렀다.

칠교보가 저번 시험에 뿌린 합격패는 고작 300개에 불과했다. 한데 이번에는 그 세 배가 넘는 양을 뿌렸다. 합격할 확률이 전보다 월등히 올라간 셈이라 기쁘지 않을 이유가 별로 없었다. 물론, 모든 지원자가 마냥 기뻐한 것은 아니었다.

유건 옆에 따라붙은 삼은이 좀처럼 우려를 떨쳐 내지 못했다.

"이거 아무래도 칠교보가 단단히 작정한 모양이오."

"합격패가 늘어난 일 때문에 그러시오?"

"그뿐만이 아니오. 원래 칠교보는 제자를 뽑는 일에 꽤 인색해서 거의 10년마다 한 번씩 외부 제자를 뽑아 분위기를 일신했소. 자체적으로 보유한 선가에서만 계속 제자를 충당하면 원래도 심한 파벌이 더 강해질 뿐 아니라, 내문과 외문 제자 사이의 경쟁이 줄어들기 때문에 제자들이 나태해져 수련을 게을리하는 탓이었지. 한데 이번에는 불과 5년 만에 제자를 새로 뽑는 거요. 거기다 합격패까지 세 배로 늘린 것을 보면 칠교보가 뭔가 큰일을 앞둔 게 분명하오."

이는 유건의 생각과 거의 일치하는 의견이었다. 그 역시 칠교보 내부에 뭔가 사정이 있음을 진작부터 눈치 챈 상태였다.

'이거 낙낙사의 추적을 피하려다가 더 큰 혹을 붙이는 건 아닌지 모르겠군. 하지만 여기까지 와서 돌아갈 수도 없으니.'

그런 생각을 하며 계곡에 이르렀을 때였다.

삼은이 갑자기 다른 방향으로 날아가며 뇌음을 보냈다.

"이제부터는 우리도 다른 수사들처럼 한 명의 경쟁자일 뿐이오. 서로 얼굴 붉힐 일이 없게 다른 방향으로 가는 게 좋겠소."

"그게 편하면 그렇게 하시오."

"그럼 다음에는 서로 합격패를 지닌 상태에서 만나도록 합시다."

작별을 고한 삼은은 이내 작은 점으로 변해 사라졌다.

한편, 적당한 장소를 발견한 유건은 뇌력을 퍼트려 합격패를 찾았다. 그의 뇌력은 이제 공선 후기를 넘어 오선에 필적했으므로 순식간에 네다섯 개가 넘는 합격패를 발견했다. 그는 법결을 날려 좀 전에 뇌력으로 찾은 합격패를 회수했다.

한데 가장 먼 곳에 있던 다섯 번째 합격패가 중간쯤 왔을 때였다. 양탄자처럼 생긴 비행 법보를 탄 어떤 수사 하나가 재빨리 합격패를 낚아채 수십 장 높이의 폭포로 도망쳤다.

"흥."

코웃음 친 유건은 전광석화를 펼쳐 재빨리 따라붙었다.

푸드득!

그때, 폭포 안에서 얼음으로 만든 박쥐 수백 마리가 튀어나와 그를 에워쌌다. 유건은 급히 전광석화를 펼쳐 도망쳤다.

그러나 얼음 박쥐를 떼어 내는 일은 좀처럼 쉽지 않았다. 얼음 박쥐는 청각으로 목표를 탐지하기 때문에 전광석화로 달아날 때마다 끈질기게 따라붙어 떨어질 기미가 보이지 않았다.

곧 눈동자가 눈처럼 하얀 얼음 박쥐 수백 마리가 주위에 달라붙어 두통을 일으키는 이상한 소음을 내며 날카로운 이빨과 발톱으로 유건이 펼친 금강부동공을 뚫으려 들었다.

합격패를 낚아채 도망치던 수사도 다시 돌아와 악기를 연주하듯 손가락을 튕겼다. 그 즉시, 얼음으로 만들어진 송곳 수십 개가 얼음 박쥐 떼에 갇힌 그를 밑에서 위로 공격했다.

'둘 다 얼음 속성 공법을 쓰는 모습을 보면 같은 사부 밑에서 수학한 모양이군. 괜찮은 공법을 고작 이런 일에 쓰다니.'

혀를 찬 유건은 전광석화에 주입하는 법력의 양을 대폭 늘렸다. 그 순간, 유건은 황금색 불길에 휩싸여 얼음 박쥐 떼가 만든 포위망을 손쉽게 벗어났다. 얼음 박쥐 수백 마리가 도망치는 그를 쫓았다. 그러나 전광석화의 불길에 닿기 무섭게 얼음 박쥐는 회백색 수증기로 변해 흩어질 따름이었다.

"호 사매(湖師妹), 이번엔 우리가 당했어! 어서 피해!"

그때, 동료에게 경고한 도둑이 폭포 반대 방향으로 날아갔다. 폭포 안에 숨어 있던 도둑의 동료 역시 날개가 푸른 거대 박쥐 위에 올라타 고공으로 곧장 달아났다. 도둑과 도둑의 동료는 유건이 처음에 얼음 박쥐 떼에 밀릴 때만 해도 자신들의 매복 공격이 성공했다고 여겼다. 실제로 그들은 이 방법을 써서 합격패를 벌써 다섯 개나 차지한 상태였다.

한데 오히려 함정에 빠진 건 그들이었다. 폭포 안에 도둑의 동료가 숨어 있다는 사실을 뇌력으로 파악한 유건이 도둑을 쫓는 척 폭포에 접근해 동료까지 같이 끌어낸 상황이었다.

"너무 늦었어."

중얼거린 유건은 달아나는 도둑에게 목정검을 쏘아 보냈다. 또, 고공으로 도망친 도둑의 한패에게는 홍쇄검을 발출했다.

잠시 후, 뇌력으로 조종하는 목정검이 상대가 펼친 얼음 보호막을 뚫고 들어가 도둑의 허벅지를 베었다. 도둑은 급히 법보낭에서 단약을 꺼내 상처 위에 뿌렸다. 그러나 목정검에는 혈수목 성분이 녹아 있어 단약을 발라도 출혈이 멎지 않았다.

단약을 바꿔 가며 지혈하려 해도 소용이 없는 모습에 볼품

없는 염소수염을 기른 도둑의 얼굴이 새파랗게 질렸다. 급기야 피가 더 쏟아지기 전에 아예 상처 부위를 잘라 내 원인을 제거할 작정으로 단도를 꺼내 다리 하나를 잘랐다.

그때, 목정검에 흡수시킨 독음화의 독이 상처를 통해 곧장 혈관으로 침투해 도둑의 몸을 짙은 검은색으로 물들였다. 도둑은 비명조차 지르지 못하고 검은 액체로 녹아 흩어졌다.

실전에서 처음 사용해 본 목정검의 위력에 만족한 유건은 눈을 들어 고공 쪽을 살폈다. 푸른 날개 박쥐에 탄 중년 여인이 홍쇄검 108자루에 막혀 고군분투 중이었다. 홍쇄검은 아직 목정검처럼 자유자재로 사용할 수 없는 수준이어서 지금이 법결을 이용해 조종 가능한 한계치에 해당했다.

유건은 시간을 끌 생각이 없었으므로 사자후를 펼쳐 중년 여인을 옭아맸다. 여인은 이상한 파동이 자신을 덮쳐 온단 느낌을 받기 무섭게 몸이 마음대로 움직이지 않는다는 사실을 깨닫고 몹시 당황했다. 그때, 아름다운 연꽃 꽃봉오리 수십 송이가 환상처럼 피어올라 그녀의 살갗에 달라붙었다.

곧 연꽃 꽃봉오리가 활짝 만개하며 안에 든 흰 꽃가루를 뿜어내 그 안에 갇힌 중년 여인을 순식간에 녹여 버렸다. 물론, 원신 역시 빠져나갈 틈이 없어 본신과 최후를 같이했다.

까다로운 얼음 공법을 익힌 공선 중기 수사 둘을 순식간에 해치운 유건은 법력을 써서 그들이 지닌 법보낭을 끌어왔다.

오행석과 몇 가지 재료를 확인한 후에 찾던 물건을 발견했다. 바로 합격패였다. 시험을 시작한 지 이제 반나절에 불과했음에도 두 수사가 함정을 파서 죽인 경쟁자가 꽤 많아 합격패를 다섯 개나 더 구할 수 있었다. 거기다 뇌력으로 찾은 합격패를 더하면 총 열 개로 아홉 개의 여분이 생겼다.

다음 날 아침에는 합격패의 숫자가 훨씬 더 늘어 거의 50개에 육박했다. 칠교보가 시험장에 뿌린 합격패가 1,000개란 점을 생각하면 20분의 1에 해당하는 어마어마한 양이었다.

구한 합격패 중 반은 뛰어난 뇌력으로 직접 찾은 거였고 나머지 반은 멋모르고 그를 먼저 공격한 수사에게 빼앗은 합격패였다. 유건은 여분의 합격패로 할 일이 있었으므로 복신술로 마지막에 죽인 중년 수사의 얼굴과 목소리를 훔쳤다.

중년 수사는 기륜(企輪)이란 이름을 쓰는 공선 중기로 혼자 유건을 기습했다가 바로 역습당해 죽은 어리석은 자였다.

한데 합격패를 모으는 수사는 유건만이 아니었다. 특히, 공선 후기 중에 실력이 월등한 수사 몇 명이 대놓고 수집하는 바람에 칠교보가 시험을 위해 계곡에 1,000개나 뿌려 둔 합격패를 실제로 손에 넣은 수사는 2, 300명이 넘지 않았다.

이튿날 저녁, 결국 합격패를 수색하던 유건은 그런 수사 하나와 맞닥뜨렸다. 그는 바로 요안삼수 중의 막내인 온사였다.

온사는 기륜으로 위장한 유건을 보며 비웃었다.

"네가 합격패를 모은다는 기륜이냐?"

유건은 콧방귀를 뀌며 대꾸했다.

"그렇습니다만?"

유건의 건방진 태도에 발끈한 온사가 짙은 살기를 표출했다.

"공선 중기 주제에 아주 대담하군."

유건은 심드렁한 표정으로 손을 저었다.

"할 말이 그게 다면 이만 가 보겠습니다. 전 할 일이 있어서."

눈에 쌍심지를 켠 온사가 법보를 꺼내며 욕을 퍼부었다.

"너무 멍청한 탓에 관에 들어가고 나서야 하늘 밖에 또 다른 하늘이 있음을 알 놈이군. 오냐, 건방지기 짝이 없는 네놈의 염통을 살아 있는 상태에서 꺼내 잘근잘근 씹어 먹어 주마. 아마 그 염통은 네놈의 성격을 닮아 아주 맛있을 거야."

유건은 고개를 갸웃거렸다.

"제 염통은 생각보다 비쌉니다. 아마 댁의 목 위에 달린 쓸모없는 물건보다 훨씬 비쌀 텐데 그래도 꼭 드셔야겠습니까?"

"이 미친놈이 감히 나를 조롱해!"

머리 뚜껑이 열리기 직전인 온사는 바로 법보 두 개를 방출했다. 둘 다 뱀의 허물을 닮은 법보였는데 온사가 법력을 주입하는 순간, 풍선에 바람을 넣은 것처럼 점점 빵빵해지더니 허물이 아닌 진짜 뱀의 모습으로 변신했다. 하나는 검은색,

다른 하난 흰색이었는데 검은 뱀은 흰 눈동자를, 흰 뱀은 검은 눈동자를 지닌 게 평범한 법보는 아니었다.

온사는 그가 자랑하는 법보인 흑백소생사(黑五燒生蛇)를 움직여 유건을 거세게 몰아붙였다. 흑백소생사 중 검은 뱀은 흰 독을, 흰 뱀은 검은 불길을 토해 냈는데 위력이 상당해 그 주변 일대 전체가 불길과 독연에 휩싸여 폐허로 변했다.

그때, 유건이 온몸에 전광석화의 불길을 두른 상태에서 검은 불길과 흰 독연 사이로 용감하게 뛰어들었다. 전광석화는 과연 불문의 정종 공법다웠다. 전광석화가 만들어 낸 황금색 불길은 검은 불길을 순식간에 잡아먹었을 뿐만 아니라, 흰 독연까지 불태워 그 일대를 다시 청정하게 만들었다.

내친김에 홍쇄검 108자루를 마저 발출한 유건은 도망치는 데 급급한 흰 뱀과 검은 뱀을 수만 토막으로 잘라 흩어 버렸다.

흑백소생사를 철석같이 믿고 있던 온사는 몸을 부들부들 떨었다. 흑백소생사는 그의 죽은 사부가 물려준 법보로 수많은 강적을 없애 온 대단한 보물이었다. 한데 유건이 그가 방심한 틈을 노려 눈 깜짝할 사이에 흑백소생사를 없애 버렸다.

"이놈이 감히 내 귀중한 흑백소생사를 죽여!"

화를 벌컥 낸 온사가 헛바람을 크게 집어삼켰다. 그 순간, 온사의 몸이 풍선처럼 불어나 순식간에 20장 크기까지 커졌다.

그뿐만이 아니었다. 거대해진 온사는 마치 수사자처럼 머리에 파란색 갈기가 돋아났고 손톱과 발톱은 맹수의 그것처럼 길고 날카로워졌다. 또, 가슴팍은 앞으로 튀어나오고 허리는 길어졌으며 팔과 다리는 원래 길이보다 훨씬 짧아졌다. 마지막으로 길게 찢어진 입 옆으로는 날카로운 송곳니까지 튀어나와 사람이 아니라, 한 마리 사자를 보는 듯했다.

사자로 변신한 온사가 송곳니를 드러내며 으르렁거렸다.

"내게 독문 공법까지 펼치게 하다니 제법이구나! 그러나 귀여운 재롱을 부리는 것도 거기까지다! 지금부터는 공선 후기와 공선 중기가 얼마나 차이 나는 경지인지 제대로 알려 주마!"

유건은 어깨를 으쓱거렸다.

"진짜 실력 있는 수사는 당신처럼 주절주절 떠들지 않더군요. 차라리 그럴 바에야 손부터 먼저 쓰는 게 확실하다면서요."

"이놈이 찢어진 입이라고 끝까지 나불대는구나!"

온사는 축지법을 쓰듯 성큼성큼 간격을 좁혀 와 양팔을 휘둘렀다. 공격이 어찌나 빠른지 살짝 감은 눈을 다시 떴을 땐 이미 온 세상이 온사가 휘두른 발톱에 잘려 나간 듯했다.

그러나 공선 중기에 이른 유건의 전광석화는 전보다 반 배 이상 빨라져 있었다. 그 덕에 유건은 매번 아슬아슬한 차이를 두고 공격을 피할 수 있었다. 그 모습을 보고 더 열 받은 온사는 아예 입을 크게 벌려 유건을 통째로 잡아먹으려 들었다. 그러나 유건이 청랑을 타고 도망치는 바람에 온사의 무시무시한 공격은 좀처럼 통할 기미가 보이지 않았다.

독이 바짝 오른 온사는 발톱 열 개를 비도처럼 발출해 공격했다. 또, 크게 벌린 입으로는 사발만 한 굵기의 파란 광선을 발출했다. 그러나 그 두 가지 공격으로는 만족하지 못한 온사가 두꺼비처럼 목을 부풀리더니 몸을 살짝 흔들었다.

그 순간, 목 주위에 달린 파란색 갈기가 수천 개의 날카로운 침으로 변해 유건을 찔러 왔다. 이번 공격에 법력 대부분을 소비한 온사는 크기가 20장에서 10장으로 급속히 줄었다.

"변신해서 한다는 짓이 고작 그건가?"

코웃음 친 유건은 온사처럼 몸을 부풀렸다. 그러나 온사처럼 사자로 변신하지는 않았다. 그 대신, 황금색 불광을 두른 불상으로 변신했는데 바로 천수관음검법의 기본자세였다.

온사보다 10장이 더 큰 30장까지 크기를 키운 몸의 어깨와 겨드랑이에서 관절이 부러지는 소리가 두둑 나더니 끝에 칼날이 달린 팔 열네 개가 삽시간에 튀어나왔다. 팔 끝에 달린 칼날에서는 불경으로 만든 선문이 강렬한 빛을 뿜었다.

유건은 열여섯 개의 칼날을 날개처럼 만들어 몸을 감쌌다. 그때, 온사가 토한 파란색 광선이 칼날에 부딪혀 튕겨 나갔다. 한데 튕겨 나갈 때, 상대가 있는 방향으로 튕겨 가는

144

바람에 마음을 놓고 있던 온사가 허겁지겁 위로 피해야 했다.

파란색 광선을 거울처럼 튕겨 낸 칼날 열여섯 개는 온사가 처음 날린 발톱 모양의 비도도 전부 요격해 먼지로 만들었다.

그뿐만이 아니었다. 유건은 열여섯 개의 칼날을 순식간에 수십 번 휘둘러 온사가 발출한 파란색 침을 모두 떨어트렸다.

"미, 믿을 수가 없군. 공선 중기가 이렇게 강하다니?"

그제야 자기가 벌집 정도가 아니라 그보다 더한 것을 건드렸음을 깨달은 온사는 얼굴이 사색으로 변해 도망쳤다. 이곳에 없는 요안삼수 다른 두 명에게 도움을 청할 요량이었다.

그러나 바로 전광석화를 펼쳐 따라붙은 유건은 칼날 열여섯 개를 하나로 뭉쳐 거대한 칼을 새로 만들어 냈다. 한데 칼날 표면에 불경으로 만든 황금색 선문이 번쩍하는 순간, 온사가 거미줄에 걸린 벌레처럼 꿈틀거리며 몹시 괴로워했다.

유건은 거대한 칼을 앞으로 내리쳤다. 거미줄에 걸린 것처럼 옴짝달싹 못하던 온사는 얼굴이 하얗게 질려 세 겹에 달하는 방어막과 여섯 개가 넘는 방어 법보로 온몸을 철통같이 지켰다. 이 정도면 오선의 공격도 막아 낼 자신이 있었다.

그러나 유건이 찌른 거대한 칼은 온사의 방어 법보를 단숨에 쳐부수더니 세 겹으로 이뤄진 방어막까지 한 번에 찢어발겼다. 물론, 안에 숨은 온사도 무사하지 못했다. 칼날이 지나가는 순간, 원신과 함께 한 줌 먼지로 변해 흩어졌다.

유건은 그가 수련한 구련보등, 사자후, 금강부동공, 전광
석화의 위력이 전보다 한층 강해졌다는 사실에 크게 만족해
했다.

그러나 무엇보다 마음에 든 일은 바로 천수관음검법의 발
전이었다. 전에는 법력이 부족해 쓸 수 없던 법술을 쓸 수 있
을 뿐만 아니라, 위력 역시 몰라보게 좋아졌다. 전엔 천수관
음이란 말이 무색할 정도로 여덟 개의 팔만을 사용했다. 한
데 지금은 두 배로 늘어 열여섯 개의 팔을 쓸 수 있었다.

'아직 시작일 뿐이다. 어쩌면 먼 훗날에는 정말 천수관음
이 재래한 것처럼 천 개의 팔을 사용할 수 있는 날이 오겠지.'

유건은 죽은 온사의 법보낭을 뒤졌다. 공선 후기답게 보
관 중인 오행석의 양이 상당했다. 또, 법보 몇 가지는 꽤 쓸
만한 위력을 지녀 강적을 상대로 힘쓴 보람을 느끼게 하였
다.

물론, 유건의 진짜 목적은 합격패였다. 온사는 합격패를
무려 80개나 들고 있었다. 기존에 있던 합격패와 더하면 150
개에 달하는 양으로 그보다 많은 양을 지닌 수사는 없었다.

'온사가 죽은 사실을 알면 요안삼수의 나머지 둘인 치원과
온호가 나를 귀찮게 할 게 분명하다. 그렇다면 오히려 내가
먼저 그들에게 선수를 치는 게 상책이다. 치원과 온호가 온

사처럼 단독 행동한다면 그보다 더 좋은 건 없을 테지.'

다행히 치원과 온호는 온사처럼 단독 행동을 하는 중이었다. 온호 혼자 공선 초기 셋을 몰아붙이는 광경이 그 증거였다.

'자기 실력에 자신이 있어 공선 후기가 가장 높은 경지인 이곳에서 단독 행동을 하는 거겠지. 굳이 요안삼수 전체가 몰려다녀야 할 만큼 위험한 상대는 없으리라 여겼을 게 분명해.'

처음에 낚싯대 법보와 바둑판 법보로 공격과 수비를 병행하던 온호는 온사처럼 거대한 호랑이로 변신해 기습했다. 진작부터 밀리는 기미가 약간 보이던 공선 초기 세 명은 온호가 호랑이로 변신하기 무섭게 모두 머리가 잘려 즉사했다.

무광무영복을 이용해 최대한 가까이 접근한 유건은 온호가 마지막 수사를 죽이는 순간, 재빨리 은신을 풀고 기습했다.

사자후의 음파가 고리처럼 변해 호랑이로 변신한 온호의 팔다리를 잠시 묶어 두는 사이, 유건은 재빨리 구련보등으로 상대를 에워싸 움직이지 못하게 만들었다. 온호는 동생보다 실력이 뛰어나 거의 30장까지 커진 거대한 육체를 최대한 이용해 구련보등이 만든 포위망을 가까스로 빠져나왔다.

그러나 온호가 포위망을 빠져나와 처음 본 광경은 동생 온사가 공법을 펼칠 때 쓰는 파란 침 천여 개가 날아오는 모습이었다. 그 즉시, 동생 온사가 상대에게 살해당했음을 직감한 온호는 반 미쳐 버려 거의 발광하기 직전에 이르렀다.

유건은 가장 위력이 강한 천수관음검법을 펼쳐 잔뜩 흥분한 온호를 손쉽게 요리했다. 온호 역시 마지막에는 동생처럼 단단한 방어막으로 자신을 보호했다. 그러나 유건이 열여섯 개의 팔을 하나로 합쳐 만든 칼을 내려치기 무섭게 방어막이 두 쪽으로 잘리며 그 안에 숨은 온호의 숨통을 끊었다.

온호는 동생보다 많은 100개의 합격패를 지녀 이제 그가 보유한 합격패가 250개로 늘었다. 칠교보가 시험장에 뿌려 둔 합격패 1,000개 중 4분의 1이 그의 손에 있는 셈이었다.

'이제 요안삼수의 맏이인 치원을 방문할 차례군.'

한데 치원은 생각지 못한 인물과 같이 있었다. 바로 삼은이었다. 삼은은 비행술로 정신없이 도망치고 치원은 그런 그를 바짝 추격하는 중이었는데 거의 따라잡히기 직전이었다.

다 따라잡힌 삼은은 결국 도망치길 포기했다.

"치 선자, 정말 이렇게까지 해야겠습니까?"

치원은 날카로운 눈매에 힘을 주며 차갑게 대꾸했다.

"그럼 우리 요안삼수를 건드리고도 네놈이 무사할 줄 알았느냐?"

"전 그저 온사가 입선 경지의 여수사를 겁탈하려는 행동을 막았을 뿐입니다. 그게 어찌 요안삼수를 건드리는 행동입니까?"

치원은 코웃음을 쳤다.

"흥, 선도에서는 강자가 곧 진리고 법이다. 네놈은 겁도 없이 사자의 코털을 뽑은 셈이지. 인제 그만 목숨을 내놓아라."

삼은은 비장한 표정으로 대꾸했다.

"치 선자께서 꼭 그렇게 하셔야겠다면 저도 순순히 죽어 주진 않을 생각입니다. 150년이 넘는 세월을 고행해서 간신히 여기까지 왔는데 이대로 날려 버리긴 아깝지 않겠습니까?"

치원이 간드러지게 웃으며 소리쳤다.

"호호호, 어디 한번 본녀 앞에서 마음껏 재주를 부려 봐라! 한풀이라도 실컷 하고 뒈지면 네놈도 미련이 남지 않겠지!"

"그럼 사양하지 않겠습니다."

삼은은 문양이 들어간 옥색 머리띠를 공중에 띄웠다. 그 즉시, 머리띠 안에서 영롱한 빛깔을 내는 청록색 사슴이 뛰쳐나와 치원에게 달려들었다. 사슴은 투명한 날개가 네 개나 달려 있었고 머리에 난 거대한 뿔에서는 전깃불이 번쩍였다.

그뿐만이 아니었다. 삼은이 검은색 바람막이를 벗어 휘두르는 순간, 곰의 머리에 거북이 몸통을 한 영물이 튀어나와 삼은의 앞을 막아섰다. 공격과 방어를 동시에 펼친 셈이었다.

삼은이 내보낸 청록색 사슴은 곧 날개 네 개를 퍼덕거려 치원에게 도달했다. 날개가 괜히 네 개나 달린 게 아니라는 듯

그야말로 가공할 속도여서 시선을 잠시 돌렸을 땐 이미 청록색 사슴이 거대한 뿔로 치원의 가슴팍을 들이받았다.

"흥."

코웃음 친 치원은 입을 벌려 침처럼 끈적끈적한 액체를 뱉었다. 액체는 곧 치원 앞에서 탁한 유리창처럼 굳어져 청록색 사슴의 뿔 공격을 튕겨 냈다. 마치 사람이 길을 걷다가 빙판길에 미끄러질 때처럼, 예리하기 짝이 없는 청록색 사슴의 뿔도 유리창에 막힐 때마다 힘없이 미끄러져 버렸다.

공격이 실패로 돌아가서 화가 잔뜩 난 청록색 사슴은 몸을 크게 부풀린 상태에서 거대한 뿔로 유리창을 들이받았다.

청록색 사슴의 전력을 다한 공격에는 유리창도 더는 버티지 못했다. 탁한 유리창 표면에 방사선 형태로 실금이 주르륵 가며 당장이라도 깨질 것처럼 아슬아슬한 모습을 보였다.

그때, 치원이 다시 침을 뱉어 금이 간 유리창을 보수했다. 유리창이 깨지는 속도보다 유리창을 보수하는 속도가 훨씬 빨라 청록색 사슴의 뿔 공격은 효과를 전혀 보지 못했다.

"큰소리 뻥뻥 칠 때는 언제고 고작 보여 준다는 게 이거였느냐?"

삼은을 한껏 비웃은 치원이 손가락을 가볍게 튕겼다. 그 순간, 수를 놓는 데 쓰는 흰 바늘이 허공을 관통해 삼은 쪽으로 곧장 날아갔다. 바늘은 처음에 손가락 길이에 불과했다.

그러나 삼은 앞에 도달했을 때는 무려 5장 길이로 늘어나 바늘이라기보단 앞이 뾰족한 창에 더 가까웠다. 흰 바늘은 삼은 앞을 막아선 곰 머리에 거북이 몸통을 한 영물을 꿰뚫었다. 삼은은 몸에 불이 붙은 사람처럼 요란하게 비행한 후에야 간신히 흰 바늘을 멀찍이 떼어 놓을 수가 있었다.

치원은 그 모습을 보고 깔깔거리며 웃었다.

"발광하는 모습이 아주 재밌구나! 어디 또 해 봐라!"

치원이 수결 맺은 손으로 흰 바늘에 법결을 날리려 할 때였다.

얼굴을 굳힌 삼은이 입으로 팔목을 물어뜯어 자기 피를 들이켰다. 어느 정도 피를 들이켠 후에는 그 피를 자기 머리 위에서 빙빙 돌고 있는 머리띠에 뿜었다. 옥색에 가깝던 머리띠가 금세 핏빛으로 물들더니 천에 새긴 문양이 번쩍였다.

"쿠오오오오!"

그 순간, 하늘을 바라보며 길게 포효한 청록색 사슴의 눈에서 이가 시릴 정도로 차가운 한기가 아지랑이처럼 올라왔다.

준비를 마친 청록색 사슴은 입을 벌려 주변 공기를 얼려 버리는 하얀 서리를 쉼 없이 뿜어냈다. 서리 안에는 뼈가 얼 정도로 차가운 기운이 들어 있어 치원 앞을 막아선 유리창과 닿는 순간, 그 표면에 두꺼운 서리가 얼음처럼 끼었다.

"으음?"

치원의 길게 찢어진 눈이 살짝 커질 때였다.

콰앙!

하얀 연기를 몸에 두른 청록색 사슴이 거대한 뿔로 서리가 낀 유리창을 들이받았다. 그 순간, 유리창이 산산조각이 나며 방어 법보를 꺼내지 않은 치원이 무방비 상태로 드러났다.

치원은 다급하게 방어막을 새로 치고 방어 법보를 방출했다. 그러나 그 틈에 안으로 돌진한 청록색 사슴은 이런 기회를 놓칠 생각이 없다는 듯 거대한 뿔에 맺혀 있던 전깃불을 방출했다. 치원은 곧 전깃불에 휩싸여 바닥으로 추락했다.

삼은은 바늘 법보를 피하면서 치원의 상태를 확인했다. 이번 공격은 그가 전력을 다한 공격이어서 실패하면 답이 없었다.

삼은은 이번 공격에 어느 정도 자신감이 있었다. 청록색 사슴이 지닌 두 가지 기운인 한기 속성 기운과 전기 속성 기운을 조합한 속임수였기 때문에 이 수단으로 없앤 강적만 해도 두 손으로 다 꼽기 부족했다. 치원이 비록 공선 후기이긴 해도 방심한 탓에 최소 중상은 면치 못할 거라 믿었다.

그때, 전깃불에 휩싸여 바닥으로 추락하던 치원이 갑자기 40장 크기로 커졌다. 그러나 사람의 형태는 아니었다. 치원은 놀랍게도 몸에 파란색 반점이 가득한 백사로 변신했다.

파란색 긴 혀로 몸에 흐르는 전깃불을 남김없이 먹어 치운 백사가 그대로 다시 솟구쳐 바늘 법보에 쫓기는 삼은을 쏘아

보았다. 온호, 온사 형제처럼 치원 역시 마지막 순간에 다른 생물로 변신하는 독문 공법을 이용해 위기에서 벗어났다.

백사가 파란색 혀로 입가를 훔치며 소리쳤다.

"조금 전 공격은 꽤 비범한 수였음을 인정하마! 그러나 본녀가 독문 공법까지 펼친 이상, 네놈이 살아갈 방도는 없다!"

백사는 파란색 혀를 10장까지 길게 늘어트려 삼은을 공격했다. 삼은이 방어를 위해 꺼내 든 곰 머리에 거북이 몸통을 한 영물은 파란색 혀에 닿기 무섭게 악취를 내며 녹았다.

삼은은 어쩔 수 없이 다시 도망쳤다. 그러나 백사가 몸을 한 차례 흔드는 순간, 마치 공간 이동한 것처럼 도망치는 삼은 앞을 막아섰다. 마침내 삼은의 눈에 절망감이 떠올랐다.

'흠, 내가 나설 차례인가? 삼은이 애써 준 덕에 치원이 보유한 비장의 수를 빨리 끌어낼 수 있던 것은 그나마 다행이군.'

그러나 유건에게는 한 가지 문제가 있었다. 그건 바로 그가 기륜으로 위장한 상태라는 점이었다. 만약, 독문 공법이나 독문 법보를 쓰면 나중에 그의 정체가 들통날 위험이 있었다. 그가 앞으로 하려는 일을 생각하면 그가 기륜이 아니란 사실을 삼은이 끝까지 의심하지 않게 해 놓아야 편했다.

'그렇다면 방법은 하나지.'

유건은 자하제룡검에 정혈을 주입했다. 그러나 자하를 몸에 두른 금룡을 불러내기 위해서는 아니었다. 이번에는 금룡이 아니라, 자하 하나만을 불러내기 위한 정혈 주입이었다.

만약, 금룡을 불러냈다가 그 소문이 퍼지기라도 하는 날에는 칠교보 전 수사가 이번 입문 시험에 응시한 자들을 찾아다니며 누가 그런 보물을 소유했는지 알아내려 들 게 뻔했다.

그러나 충분히 성장하지 못한 자하는 아직 뱀에 더 가까운 교룡이어서 다른 수사의 이목을 비교적 덜 끌 수가 있었다.

유건의 손을 떠난 자하는 금세 크기를 키워 10장 정도까지 쑥쑥 자라났다. 물론, 치원이 변신한 백사에 비하면 한참 작아 자하가 40장이 넘는 백사 앞을 막아서는 모습은 마치 사마귀가 수레바퀴 앞을 막아서는 행동과 다름없어 보였다.

돌연한 사태에 놀란 삼은은 바로 멈춰 섰고 치원 역시 자하를 경계하며 주변을 둘러보았다. 그러나 자하가 10장 크기에 불과한 모습을 본 치원은 금세 오만한 표정으로 돌아왔다.

치원이 변신한 백사가 혀를 날름거리며 삼은을 쏘아보았다.

"누가 널 도와주려는 모양인데 일찌감치 냉수 마시고 속 차리는 게 좋을 거다. 크기가 고작 10장에 불과한 어린 교룡 따위로는 내 독문 공법을 감당하기가 불가능하니까 말이야."

삼은은 치원의 조롱에 일일이 신경 쓰지 않았다. 지금은 그저 누가 자신을 도와주는지 알아내기 위해 주변으로 계속 뇌력을 퍼트릴 뿐이었다. 그때, 자하가 먼저 백사를 공격했다.

백사 역시 가만있지 않았다. 바로 파란색 혀를 길게 늘어트려 자하의 몸뚱이를 휘감으려 들었다. 한데 자하는 파란색 혀가 날아오는 모습을 보면서도 피할 생각을 하지 않았다.

자하는 순식간에 백사의 긴 혀에 돌돌 감겨 원래 형체를 알아보기 어려울 정도로 변했다. 간드러진 목소리로 웃어젖힌 치원이 혀에 독을 주입해 자하를 단숨에 녹이려 들었다.

한데 그때였다. 갑자기 보라색 안개가 짙어지더니 백사의 혀에 감겨 있던 자하가 감쪽같이 사라져 버렸다. 놀란 백사가 고개를 젖혀 자하를 찾을 때였다. 자하가 돌연 백사 뒤에서 튀어나오더니 이번엔 꼬리로 상대의 몸통을 휘감았다.

깜짝 놀란 백사가 머리를 돌려 자하의 머리를 깨물었다. 그러나 자하는 이번에도 피하지 않았다. 곧 백사의 예리한 독니 두 개가 자하의 두개골에 틀어박혔다. 아니, 틀어박힌 것처럼 보일 뿐이었다. 실제로는 자하의 머리가 워낙 단단한 탓에 백사의 독니가 먼저 중간부터 뚝 부러져 나갔다. 독니가 부러지는 바람에 두개골에 박힌 것처럼 보일 뿐이었다.

"으아아악!"

소중한 독니가 잘려 나간 백사는 마치 팔다리가 갑자기 잘려 나간 사람처럼 처절한 비명을 지르며 미친 듯이 괴로워했다.

곧 백사의 부러진 독니 안에 든 흰 독액이 폭포수처럼 자하의 머리 위로 쏟아졌다. 그러나 자하는 크게 개의치 않는 표정으로 백사의 몸통에 감아 둔 꼬리에 힘을 좀 더 주었다.

그때, 마른 수건을 짜내는 것처럼 비틀리넌 백사의 몸통이 터져 나갔다. 곧 백사의 터져 나간 몸통에서 흰색을 띤 짙은 영기가 쉴 새 없이 빠져나왔다. 독문 공법을 파괴당한 치원은 급히 인간의 모습으로 돌아가기 위해 법술을 펼쳤다.

그러나 백사가 인간의 모습으로 막 돌아가려는 찰나, 턱관절을 조절한 자하가 입을 크게 벌려 몸통이 터져 버린 백사를 집어삼켰다. 체구가 훨씬 작은 자하가 몇 배나 큰 백사를 꾸역꾸역 삼키는 모습은 놀라움을 넘어 경이롭기까지 하였다.

순식간에 백사를 먹어 치운 자하는 길게 트림한 후에 땅밑에 숨어 있던 유건에게 돌아갔다. 자하를 다시 자하제룡검으로 흡수한 유건은 몸을 솟구쳐 삼은 앞에 모습을 드러냈다.

삼은은 어안이 벙벙한 표정으로 유건을 쳐다보았다.

"다, 당신은?"

기륜으로 위장한 유건이 살기를 드러내며 히죽 웃었다.

"네놈도 저년처럼 몸통을 터트려 죽여 주랴?"

"아, 아닙니다."

화들짝 놀란 삼은은 허겁지겁 그 자리를 벗어났다.

그 모습을 보며 피식 웃은 유건은 바로 치원의 법보낭을 끌어와 확인했다. 역시 요안삼수 맏이라 그런지 합격패가

150개나 있었다. 합격패가 이젠 400개로 늘었단 뜻이었다.

'이 정도 숫자면 장사 밑천으로 충분하겠지.'

기륜으로 위장한 유건은 시험장이 있는 계곡 입구로 날아
갔다.

5장. 혼자 하는 경매회

유건은 고산령, 청석귀장 두 악수를 상대로 사기 치기 전에 백진에게 선도에서 가장 중요한 교훈 중 하나를 배웠다. 바로 만물의 섭리를 이해하는 게 중요하다는 가르침이었다.

쉽게 말해 만물은 저마다 타고난 쓰임새와 가치가 달라서 누군가에는 목숨보다 소중한 물건이 누군가에게는 오히려 짐만 차지할 뿐이라는 가르침이었다. 유건은 이 가르침을 약간 변형해 그만이 할 수 있는 작은 경매회를 열기로 하였다.

물론, 경매회에 내놓은 물건은 지원자들이 목숨보다 소중하게 여길 합격패였다. 유건이 합격패를 판단 소식이 전해지기 무섭게 입구 근처에 대기하던 지원자들이 대거 몰려갔다.

161

원래 이런 종류의 입문 시험에서는 요안삼수와 같은 강자들이 합격패를 모아 다른 지원자에게 파는 일이 자주 있었다.

그런 이유로 위험을 무릅쓰고 다른 지원자와 경쟁하며 합격패를 찾아다니는 수사가 있는가 하면, 다른 수사가 합격패를 팔기만 기다리며 조용히 기다리는 수사 또한 적지 않았다.

시험장 안에서 합격패를 찾아다니다가 강적과 시비가 붙으면 시험에 낙방할 뿐만 아니라, 목숨까지 위태로울 가능성이 컸다. 그러나 합격패를 구매하면 그런 위험성이 적었다.

한데 이번 시험에선 합격패를 파는 수사가 나오질 않았다. 심지어 이미 5, 600명이 넘는 수사가 합격패를 가지고 감독관을 찾아가 입문 시험에 합격했단 소문까지 들려온 마당이라 입구에서 기다리던 수사들은 초조해 미칠 지경이었다.

한데 마침내 합격패를 파는 수사가 등장했다. 바로 기륜으로 위장한 유건이었다. 유건은 입구 옆에 있는 동굴에 들어가 합격패를 사기 위해 찾은 지원자를 상대로 거래를 하였다.

얼굴에 복면을 덮어쓴 여수사 하나가 변성한 목소리로 물었다.

"합격패를 오행석 얼마에 파실 생각이죠?"

팔짱을 낀 유건은 바로 고개를 저었다.

"전 오행석으로 합격패를 팔 의향이 없습니다."

여수사가 당황해 물었다.

"하면 물건으로 거래하실 생각인지요?"

"아마 수사께도 어렵게 구하기는 했는데 그 사용처를 몰라 당황한 재료가 몇 가지 있을 것입니다. 전 그 재료의 가치를 따져 합격패를 팔 생각입니다. 그런 재료가 있으신가요?"

평정을 회복한 여수사가 바로 대답했다.

"있어요. 한데 사용처를 모르는 재료의 가치를 어떻게 판단해 합격패를 파신다는 거죠? 그 점이 잘 이해 가지 않는군요."

"그 점은 염려하지 마십시오. 정확히 감정할 수 있으니까요."

"그렇다면……."

여수사가 유건 앞에 녹색 돌덩이와 분홍색 잎이 7개 달린 난초, 작은 병에 든 회색 액체, 검은색 벌집 등을 꺼내 놓았다.

재료를 천천히 둘러본 유건은 백진과 규옥에게 뇌음으로 조언을 구했다. 백진과 규옥 둘 다 검은색 벌집을 골랐으므로 그 역시 검은색 벌집과 그가 보유한 합격패를 교환했다.

여수사는 기뻐하며 남은 재료와 합격패를 가지고 동굴을 떠났다. 그런 식으로 대여섯 번 거래했을 무렵, 기륜이란 수사가 사용처를 모르는 재료와 합격패를 바꾼다는 소문이 퍼져 그다음부터는 들어오기 무섭게 재료부터 꺼내 놓았다.

사부나 거대 종파의 도움을 받지 못하는 낭선들은 물건을 감정하는 안목이 떨어져 희귀한 재료와 땅바닥에 굴러다니는 쓸모없는 재료를 같이 꺼내 놓는 경우가 생각보다 많았다. 유건은 그때마다 백진, 규옥에게 물어 희귀한 재료를 골랐다. 물론, 가치가 없는 재료만 꺼내 놓는 수사 역시 제법 많았다. 유건은 그때마다 냉정하게 고개를 저었다.

그러면 실망한 수사는 결국 끝까지 보여 주지 않으려 하던 재료를 꺼내 놓거나, 아니면 그냥 실망한 채로 발길을 돌렸다.

거래를 100번쯤 했을 때였다.

체구가 건장한 사내가 동굴에 들어와 불쑥 물었다.

"네가 합격패와 재료를 바꾼다는 기륜이냐?"

사내는 공선 후기로 다른 지원자처럼 복면을 쓰지도, 목소리를 변성하지도 않았다. 아마 실력에 자신 있는 듯했다. 또, 그게 아니라면 그를 찾은 데 다른 목적이 있는 게 분명했다.

유건은 미간을 찌푸리며 대꾸했다.

"맞습니다."

"합격패가 몇 개나 있느냐?"

"그건 왜 물으시는 겁니까?"

사내가 살기를 드러내며 대꾸했다.

"내 질문에 대답부터 해라."

유건은 어깨를 으쓱거렸다.

"그건 영업 비밀이라 말씀드릴 수가 없군요."

사내가 화를 벌컥 냈다.

"감히 공선 중기가 후기의 지시를 거역해?"

"여기서는 다 같은 지원자 아닙니까?"

"이놈이 간덩이가 제대로 부었군!"

굵은 눈썹을 꿈틀거린 사내가 갑자기 입을 벌려 불 구름을
토했다. 그러나 유건 역시 일찌감치 대비해 둔 터라, 그 자리
에서 허깨비처럼 사라지며 사내가 토한 불 구름을 피했다.

그뿐만이 아니었다. 그가 사라지는 순간, 벽에 숨겨 둔 깃
발이 벼락같이 튀어나와 공선 후기 사내의 몸에 달라붙었다.

바로 헌월선사가 만들다 실패한 백팔음혼마번이었다. 비
록 주기를 담당할 천령근의 원신이 없어 위력은 실제보다 떨
어져도 공선 후기를 급습해 손해를 입힐 정도의 위력은 있었
다.

실체를 드러낸 백팔음혼마번 안에서 튀어나온 끔찍한 모
습의 마귀들이 괴성을 지르며 사내의 몸을 산 채로 뜯어 먹었
다.

"이, 이건 마선의 법보? 네, 네놈이 감히 마종과 연을 맺다
니!"

겁을 잔뜩 먹은 사내가 급히 비술을 펼쳐 동굴을 빠져나가
려 들었다. 그러나 백팔음혼마번이 마종과 관련 있는 법보임

을 누구보다 잘 아는 유건은 그를 살려 둘 마음이 없었다.

무광무영복을 덮어써서 숨어 있던 유건이 바로 모습을 드러내며 사자후를 연속 네 번 펼쳤다. 그 순간, 무형의 음파가 만든 고리가 사내의 두 팔과 두 다리를 단단히 옭아맸다.

그사이, 백팔음혼마번 속에서 튀어나온 마귀 수십 마리가 사내의 몸에 달라붙어 뼈조차 남기지 않고 전부 뜯어 먹었다.

백팔음혼마번을 회수한 유건은 사내의 법보낭을 끌어와 확인했다. 오행석 상당량과 법보 대여섯 개, 법보 재료, 부적 재료, 영약 재료 등이 골고루 들어 있는 꽤 알찬 법보낭이었다.

그때, 자하제룡검이 그의 팔목을 꽉 조였다.

흠칫한 유건은 즉시 뇌음을 보내 물었다.

"혹시 법보낭에 있는 재료 중에 마음에 드는 게 있소?"

자하제룡검은 그렇다는 듯 팔목을 두 번 꽉 조였다가 풀었다.

유건은 정혈을 약간 주입해 자하를 몸에 두른 금룡을 소환했다. 팔뚝만 한 크기의 금룡은 유건이 바닥에 펼쳐 둔 법보낭 재료 중에서 피처럼 붉은 뼛조각에 유독 관심을 보였다.

유건은 뼛조각을 집어 요리조리 살펴보았다.

그때, 백진이 뇌음으로 그의 궁금증을 풀어 주었다.

"그 뼛조각은 적조골(赤造骨)과 생김새가 아주 흡사하군요. 본녀가 알기로 적조골 안에는 자하의 성장에 필요한 영기가 많습니다. 아마 복용하면 좀 더 성장할 수 있을 것입니다."

고개를 끄덕인 유건은 적조골을 금룡에게 던져 주었다. 금룡은 바로 몸을 흔들어 자하를 소환했다. 순식간에 보라색 뱀으로 변신한 자하는 적조골의 냄새를 킁킁 맡다가 마치 횡재한 사람처럼 몸을 부르르 떨며 기뻐 어쩔 줄을 몰랐다.

금룡은 즉시 날카로운 발톱을 휘둘러 적조골을 두 개로 쪼갰다. 적조골 안엔 영롱한 빛을 내는 짙은 영기가 들어 있었다. 자하는 즉각 입을 크게 벌려 짙은 영기를 빨아들였다.

그 순간, 자하의 몸에서 관절이 부러질 때처럼 두둑거리는 소리가 들리더니 몸이 좀 더 커져 지렁이만 하던 자하가 손가락만 한 크기까지 자랐다. 치원이 변신한 백사에 이어 적조골의 영기까지 흡수한 자하는 금룡보다 아직 작기는 해도 제 몫을 할 수 있는 크기까지 거의 성장한 셈이었다.

주변을 정리한 유건은 다시 거래를 이어 나갔다. 거래를 거의 마쳤을 무렵엔 30개가 넘는 법보 재료와 100종이 넘는 영약 재료를 구해 합격패를 구하는 데 든 수고를 충분히 보상받고도 남았다. 이 정도 법보 재료와 영약 재료라면 목정검과 홍쇄검의 위력을 끌어올릴 수 있을 뿐만 아니라, 공선 후기 진입에 꼭 필요한 영약을 다수 만들어 낼 수 있었다.

한데 거래 마지막에 생각지도 못한 손님이 찾아왔다. 바로 삼은이었다. 약간 긴장한 표정으로 동굴 안으로 들어온 삼은은 기륜으로 위장한 유건을 보기 무섭게 무릎부터 꿇었다.

"일전에는 경황이 없어 목숨을 구해 주신 은혜에 제대로
감사 인사를 드릴 기회가 없었습니다. 냉정함을 찾은 후에
곧바로 수사를 뵙고 인사를 드리려 했는데 찾을 수 없더군
요. 후에 제가 목숨을 빚진 수사분과 닮은 분이 합격패로 장
사를 한단 소문을 듣고 염치 불고하고 이렇게 찾아뵈었습니
다. 다시 한번 목숨을 살려 주신 은혜에 감사드립니다. 제가
도울 일이 있으면 언제든 말씀하십시오. 힘껏 돕겠습니다."

유건은 심드렁한 표정으로 물었다.

"도울 일이 있으면 언제든 돕겠다고?"

삼은은 즉시 머리를 조아리며 대답했다.

"예, 말씀만 하십시오."

유건은 콧방귀를 뀌며 대꾸했다.

"그럼 쓸 만한 재료나 꺼내 놓게. 내가 장사를 하는 이유를
소문으로 들었을 게 아닌가? 나한테는 그게 보답하는 길이
야."

"그럼 이건 어떻습니까?"

삼은은 즉시 법보낭에서 신기하게 생긴 작은 바위를 꺼냈
다. 바위는 무지개를 녹여 넣은 것처럼 빨간색, 파란색, 녹
색, 노란색, 남색 다섯 가지 빛을 발하며 거울처럼 반짝였다.

'어라, 이건?'

유건은 급히 규옥을 불렀다.

"이건 네가 전에 말한 칠채석과 비슷하지 않느냐?"

규옥 역시 전에 없이 흥분한 말투로 서둘러 대답했다.

"칠채석보다 효과가 약간 떨어지는 오채석(五彩石) 같습니다."

"그럼 네 수련에 도움을 받을 수 있겠구나?"

규옥이 들뜬 목소리로 뇌음을 보내왔다.

"물론이지요."

유건은 태연한 태도로 고개를 끄덕였다.

"괜찮군. 이건 그 대가일세. 가져가게."

바로 오채석을 챙긴 유건은 그 대가로 합격패를 주었다.

삼은은 바로 손사래를 치며 거절했다.

"아닙니다. 합격패는 필요 없습니다. 좀 전에 드린 바위는 목숨을 살려 주신 은혜를 갚기 위해 무상으로 드린 겁니다. 더구나 그 바위는 구한 지 30년이 넘게 흘렀음에도 좀처럼 쓰임새를 몰라 구석에 치워 두었던 거라 아깝지도 않습니다."

유건은 살기를 드러내며 으르렁거렸다.

"난 맺고 끊는 게 확실할 걸 좋아해. 넌 나에게 필요한 재료를 줬고 난 그 대가로 합격패를 주겠다는데 웬 말이 많아?"

유건으로 위장한 기륜의 엄청난 실력을 눈앞에서 목격한 삼은은 더는 거절하지 못하고 그가 준 합격패를 품에 넣었다.

"볼일 다 봤으면 어서 꺼져 버려!"

친분이라도 쌓아 볼 요량인지 뭉그적거리던 삼은은 그 말에 화들짝 놀라 동굴을 급히 빠져나갔다. 그 모습을 보고 킥킥거린 유건은 오채석을 꺼내 살펴봤다. 볼수록 신기한 바위였다. 그는 바로 영목낭에 있는 규옥을 밖으로 불러냈다.

규옥은 원래 칠채석이란 바위에서 태어난 칠채령 일족이었다. 칠채석은 대단한 보물이어서 천지간에 흩어져 존재하는 영기를 바위 쪽으로 끌어들이는 굉장한 재주를 지녔다.

당연히 그런 칠채석 주위에는 항상 농도 짙은 천지 영기가 쌓여 있기 마련이고 그 바람에 운 좋게 옆에 있던 풀과 꽃, 나무, 심지어는 돌멩이까지도 칠채석 주변의 짙은 영기를 흡수해 영초, 영화, 영목, 영석 등으로 진화하곤 하였다.

그러한 영초, 영화 등을 가리켜 칠채석에서 태어난 칠채령이라 부르는데 그렇게 해서 태어난 영초가 수만 년의 고행 끝에 영성을 깨우쳐 수사의 반열에 오른 존재가 규옥이었다.

규옥은 오채석을 살펴보기 무섭게 눈물까지 글썽거렸다.

"비록 소옥이 수천 년 동안 찾아 헤매던 칠채석은 아니어도 오채석 역시 대단한 보물임이 틀림없습니다. 아마 오채석은 수사의 손에 떨어진 직후에 위험을 감지하고 바위 껍데기 속에 숨어 자신을 드러내지 않는 상태일 것입니다. 그러나 소옥에게 이를 깨트릴 방책이 있습니다. 허락해 주시면 바로 바위 껍데기를 부숴 오채석이 나오게 만들겠습니다."

"그래, 그렇게 해라."

규옥은 유건에게 큰절을 올렸다.

"감사합니다, 공자님."

허락을 받은 규옥은 자그마한 몸으로 가부좌한 후에 입을 벌려 녹색 깃발을 꺼냈다. 유건은 옆에서 조용히 지켜보았다.

녹색 깃발을 쥔 규옥은 그가 처음 들어 보는 생소한 진언을 암송하며 물구나무를 서더니 오채석 주위를 열아홉 번 돌았다. 다 돈 다음에는 혀를 깨물어 뽑은 피를 허공에 뿌렸다.

곧 녹색 깃발이 공중으로 둥둥 떠오르더니 규옥이 허공에 뿌려 둔 피를 남김없이 흡수한 상태에서 오채석으로 돌진했다.

그때, 오채석이 살아 있는 것처럼 즉시 다섯 가지 색의 빛을 발산해 녹색 깃발이 다가오지 못하게 필사적으로 막았다.

그렇게 한참을 씨름하던 중 비장한 표정을 한 규옥이 혀를 다시 깨물어 뽑아낸 피를 녹색 깃발에 뿌렸다. 막대한 정혈을 소모한 규옥은 비틀거리다가 가까스로 균형을 다시 잡았다.

귀하디귀한 3품 영선의 정혈을 모조리 흡수한 깃발은 오채석이 방출한 다섯 가지 색깔의 보호막을 단숨에 돌파했다.

쿠웅!

돌조각이 깨지는 소리가 크게 나더니 오채석 안에서 다리가 다섯 개 달린 쟁반 형태의 돌조각이 튀어나와 입구로 쏜살같이 도망쳤다. 그럴 줄 알았다는 듯 재빨리 쫓아간 규옥은 포선대로 돌조각을 빨아들여 돌아왔다. 규옥은 신중한 얼굴로 돌조각에 부적을 꼼꼼히 붙인 후에야 밖으로 꺼냈다.

돌조각이라기보다는 돌 쟁반에 더 가까웠는데 밑에 달린 다리 다섯 개가 아주 독특했다. 각각 붉은 화염, 파란 파도, 녹색 가시넝쿨, 노란 모래, 남색 쇳조각을 조각한 다리였다.

또, 그 각각의 다리를 타고 올라온 다섯 가지 색깔의 빛이 돌 쟁반 중앙에서 서로 섞여 마치 우주를 연상케 하는 기묘한 광경을 만들어 냈다. 유건은 오채석이 엄청난 보물이라던 규옥의 설명이 과장도, 허풍도 아님을 그제야 실감했다.

'그렇다면 대체 칠채석은 어떤 보물이란 말인가?'

유건은 무궁무진한 선도의 세계에 또다시 감탄을 금치 못하며 오채석의 관리를 규옥에게 일임했다. 감격한 규옥은 눈물까지 흘려 가며 주인의 하해와 같은 배려에 고마워했다.

거래를 마친 유건은 다시 본모습으로 돌아가 시험 감독관에게 합격패를 전달했다. 이제부턴 그도 칠교보의 수사였다.

한편, 길게 기른 짙은 녹색 머리카락을 질끈 동여매 뒤로 넘긴 절색의 미녀가 진종자의 부름을 받고 시험장을 찾았다.

"찾으셨습니까, 수석 호법님?"

"이건 이번 외문 제자 입문 시험에 합격한 지원자 중에서 우리 일월교 쪽으로 미리 점찍어 둔 수사들의 명단이다. 가서 교주(橋主)님께 보여 드리고 입문 허락을 얻어 두도록 해라."

"분부대로 하겠습니다."

명단을 받아 돌아가던 미녀는 문득 호기심이 생겨 합격자 이름을 살펴보았다. 한데 그중에 생각지도 못한 이름이 있었다.

"어이하여 이자의 이름이 여기에?"

◆ ◆ ◆

녹색 머리의 미녀는 이름에 붙은 설명을 황급히 읽어 내려갔다.

"이름 유건, 대홍산맥 인근 개염국 출신……."

한데 정신없이 설명을 읽던 여인이 깜짝 놀라 눈을 부릅떴다.

"공선 중기? 그가 정말 공선 중기란 말이야?"

처음에는 놀라워하던 여인이 갑자기 길게 탄식했다.

"입선 후기이던 수사가 50년 만에 공선 중기까지 도달했단 말인가. 정말 놀라운 일이야. 아직도 그를 만났을 때의 경지인 공선 중기에서 발버둥 치는 나로서는 그를 대면할 낯이 없구나. 대홍산맥 인근이라면 그가 틀림없을 텐데 말이야."

녹색 머리의 미녀, 선혜수는 50년 전의 일을 떠올리며 얼굴을 살짝 붉혔다. 유건의 도움을 받아 요검자의 독수에서 가까스로 살아남은 일, 또, 요검자가 무서워 도망치다가 어느 호숫가에서 번갈아 목욕하던 일, 동굴 안에서 같이 보낸 짧은

밤 등이 마치 어제 일어난 일처럼 생생하게 떠올랐다.

한참 만에야 가까스로 감상에서 헤어 나온 선혜수는 뭐라 설명할 길 없는 복잡한 심경으로 일월교를 향해 몸을 날렸다.

한편, 유건은 감독관이 내민 서류에 원하는 부서를 적어 넣었다.

서류에는 1지망부터 3지망까지 원하는 부서를 적는 칸이 있었다. 그는 가장 부족하다고 느끼는 진법 관련 부서를 1지망으로 적었다. 또, 2지망에는 구화련 칠교보를 찾은 두 번째 목적을 위해 서적을 관리하는 부서를, 3지망은 역시 부족하다고 느끼는 또 다른 분야인 부적 관련 부서를 적었다.

그가 제출한 서류를 훑어본 감독관이 새로운 서류에 도장을 찍어 다시 건넸다. 유건은 재빨리 새로운 서류를 읽어 봤다.

'으음?'

새로운 서류에는 그를 마두산(馬頭山) 광산으로 5년 동안 발령한단 내용이 적혀 있었다. 서류에 적힌 광산이란 문구만 보면 그가 원하는 어떤 부서와도 연관이 없을 게 분명했다.

유건은 약간 황당한 표정으로 물었다.

"제가 지망하는 부서와는 전혀 다른 부서군요?"

콧수염을 기른 오선 초기 수사가 귀찮은 표정으로 손을 저었다.

"그럼 출신이 명확하지 않은 외문 제자를 곧바로 내부 요직에 앉힐 거라 기대한 건가? 하, 꿈도 아주 야무지군. 우선 거기 적힌 임지에 가서 정해진 기한까지 맡은 임무를 수행하게. 그럼 나중에 그 공과(功過)를 따져 자네가 원하는 부서에 배치하든지, 아니면 다른 곳으로 발령 내든지 할 테니까."

유건은 다른 방법이 없어 임명장을 들고 마두산을 찾았다. 마두산은 칠교산맥 변경에 있는 산으로 칠교보 핵심 조직이 있는 곳과 상당히 떨어져 있었다. 거의 열흘을 날아가고 나서야 말 머리를 닮은 마두산 초입에 당도할 수 있었다.

'정말 말의 머리를 닮았군.'

마두산은 말의 몸통을 닮은 산허리 위에 말 머리를 닮은 원통형 절벽이 우뚝 솟아 있어 누가 봐도 마두산이라 작명할 수밖에 없는 산이었다. 한데 생각보다 산이 황폐했다. 거친 황토가 그대로 드러난 산기슭에 다 쓰러져 가는 고목 몇 그루만 있을 따름이었다. 그는 고개를 돌려 다른 산을 보았다.

서남 열대 기후의 축복을 받은 다른 산은 풀과 나무, 화초와 넝쿨이 빽빽하게 자라 밀림이란 말이 어울리는 모습이었다.

'뭔가 문제가 있어서 이 산만 유독 황폐한 거겠지. 광산에서 광석을 채굴하다가 지맥을 건드려 산의 기력이 쇠했다든지, 아니면 겉으로는 알 수 없는 복잡한 문제가 발생했거나.'

유건은 마두산의 말 머리가 있는 검푸른 절벽으로 날아갔다. 곧 절벽을 감싼 결계가 반응하며 그를 밀어내려 들었다.

그러나 그에겐 오기 전에 받은 통행패가 있었다. 그는 바로 통행패를 꺼내 결계 안으로 들어갔다. 그다지 중요한 광산이 아닌지, 좀 전의 결계 외에 다른 진법이나 금제는 없었다.

말 머리 입에 해당하는 위치에 좌우로 여닫는 구조의 석문이 세워져 있었다. 유건은 석문 앞에 서서 공손하게 외쳤다.

"계십니까?"

잠시 후, 안에서 늙수그레한 목소리가 들려왔다.

"들어오게."

유건은 자동으로 열린 석문을 지나 안으로 들어갔다. 안에는 무언가의 설계도로 보이는 그림이 덕지덕지 붙은 통로가 있었다. 그는 걸어가며 통로에 붙여 둔 설계도를 구경했다. 처음엔 광산 구조를 알기 쉽게 표현한 설계도라 생각했다.

한데 그렇지 않았다. 그보다는 훨씬 작고 정교한 기계의 부품을 그린 설계도였다. 유건은 통로 마지막 부분에 이르러서야 그 그림의 정체가 오행석으로 움직이는 기선(器仙)의 각 부품을 정밀하게 표현한 설계도란 사실을 알아낼 수 있었다.

기선을 본 적이 몇 차례 없는 유건은 설계도를 유심히 살펴보며 원형 석실 입구로 걸어갔다. 석실 안에는 의자와 책상, 책장 등이 어지럽게 놓여 있었다. 또, 빛이 드는 석실 안쪽에는 세로 1장, 가로 2장에 달하는 거대한 칠판이 있었다.

칠판에 무언가를 적던 대머리 노인이 구부정한 허리를 약간 펴며 돌아섰다. 그에게 들어오란 말을 한 노인이 분명했다.

그를 본 노인이 불쾌한 표정을 감추지 못했다.

"에잉, 인정머리 없는 놈들 같으니라고!"

약간 당황한 유건은 공선 후기로 보이는 노인에게 자신을 소개하며 감독관이 발급해 준 임명장부터 재빨리 보여 주었다.

"시험 감독관이 저를 이곳으로 보내더군요."

툴툴거리던 노인은 석실 천장에 뚫어 둔 수직 통로를 가리켰다.

"마음에 드는 석실을 거처로 쓰게나."

"그럼 전 아래 석실을 쓰겠습니다."

유건은 말 머리의 목에 해당하는 원통형 석실에 짐을 풀었다. 짐을 푼 후엔 처음 들어온 원형 석실로 돌아갔다. 탁자에 앉은 노인은 눈을 감은 상태에서 차를 마시는 중이었다.

유건은 다시 한번 인사한 후에 공손하게 물었다.

"선배님은 존함을 어찌 쓰시는지요?"

눈을 뜬 노인이 그를 흘깃 노려보며 쌀쌀맞게 대꾸했다.

"옹우(甕雨)니까 옹 노인이라 부르든지 말든지 자네가 알아서 하게. 어차피 서로 이름 부를 일도 거의 없을 테니까 말이야."

"어찌 그렇습니까?"

옹 노인이 약간 씁쓸한 감이 도는 목소리로 짤막하게 대꾸했다.

"난 1년 후에 사구중겁을 맞네."

유건은 그제야 옹 노인이 그를 처음 봤을 때 인정머리 없는 놈들이라고 욕한 대상이 누구인지 깨달았다. 옹 노인이 사구중겁을 통과하지 못하리라 확신한 칠교보가 그를 보내 미리 인수인계하려는 게 분명했다. 이는 아직 멀쩡히 살아 있는 그를 죽은 사람처럼 취급한 행태라 불쾌한 게 당연했다.

그러나 칠교보의 결정을 아예 이해 못 할 정도는 아니었다. 공선 후기가 사구중겁을 통과할 확률은 바늘 수만 개 속에서 점이 하나 찍힌 바늘을 찾아낼 확률과 거의 비슷했다.

다음 날, 옹 노인은 유건을 데리고 지하로 내려가 말의 몸통 부분을 찾았다. 몸통엔 거대한 지하광장이 있었고 그 지하광장 반대편에 벌집을 연상케 하는 구멍이 잔뜩 뚫려 있었다.

한데 지하광장에 그와 옹 노인만 있는 게 아니었다.

시커먼 몸통에 거미를 닮은 다리가 여덟 개 달린 인형 수백 개가 바닥에 줄을 맞춰 나란히 앉아 있었다. 칠흑처럼 어두운 공간에 괴이하게 생긴 인형 수백 개가 꿈쩍도 안 하고 앉아 있는 모습을 보는 순간, 팔뚝에 소름이 쫙 끼쳤다.

유건은 곧 그 인형의 형태가 석실 통로에 붙어 있던 기선의 설계도와 일치한다는 사실을 발견했다. 즉, 거미 형태로 제작한 인형의 정체는 바로 오행석으로 움직이는 기선이었다.

"이 기선은 광산에서 쓰는 겁니까?"

유건이 막 물어보려 할 때, 옹 노인이 기척도 없이 법보낭에서 오행석 수백 개를 꺼내 공중에 뿌렸다. 공중에 뜬 오행석은 각 속성에 맞는 빛을 뿌리며 별처럼 영롱하게 반짝였다.

옹 노인은 수결을 맺은 손으로 법결을 만들어 오행석에 날렸다. 잠시 후, 법결을 맞은 오행석이 거미 모양을 한 기선의 머리 부분에 뚫린 구멍 안으로 쏙 들어가 자취를 감추었다.

오행석을 흡수한 거미 모양 기선은 바로 두 눈에서 빛을 번쩍이며 긴 다리를 꿈틀거렸다. 옹 노인은 다시 법결을 날려 거미 모양을 한 기선에게 작업을 시작하라는 지시를 내렸다.

거미 모양을 한 기선은 바로 머리를 돌려 지하광장 벽에 뚫린 구멍으로 차례차례 기어들어 갔다. 옹 노인을 따라 원형 석실로 돌아온 유건은 저녁에 다시 지하광장으로 내려갔다.

새벽에 구멍으로 기어들어 간 기선 수백 마리가 다시 지하광장으로 돌아와 배를 깔고 앉아 있었는데 기선 몸통 윗부분에 달아 둔 수레에 남색 빛이 도는 광석이 잔뜩 실려 있었다.

옹 노인이 남색 빛이 도는 광석을 가리키며 물었다.

"저 광석이 뭔지 알아보겠는가?"

"남수석(藍水石)이군요."

"맞네. 흔하디흔한 남수석이지."

남수석은 아주 흔한 재료 중 하나로 물 속성 기운을 가지고 있어 오행석으로 가공하거나, 물 속성 법보를 연성하는 데 주로 쓰였다. 한데 옹 노인의 설명에 따르면 마두산에서 생산하는 남수석은 질이 별로 좋지 않아 범인이 기선을 부릴 때 사용하는 용도로 쓰이는 경우가 훨씬 많다고 하였다.

삼월천에서는 수사뿐만 아니라, 일반 범인도 기선을 만들 줄 알아 실생활에서 광범위하게 사용했다. 심지어 부유한 일부 도시에서는 날아다니는 비행기나 바닷속을 헤엄치는 잠수함도 기선으로 만들 정도였다. 물론, 수사가 직접 설계해 만드는 기선보다는 질이 현저히 떨어질 수밖에 없었다.

옹 노인이 씁쓸한 표정으로 설명했다.

"마두산에서 나는 남수석은 다른 광산에서 나는 남수석보다 질이 현저히 떨어지는 탓에 시장에 있는 범인 상인에게 판다네. 수사가 사용할 수 있는 수준의 재료가 아니란 거야."

설명을 마친 옹 노인은 기선이 채굴한 남수석을 법술로 회수해 쇠로 만든 거대한 창고에 저장했다. 한데 이게 마두산을 맡은 수사가 평소에 하는 일의 거의 전부나 마찬가지였다.

새벽에는 기선에게 작업 지시를 내리고 저녁에는 기선이 채굴해 온 남수석을 회수해 창고에 저장하는 업무가 다였다.

또, 가끔은 거미 모양을 한 기선이 동력으로 사용하는 오행석을 갈아 주는 일을 해야 하는데 거의 몇 달마다 한 번씩 돌아오는 업무기 때문에 사실상 신경 쓸 일이 크게 없었다.

'어쨌든 수련할 시간은 많아서 좋군.'

유건은 그날부터 옹 노인을 대신해 흑주(黑蛛)라 불리는 기선을 조종해 남수석을 채굴했다. 반면, 업무를 유건에게 모두 인수인계한 옹 노인은 그날부터 사구중첩을 막기 위한 대책 마련에 몰두했다. 어차피 통과할 가능성은 거의 없을 테지만 그래도 끝까지 노력은 해 보고 죽어야겠다는 생각에서였다.

유건은 어렵지 않게 옹 노인이 사구중첩을 막기 위해 세운 대책이 뭔지 알아냈다. 옹 노인은 기선을 설계, 제작하는 기선술(器仙術)의 장인이어서 마두산 창고에 쌓아 놓은 기선 부품으로 사구중첩을 막아 낼 새 기선을 제작하는 중이었다.

기선에 관심이 생긴 유건은 옹 노인과의 대화 중에 그 계획에 대해 슬쩍 물었다. 근 100년 동안 마두산 석실에서 홀로 지내며 외로움이 뼛속까지 사무친 옹 노인은 대화할 상대가 생겨 흥분했는지 침까지 튀겨 가며 열정적으로 설명했다.

그 계획은 석실에 처음 들어올 때 발견한 칠판에 적혀 있었다.

"이건 우산 형태의 기선일세. 사구중첩이 무서운 진짜 이유는 마지막 천겁인 무음뢰(無音雷)에 있네. 말 그대로 소리가 없는 탓에 언제 손을 써야 하는지 알 수 없기 때문이지. 난 그 무음뢰를 막기 위해 벼락 속성 기운을 감지하는 능력을 지닌 기선을 우산 형태로 만들기 위해 노력하는 중이네."

한데 신나게 설명하던 옹 노인의 얼굴이 갑자기 어두워졌다.

"기선을 만드는 데 필요한 재료는 충분한데 문제가 하나 있네."

"어떤 문제입니까?"

"오행석일세. 기선은 오행석으로 움직이는데 이 정도 크기의 기선을 움직이게 하려면 질이 좋은 오행석이 필요하다네."

유건은 고개를 끄덕였다. 법보 연성, 영단 제조, 기선 제작, 공법 수련 등 선도에서 이뤄지는 활동의 9할은 오행석이 기반이었다. 특히, 위력이 강할수록, 복잡한 기능이 필요할수록 필요한 오행석의 양이 기하급수적으로 늘어나 유건이 목정검을 독문 법보로 연성할 때는 거의 10만 개가 들어갔다. 유건이 아닌 공선 초기는 꿈도 꿀 수 없는 양이었다.

한데 칠교보가 공선 후기에게 녹봉으로 지급하는 오행석은 1년에 1,000개 정도였다. 100년 동안 하나도 안 쓰고 모았다고 해도 10만 개에 불과해 적어도 14만 개는 필요한 우산 형태의 기선을 제작하기란 불가능에 가까운 일이었다.

그때, 좋은 생각이 떠오른 유건이 목소리를 낮춰 물었다.

"제가 오행석을 빌려 드리면 어떻겠습니까?"

옹 노인의 나무옹이 같은 눈이 번쩍 뜨였다.

"자네에게 그 정도의 오행석이 있단 말인가?"

"선배님의 기선을 제작할 정도의 오행석은 있습니다."

옹 노인이 열망에 가득 찬 눈으로 물었다.

"생면부지나 다름없는 내게 그냥 줄 린 없고. 원하는 게 뭔가?"

"선배님은 제게 그 대가로 기선술을 가르쳐 주십시오."

잠시 고민하던 옹 노인은 흔쾌히 승낙했다.

그날부터 유건은 옹 노인에게 기선술의 기초를 배웠다. 옹 노인은 유건이 무척 총명해 그가 가르쳐 주는 양보다 더 많은 양을 금세 깨우친다는 사실을 깨닫고 전력을 다해 가르쳤다. 유건의 실력이 좋아지면 좋아질수록 그가 만드는 우산 형태의 기선 제작에 큰 도움을 받을 수 있었기 때문이었다.

옹 노인의 사구중겁이 한 달쯤 남았을 무렵, 유건은 귀신과 같은 속도로 옹 노인이 지닌 경험과 지식을 흡수했다. 심지어 옹 노인이 우산 형태의 기선에서 찾아내지 못한 단점을 찾아내 도리어 옹 노인에게 조언해 줄 수준에까지 이르렀다.

옹 노인이 두 손, 두 발 다 들었다는 표정으로 고개를 저었다.

"대단하군."

"과찬이십니다."

"내가 자네의 머리를 갖고 있었으면 이 고생도 안 했을 텐데."

"선배님은 사구중겁을 무사히 통과하실 수 있을 겁니다."

옹 노인은 씁쓸한 표정으로 대꾸했다.

"빈말이라도 고맙구면."

"진심입니다."

그때, 옹 노인이 의미심장한 말투로 물었다.

"자네 그거 아는가?"

"뭐 말입니까?"

"삼월천에서 기선술이 가장 떨어지는 지역이 이곳 녹원대륙이라네. 녹원대륙은 일찍부터 심신을 갈고닦는 정신 수양이야말로 대도를 이루는 지름길이라 생각해 기선, 진법, 부적과 같은 분야를 잡기로 치부해 왔네. 당연히 기선술 역시 다른 대륙보다 떨어질 수밖에 없지. 만약, 자네가 기선술을 본격적으로 배워 보고 싶으면 거령대륙에 가 보게. 내 돌아가신 스승님에 따르면 거기야말로 기선술의 천국이라더군."

"명심하겠습니다."

그로부터 한 달 후, 마침내 사구중겁이 옹 노인에게 닥쳐왔다. 유건은 다른 사람이 일주겁을 맞는 모습을 본 적이 없으므로 멀리 떨어진 곳에서 눈도 깜박이지 않고 지켜보았다.

◆ ◆ ◆

하늘이 수사에게 내리는 천벌인 일주겁은 당사자 한 사람에게만 영향을 미쳤다. 즉, 그 수사 옆에 다른 수사가 있더라도 상관없었다. 심지어 일주겁을 겪은 수사가 앉아 있던 방석마저도 멀쩡했다. 일주겁은 당사자인 그 수사 한 사람에게만 해를 끼칠 뿐, 다른 물체는 건드리지 않기 때문이었다. 그 점이 일주겁의 무서운 점이면서도 대단한 점이었다.

한편, 답답한 석실 안에서 사구중겁을 맞길 거부한 옹 노인은 마두산 근처의 너른 평원에 방석을 깔고 그 위에 앉았다.

유건은 약간 떨어진 언덕 위에서 그 모습을 지켜보며 악수나 다른 수사가 옹 노인을 방해하지 않게 호법을 서 주었다.

잠시 후, 정오를 막 지난 시점에 청명하기 그지없던 서쪽하늘에 갑자기 붉은 노을이 번져 왔다. 붉은 노을이 사구중겁의 징조라 여긴 옹 노인은 비장한 표정으로 결의를 다졌다.

붉은 노을은 곧 그들이 있는 하늘 전체를 불태울 것처럼 새빨갛게 물들였다. 너무 갑작스러운 상황인 데다, 짙은 노을이만들어 낸 음울한 분위기 때문에 숨이 갑자기 턱 막혔다.

그때였다. 짙은 노을이 갑자기 용암처럼 마구 들끓더니 그대로 낙하해 옹 노인의 머리 위로 쏟아져 내렸다. 옹 노인은재빨리 법보낭에서 파란 부채를 꺼내 용암 쪽으로 휘둘렀다.

물 속성 기운을 지닌 파란 부채는 하얀 거품이 섞인 거대한 파도를 소환해 끊임없이 쏟아지는 용암을 빠르게 식혀 갔다. 선홍색 빛을 내는 용암은 파도와 부딪힐 때마다 구름 같은 수증기를 뿜어내며 딱딱하게 굳어 하늘로 돌아갔다.

한데 사구중첩은 이제 시작이라는 듯 용암의 양이 갑자기 증가했다. 처음에는 빗방울 크기이던 용암이 점점 굵어지다가 급기야 폭포처럼 변해 세상을 전부 녹일 듯이 쏟아졌다.

지금까지 잘 버티던 옹 노인의 파란 부채도 폭포수처럼 쏟아지는 용암 앞에서는 힘이 달리는 모양이었다. 부채가 소환한 파도의 위력이 크게 줄어 용암이 내는 선홍빛에 뒤덮였다.

"이이야압!"

기합을 지르며 전신의 법력을 전부 파란 부채에 쏟아부은 옹 노인의 얼굴이 하얀 분을 칠한 광대처럼 새하얗게 질렸다. 그 순간, 옹 노인의 법력을 전부 빨아들인 파란 부채가 다시 얼굴을 드러내며 폭포처럼 떨어지는 용암을 막아 냈다.

그러나 일주겁의 무서움은 이제부터 시작이었다. 용암 온도가 급격히 올라가 선홍빛이던 광채가 푸른빛으로 급변했다. 지금까지는 어떻게든 파도를 소환해 막아 내던 파란 부채가 푸른빛으로 변한 용암에 맞서기 무섭게 바로 녹아내렸다.

부채를 태운 푸른 용암이 마침내 옹 노인 머리 위로 떨어졌다. 그러나 490년 동안 고행한 옹 노인도 실력이 아주 형편 없진 않았다. 그는 재빨리 천령개를 열어 원신을 내보냈다.

옹 노인을 닮은 원신은 고풍스러운 무늬가 있는 세모 방패를 휘둘러 용암이 밑으로 떨어지지 않게 가까스로 막아 냈다.

옹 노인의 원신이 원기(元氣)까지 전부 쏟아부은 후에야 지옥 같던 첫 번째 천겁이 마침내 끝이 났다. 법력을 전부 소진한 옹 노인은 눈물이 맺힌 눈으로 호법을 서던 유건을 보았다.

"자넨 나처럼 되지 말게."

옹 노인의 뇌음이 끝나기도 전에 용암이 흐르던 하늘에 뼈가 시릴 정도로 서늘한 한기를 발산하는 눈보라가 몰아쳤다.

'두 번째 천겁은 예상대로 물 속성이구나.'

한데 세상을 얼려 버릴 것처럼 몰아치던 눈보라가 얼마 안 가 갑자기 종적을 감췄다. 흠칫한 유건은 고개를 들어 하늘을 관찰했다. 하늘은 언제 눈보라가 쳤냐는 듯 사구중겁이 닥치기 전의 청명한 모습으로 돌아와 있었다. 불길한 예감을 느낀 유건은 급히 옹 노인이 있는 들판 쪽으로 날아갔다.

옹 노인은 하얗게 얼어붙은 상태에서 미동조차 없었다. 두 번째 천겁인 눈보라에 닿기 무섭게 얼어 버린 게 분명했다. 그때, 북쪽에서 불어온 미풍 한 줄기가 시신을 먼지로 만들어 그가 이 세상에 존재했단 마지막 흔적까지 없애 버렸다.

옹 노인이 앉아 있던 자리에는 생전에 소중히 지니던 법보낭 두 개와 서적 세 권만이 덩그러니 놓여 있었다. 유건은 그 모습을 보며 수사의 삶이 생각보다 허무하단 생각이 들었다. 그때, 물비늘처럼 투명하게 반짝거리는 옹 노인의 혼백이 나타나 유건에게 인사를 하더니 서쪽 하늘로 사라졌다.

헌월선사의 기억에 따르면 사구중겁은 특별한 경우를 제외하면 다섯 개의 천겁으로 이뤄져 있었다. 첫 번쨴 불 속성, 두 번째는 물 속성, 세 번째는 바람 속성, 네 번째는 바위 속성, 마지막 다섯 번째는 가장 무서운 벼락 속성이었다.

물론, 각 천겁이 가지는 속성만 비슷할 뿐이지, 각 수사가 겪는 천겁의 형태는 다 달라 예상이 어려웠다. 예를 들면 옹 노인의 경우에는 불 속성 첫 번째 천겁이 용암의 형태로 나타났고 물 속성 두 번째 천겁은 눈보라 형태로 나타났다.

한데 옹 노인은 실력이 떨어지는 탓에 불과 두 번째 천겁 조차 제대로 막지 못하고 즉사했다. 두 번째 천겁을 막기 위한 법보나 비술은 마련했어도 첫 번째 천겁에서 원신의 원기까지 끌어다 쓰는 바람에 펼쳐 볼 엄두를 내지 못했다.

'마지막 천겁을 위해 만든 우산 기선은 써 볼 기회조차 없었군.'

옹 노인의 허무한 죽음을 가까이서 목격한 유건은 백팔초겁까지 꽤 시간이 남았음에도 준비를 서둘러야겠단 생각이 들었다. 옹 노인과 같은 허무한 최후는 생각만 해도 끔찍했다.

유건은 옹 노인의 법보낭을 끌어와 안을 살폈다. 오행석 약간과 법보, 영초 등이 들어 있었다. 오행석과 재료를 분리해 자기 법보낭에 챙긴 유건은 서책을 끌어당겨 내용을 확인했다.

"오, 이건 꽤 쓸모가 있겠는데."

옹 노인이 남긴 서책 세 권 중 두 권은 옹 노인조차 아직 제대로 이해하지 못한 기선술과 관련한 내용이 적혀 있었다. 그 자리에서 책 두 권을 곧바로 독파한 유건은 고개를 저었다.

"생각보다 꽤 복잡하군. 시간을 충분히 가지고 공부하지 않으면 이해하기 힘들겠어. 그건 그렇고 마지막 책은 대체 뭐지?"

유건은 세 번째 책을 천천히 읽어 내려갔다. 처음엔 개인적인 내용을 적은 일기로 생각했다. 한데 중간부터 이상한 내용이 끼어들었다. 그는 책을 한 차례 독파한 후에야 이 책의 정체를 깨달았다. 바로 마두산의 역사를 적은 서적이었다.

"옹 노인이 무려 100년 전에 이곳에 처음 부임했을 때도 마두산은 지금처럼 황폐하기 짝이 없었구나. 다른 산과 다른 마두산의 모습에 충격을 받은 옹 노인은 대체 왜 이런 현상이 벌어지는지 알아보기 위해 칠교보의 서고를 뒤진 거고."

옹 노인이 칠교보의 서고에 있던 지리서를 연구해 알아낸 내용에 따르면 칠교보가 마두산에서 남수석을 처음 채굴하기 시작한 시기는 지금으로부터 5,000년도 전의 일이었다.

더 놀라운 사실은 당시 채굴하던 남수석은 질이 아주 좋아서 대부분 물 속성 법보 연성이나 공법 수련에 사용했다.

당연히 칠교보 역시 마두산을 중요하게 생각해 관리하는 수사와 경비를 맡은 수사를 합쳐 총 30명을 상시 주둔시켰다.

한데 그로부터 1,000년쯤 지났을 때부터 남수석의 질이 현저히 떨어졌을 뿐만 아니라, 마두산 전체가 점점 황폐해졌다.

갑작스러운 현상에 놀란 칠교보 수뇌부는 즉시 전문가로 이뤄진 조사단을 파견해 원인을 찾았다. 한데 무려 3년간 이뤄진 조사에서도 마두산이 변한 특별한 원인을 찾지 못했다.

"흠, 칠교보 수뇌부는 채굴 중에 누가 실수로 중요한 지맥을 건드려 마두산이 황폐해졌단 결론을 내린 모양이군. 그다음엔 들어가는 비용에 비해 결과가 나쁘단 이유를 들어서 백팔초겹이나 사구중겹이 얼마 남지 않은 기선술 장인을 보내 관리하게 하였고. 옹 노인도 그런 장인 중 하나였겠지."

이 사실을 알아낸 옹 노인은 마두산을 아주 샅샅이 뒤졌다. 그는 남수석 가치가 갑자기 떨어지고 마두산 전체가 황폐해진 데엔 어딘가에 그렇게 만든 원인이 분명히 있을 거라 믿었다. 또, 원인을 찾아 공을 세우면 유배와 다름없는 지금 생활을 청산하고 본보로 돌아갈 수 있을 거라 확신했다.

심지어 사구중겁이 얼마 남지 않은 시기에 작성한 책 마지막 장에는 만약 남수석의 가치가 현저히 떨어진 이유가 다른 보물이나 영물 때문이라면, 그 보물이나 영물을 이용해 사구중겁을 통과하고 싶다는 간절한 소망까지 적혀 있었다.

한데 100년 동안의 조사에서도 마두산이 변한 뚜렷한 원인을 찾지 못한 옹 노인은 결국 사구중겁을 통과하지 못했다.

"옹 노인처럼 허상만 좇다가 죽을 순 없는 일이지."

깔끔하게 포기한 유건은 뇌응산(雷應傘)이라 이름 붙인 우산 형태의 기선에게 따라오라 명령한 후에 석실로 돌아갔다.

뇌응산은 우산 손잡이 모양을 한 다리 하나로 껑충껑충 뛰며 유건의 뒤를 좇아왔다. 어차피 뇌응산을 만들 때 그도 옆에서 도왔으므로 그를 두 번째 주인으로 인식하는 것 같았다.

한편, 마두산과 한참 떨어진 칠교보 본보에서는 심상치 않은 기운이 감도는 중이었다. 물론, 아직은 표면으로 드러나지 않아 그 기운을 감지한 수사는 손에 꼽을 정도로 적었다.

칠교보 본보는 칠교산맥에서 가장 높은 일곱 개의 산 정상에 세워져 있었다. 또, 그 각각의 산을 운교를 대표하는 건축물인 아름다운 다리로 연결해 통로로 삼았는데 다리 모양이나 재질이 모두 달라 세인의 감탄을 절로 자아냈다.

운교의 또 다른 자랑거리인 회색 구름이 칠교보 본보를 뒤덮을 때면 다리만 구름 위에 둥둥 떠 있는 듯해 웬만한 풍경에는 관심조차 주지 않는 수사들도 넋을 잃고 바라보았다.

칠교보 본보를 구성하는 일곱 개의 산 중에 가장 높은 산인 청보봉(靑寶峰)의 정상에는 육산 지역의 특산물인 푸른 대리석으로 건설한 거대한 궁전이 세워져 있었다. 어른 네다섯 명이 팔을 잡고 둘러싸도 모자를 만큼 거대한 대리석 기둥 999개를 세워 만든 이 궁전은 청보궁(靑寶宮)이라 불리며 보주(堡主)인 태일소(太一昭)의 평소 거처로 쓰였다.

오후 업무를 마친 태일소는 청보궁 지하 30층까지 단번에 내려가 본인이 직접 설치한 금제 다섯 겹과 진법 두 개, 결계 세 겹을 통과해 소음, 냄새, 빛은 물론이거니와 심지어 영기까지 차단하는 완벽한 형태의 수련장 안으로 들어갔다.

한데 수련장 안엔 문이 하나 더 있었다. 심지어 그 문 중앙엔 머리가 세 개 달린 흉측한 사자가 살아 있는 것처럼 날카로운 송곳니를 드러낸 채 태일소를 잡아먹으려고 안달했다.

담담한 표정의 태일소는 손톱으로 손목을 갈라 만든 피를 사자 쪽으로 뿌렸다. 삼두 사자는 태일소의 피를 흠뻑 뒤집어쓰고 나서야 술에 취한 사람처럼 코를 골며 잠에 빠졌다.

본인의 피를 이용해 사자를 잠재운 태일소는 재빨리 법결을 만들어 문고리로 날렸다. 곧 두께가 1장에 달하는 검은 문이 허깨비처럼 사라지며 내부가 드러났다. 성큼성큼 안으로 걸어간 태일소는 마치 평생의 연인을 만난 사람처럼 희열에 젖은 얼굴로 공중에 있는 물체를 한참 동안 바라봤다.

공중에선 시커먼 물체가 끊임없이 몸을 꿈틀거리는 중이었다. 한데 물체는 목재도, 석재도, 그렇다고 금속도 아닌 묘한 재질로 이루어져 있었다. 더욱이 형태가 끊임없이 변하는 바람에 어떤 모습이 원형인지조차 알아낼 방법이 없었다.

태일소는 그 앞에 가부좌한 상태에서 신중한 표정으로 법결을 만들어 물체 위로 날렸다. 그러나 수천 종류가 넘는 법결을 날렸음에도 시커먼 물체는 어떤 반응도 보이지 않았다.

태일소는 쉽게 포기하지 않았다. 그는 쉬지 않고 법보낭에 보관하던 온갖 종류의 재료로 시커먼 물체를 시험했다.

물론, 그 역시 매번 실패로 돌아갔다. 그러나 태일소는 뭔가에 홀린 사람처럼 다음 재료로 시커먼 물체를 계속 시험했다. 마치 언젠간 시커먼 물체가 반응할 거라 믿는 사람처럼.

◆ ◈ ◆

청보궁이 있는 청보봉 정남 방향에는 몸통은 하나인데 그 위에 솟은 봉우리는 두 개인 기이한 봉우리가 하나 있었다.

바로 칠교보에서 세 손가락 안에 꼽히는 조직인 일월교가 위치한 일월봉(日月峰)이었다. 일월봉의 양 봉우리에는 청보봉으로 이어진 대리석 다리 하나와 반대편에 있는 수태봉(守太峰)으로 이어진 아치 형태의 돌다리 두 개가 있었다.

돌다리 난간엔 신선을 조각한 399개의 대형 석상이 있어

운치가 뛰어났다. 한데 구름이 약간 낀 돌다리 위를 얼굴에 고민이 가득한 녹색 머리카락의 절세미녀가 석상에는 눈길조차 주지 않은 채 바닥만 내려다보며 터벅터벅 걷고 있었다.

녹색 머리카락의 절세미녀는 바로 선혜수였다. 중간에 멈춘 선혜수가 신선 석상에 등을 기대며 한숨을 길게 내쉬었다.

그때, 일월봉이 있는 방향에서 비취색 도포를 차려입은 잘생긴 청년이 웃으면서 날아와 한숨을 내쉬는 그녀에게 물었다.

"선혜 선자, 골치를 아프게 하는 고민이라도 생긴 건가?"

깜짝 놀란 선혜수가 재빨리 예를 취했다.

"후배 선혜수가 상영(相英) 선배님을 뵙습니다."

상영이 손사래를 치며 해맑게 웃었다.

"우리 사이에 그렇게 예를 차릴 필요 있는가? 우린 문 장로(文長老)님의 허락이 떨어지는 대로 혼인할 사이이지 않은가?"

선혜수가 당황한 표정으로 대꾸했다.

"당치 않으십니다. 저 같은 후배가 어찌 선배님과 혼인을……."

"하하, 그럴 필요 없네. 내가 비록 오선 중기로 선자보다 경지가 높긴 해도 내가 옆에서 잘 가르치면 선자 역시 언젠가는 오선의 경지에 오를 것이네. 그럼 문제가 없지 않겠는가?"

선혜수가 입술을 살짝 깨물었다.

"그래도 사부님의 허락을 받는 게 우선일 듯합니다."

상영이 눈을 찡긋하며 웃었다.

"하하, 그 점은 걱정하지 말게. 조부께서 선자의 사부이신 문 장로님에게 정식으로 우리 혼인문제를 건의키로 하셨으니. 문 장로님이라면 우리 혼인을 절대 거절하지 않으실 것이네."

"그렇습니까?"

"그럼 선자는 그렇게 알고 있게나."

껄껄 웃은 상영이 돌아가려다가 갑자기 발걸음을 멈추었다.

"한데 선자가 이번에 며칠 외출할 거라던데 그 말이 사실인가?"

선혜수는 당혹스러운 감정을 억누르며 재빨리 대답했다.

"업무상 외출일 뿐입니다."

상영이 호기심 가득한 눈빛으로 물었다.

"몇십 년 전에 문 장로님의 명을 받고 그 먼 상동까지 갔다가 고생을 크게 한 적이 있어 외출을 꺼린다는 소문을 들었는데, 무슨 바람이 들었기에 갑자기 외출 신청을 낸 것인가?"

"요즘 수련에 좀처럼 진척이 없어 바깥바람이라도 쐬며 각오를 새로이 다질 요량이었습니다. 더구나 외출이라 해도 칠교산맥 안에서 돌아다니는 거라 위험할 일이 없을 테고요."

"그렇다면 무사히 잘 다녀오길 바라네."

"걱정해 주셔서 감사합니다."

수태봉으로 날아가는 상영을 보며 선혜수는 다시 한숨을 내쉬었다. 며칠 후, 일월교를 떠난 선혜수는 칠교산맥 변경에 있는 재료 산지에 들러 그동안 모아 둔 재료를 거둬들였다.

보름쯤 돌아다니며 작업한 선혜수는 마지막 일정으로 말머리를 닮은 마두산 쪽으로 비행했다. 마두산으로 날아가는 선혜수의 얼굴은 긴장과 설렘으로 약간 달아올라 있었다.

"흐음, 홍섬루(紅蟾淚)를 쓰면 사람 관절처럼 부드럽게 만들 수가 있구나. 아, 이건 이런 식으로 만드는 건가? 생각보다 복잡한데. 여기에 삼각우(三角牛) 뿔을 쓰면 더 단단해진다고? 누가 처음 고안한 건지는 몰라도 아무튼 기발하군."

옹 노인이 죽은 후에 남긴 기선술 서적을 연구하던 유건은 홍섬루와 삼각우 뿔에 다른 재료 10여 가지와 질 좋은 오행석 1,000개를 더해 인간의 다리를 모방한 구조물을 만들었다.

그런 구조물을 두 개 완성한 유건은 그걸 다시 화로 안에 넣어 원신 진화로 가열했다. 그로부터 얼마 후, 가열을 마친 그는 화로 안에서 사람의 다리뼈를 닮은 부품 두 개를 꺼냈다. 다리뼈에는 사람처럼 혈관이 달려 있을 뿐만 아니라, 무릎 관절 부분에는 탄력이 넘치는 인대까지 달려 있었다.

"음, 계획한 대로 만들어진 것 같군."

자신의 작품을 감상하며 만족감을 드러낸 유건은 묵석금(墨石金)과 오비피(烏肥皮)로 만들어 둔 다리 겉 부분과 방금 완성한 다리뼈 두 개를 조립해 다시 화로 속에 집어넣었다.

한데 이번엔 화로에 10종류가 넘는 액체를 섞어 만든 특수한 용액을 같이 넣어 가열했다. 원신 진화로 화로를 사흘쯤 가열한 유건은 다리를 꺼내 마지막으로 상태를 점검했다.

표면에 검은 광택이 흐르는 게 꽤 쓸 만한 물건이 나온 듯했다.

"이리 와."

그의 부름에 벽에 기대 있던 뇌웅산이 다리에 달린 바퀴를 이용해 쏜살같이 달려왔다. 뇌웅산은 처음에 우산 손잡이처럼 생긴 다리 하나를 써서 껑충껑충 뛰며 돌아다녔다. 그러나 그 모습이 왠지 마음에 들지 않던 유건은 얼마 후에 바퀴 형태의 새로운 다리를 제작해 뇌웅산에 달아 주었다.

뇌웅산 다리에 달린 바퀴를 제거한 유건은 그 자리에 조금 전에 만든 검은색 다리 두 개를 새로 달아 주었다. 인간 수사의 몸에 피가 흐르는 혈관이 있듯 기선에게는 오행석의 기운이 흐르는 기관이 있어 몸통과 다리 기관을 이어 주는 작업이 아주 중요했다. 만약, 여기서 실수하면 지금까지 한 노력이 모두 허사로 돌아가기 때문에 신중하게 작업했다.

새로운 다리가 어색한지 처음엔 약간 기우뚱하며 걷던 뇌웅산이 곧 진짜 사람처럼 자연스럽게 걸음을 옮기기 시작했다.

"하하, 생각보다 괜찮은걸."

유건은 그 모습을 보며 웃음을 터트렸다. 옆에 있던 규옥과 청랑도 뇌웅산의 다리를 만져 보며 신기함을 감추지 못했다.

유건은 현재 마두산과 약간 떨어진 어느 밀림 지하에 만든 선부에 거주하는 중이었다. 마두산을 중요하게 여기지 않는 칠교보는 광산에 변변한 보호 장치 하나 마련해 두지 않았다. 그저 말 머리 절벽을 보호하는 결계 하나가 전부였다.

조심성 많은 유건이 그런 절벽에 있는 석실에서 지낼 리 만무한 탓에 그는 그 근처에 안전한 선부를 새로 건설했다.

선부에는 유건의 개인 수련실뿐만 아니라, 규옥의 본체가 지낼 약초밭과 그 약초밭에서 캔 영초로 단약을 만드는 연단실까지 있었다. 더욱이 이번에는 새로운 물건이 선부의 분위기를 확 바꿔 놓았다. 바로 삼은에게 구한 오채석이었다.

다리가 다섯 개 달린 돌 쟁반 형태의 오채석을 규옥의 본체 밑에 심는 순간, 오채석이 주변 산과 강에서 흡수한 농도 짙은 천지 영기가 안개처럼 뭉쳐 안으로 쏟아져 들어왔다.

농도 짙은 천지 영기는 유건의 수련뿐만 아니라, 청랑의 수련에도 큰 도움을 줘 선부 전체에 새로운 활력을 불어넣었다. 물론, 그중 가장 큰 도움을 받은 수사는 당연히 규옥이었다.

그새 실력이 일취월장한 규옥은 유건이 칠교보 입문 시험 때 구한 희귀한 재료에 풍화벽 경매회에서 구한 자룡안과를 더해 자룡영백단(紫龍靈白丹)이란 새 영단을 30개 만들었다.

그중 열 개를 본인이 챙긴 유건은 규옥과 청랑에게도 다섯 개씩 주었다. 또, 나머지 10개는 현경도 안에서 수련에 매진 중인 백진에게 주었다. 일전에 받은 자룡안과로 성취를 본 백진은 크게 고마워하며 그가 준 자룡영백단을 받았다.

유건은 자룡영백단을 복용하는 틈틈이 오채석이 끌어모은 영기를 흡수해 체내에 쌓아 둔 법력의 양을 빠르게 높여 갔다.

그에겐 자하선부에서 탈경조령을 겪을 때 흡수한 천지 영기가 아직 남아 있기 때문에 이참에 그것까지 몽땅 끌어내 법력의 양을 공선 후기 최고봉 수준까지 끌어올릴 계획이었다.

다른 수사라면 현재 경지를 뛰어넘는 법력의 양이 오히려 독으로 작용할 테지만 유건은 이상할 정도로 근골이 튼튼해 공선 후기 최고봉 수준까지 끌어올리는 데 문제가 없었다.

그렇다고 그가 맡은 임무를 소홀히 한 것은 아니었다. 매일 새벽과 저녁에 마두산 석실을 찾은 유건은 흑주에게 작업 지시를 내리거나, 흑주가 채굴한 남수석을 창고로 옮겼다.

그러나 점점 그 일마저 지겨워진 유건은 그와 옹 노인이 제작한 뇌웅산에 그 일을 맡길 생각으로 기선술을 연구 중이었다. 사구중겁을 통과하지 못한 옹 노인은 죽은 후에 책 두 권을 남겼는데 두 권 다 옹 노인의 죽은 사부가 생전에 집필한 책으로 8품 기선을 제작하는 방법과 비결이 적혀 있었다.

8품이라 해 봐야 입선 후기 경지와 비슷한 실력에 불과했다. 더욱이 기선 특성상 실제 위력은 그보다 훨씬 떨어지는 탓에 실제론 입선 초기, 입선 중기 기선이나 다름없었다.

유건은 옹 노인의 사부가 남긴 책 두 권을 완전히 이해한 후에야 옹 노인의 기선술이 지금의 자신과 비슷한 수준임을 깨달았다. 애초에 그가 만든 뇌웅산으로는 사구중겁의 가장 무서운 천겁인 무음뢰를 막아 내지 못한다는 의미였다.

'옹 노인도 이미 눈치 챘을 테지. 그가 만든 뇌웅산으론 무음뢰를 막지 못한단 사실을 말이야. 하지만 지푸라기라도 잡는 심정으로 무리인 걸 알면서도 뇌웅산을 만들었던 거야.'

속으로 한숨을 내쉰 유건은 옹 노인이 만든 불완전한 8품 기선인 뇌웅산에 다리를 만들어 붙인 방법과 비슷한 방법을 써서 두 팔을 만들어 붙였다. 그러나 평범한 팔은 아니었다. 인간의 팔꿈치와 손가락 관절을 정확히 재현한 팔로 유건이 지금 가진 지식으로 만들 수 있는 최상급에 해당했다.

유건은 머리에 우산을 쓰기는 했어도 인간과 비슷한 형태를 갖춘 뇌응산에게 뇌응(腦鷹)이란 전혀 새로운 이름을 붙였다. 그러나 뇌응을 개조하는 작업은 이제부터 시작이었다.

뇌응이 뇌응산일 땐 벼락 속성 기운을 감지하는 능력 하나밖에 없었다. 그러나 그의 손에서 뇌응으로 거듭난 후엔 간단한 법결을 만들어 날릴 수 있을 정도로 급격히 성장했다.

유건은 그런 뇌응에게 자기 대신 마두산 일을 처리하게 하였다. 뇌응은 곧 마두산 석실에 상주하며 유건 대신 흑주에게 지시를 내리거나 흑주가 채굴한 남수석을 창고로 옮겼다.

기선술에 흠뻑 빠진 유건은 옹 노인의 사부가 남긴 책을 세밀한 부분까지 연구해 뇌응에 다른 기능을 추가하는 재미를 붙였다. 할 일이 없을 때 석실을 깨끗이 청소한다거나 석실을 찾은 손님에게 차를 내오는 등의 간단한 기능이었다.

한데 뇌응을 이번엔 어떻게 개조할까 고민하던 어느 날, 유건은 소스라치게 놀라 벌떡 일어났다. 뇌응을 개조하는 동안 본업인 수련을 게을리했다는 사실을 깨달았기 때문이었다.

'녹원대륙 수사들이 기선술을 잡기라 칭하며 꺼린 이유가 이거로구나. 그냥 책에 있어서 한번 시도해 본 거뿐인데 어느새 거기에 푹 빠져 본업인 수련을 게을리하다니! 이는 기선술 한 우물만 파다 죽은 옹 노인과 다를 바가 없지 않은가!'

사구중첩을 피하지 못해 죽은 옹 노인의 최후를 떠올린 유건은 다시 수련에만 집중했다. 한데 어느 날 입정에 막 들려는 순간, 습관적으로 퍼트린 뇌력에 수사의 기운이 잡혔다.

'누구지? 아, 옹 노인이 말한 본보 사람인가 보구나.'

유건은 서둘러 마두산 석실로 돌아갔다. 옹 노인이 죽기 전에 해 준 얘기에 따르면 칠교보는 1년마다 수사를 파견해 마두석 광산을 관리하는 담당자에게 1년 치 녹봉을 주고 그 대신 그동안 모아 둔 남수석을 가져간다고 하였다. 마침 오늘 이 그 1년째 날이라 칠교보가 보낸 수사가 오는 모양이었다.

보통은 칠교보 수련 자원을 관리하는 조직에서 입선 제자를 보낸단 말을 들은 유건은 별 부담 없이 손님을 기다렸다. 잠시 후, 뇌력이 포착한 수사가 석실 입구에 도착해 문을 두드렸다. 유건은 뇌웅을 보내 수사를 안내해 오게 하였다.

그때, 이상한 기분이 들었다.

'음, 익숙한 기운인데? 전에 만난 적이 있는 수사인가?'

유건은 석실 입구에 서서 수사가 들어오길 기다렸다. 얼마 지니지 않아 수사가 뇌웅의 안내를 받으며 안으로 들어왔다.

한데 수사의 얼굴을 보는 순간, 유건은 50여 년 전의 추억이 성난 파도처럼 거세게 덮쳐 오는 것을 느꼈다. 그로서는 절대 잊을 수 없는 이름임과 동시에 칠교보를 찾은 결정적인 이유로 작용한 선혜수가 50년 전 그때처럼 사내의 간담을 녹여 버릴 듯한 절세미녀의 모습으로 그 앞에 서 있었다.

그녀는 전보다 더 신비한 분위기를 풍겨 심장이 덜컥 내려앉았다. 녹원대륙에서는 좀처럼 보기 힘든 녹색 머리카락과 녹색 눈동자가 완벽한 이목구비를 더 돋보이게 하였다. 더구나 열려 있는 문틈 사이로 들어온 따가운 햇빛이 그녀의 등을 환하게 비춰 마치 관음보살을 보는 느낌이었다.

오히려 담담한 쪽은 선혜수였다.

"정말 오랜만이에요, 유 수사."

유건은 애써 감정을 억누르며 물었다.

"선배님께서 남수석을 가지러 오신 겁니까?"

선혜수의 입가에 알아채기 힘든 엷은 미소가 떠올랐다.

"같은 경지인데 이젠 선배님이라 부를 필요가 없지 않을까요?"

유건은 그녀에게 석실 의자를 권하며 고개를 저었다.

"그래도 그게 그렇지 않습니다. 선배님이라 부르다가 경지가 같아졌다고 손바닥 뒤집듯이 그럴 수 있는 게 아니라서요."

의자에 앉은 선혜수가 유건의 시선을 피하며 고백했다.

"사실 유 수사를 만나러 오기까지 많이 망설였답니다."

"어째서요?"

"유 수사는 불과 50여 년 만에 공선 중기까지 경지를 끌어올렸는데 나는 바보처럼 여전히 같은 경지에 머물러 있으니까요. 유 수사를 보는 게 창피해 수사의 이름을 처음 보았을 때 내심 반가우면서도 선뜻 얼굴을 내밀 수가 없더군요."

"그 심정을 헤아리진 못해도 이해는 할 수 있을 것 같습니다."

유건 역시 두 사람의 경지 문제가 대화 주제에 계속 오르는 일이 불편하긴 마찬가지였다. 그는 얼른 뇌옹을 불러 명했다.

"가서 선배님께 드릴 차를 내오너라."

머리를 조아린 뇌옹은 바로 석실에 붙은 다용도실로 들어갔다.

예상대로 선혜수는 바로 뇌옹에게 관심을 옮겨 갔다.

"저건 기선인가요?"

"맞습니다. 전에 있던 담당자가 기선술을 약간 할 줄 알아서 그에게 배운 내용으로 개조해 본 겁니다. 아직 품계가 낮아 큰 쓸모는 없어도 차를 내오는 간단한 일은 할 수 있지요."

"아, 전에 있었다던 담당자는 어떻게?"

유건은 뇌옹이 가져온 차를 그녀에게 건네며 고개를 저었다.

"그는 아쉽게도 사구중겁을 통과하지 못했습니다."

선혜수 역시 그럴 거로 예상한 듯 담담한 태도로 대꾸했다.

"그렇군요."

잠시 이런저런 대화를 나누던 중에 선혜수가 갑자기 물었다.

"한데 칠교보에 입문할 생각은 어떻게 한 거예요?"

"선배님께는 속이지 않겠습니다. 선배님과 헤어진 후 이곳저곳 돌아다니다가 강적을 만나 칠교보로 잠시 몸을 피한 겁니다. 선배님이 일전에 칠교보 입문을 도와주겠다고 했던 말이 기억나서요. 물론, 그 전에 왔으면 더 좋았을 테지만요."

선혜수가 약간 불만인 투로 물었다.

"한데 왜 나를 직접 찾아오지 않았죠? 내가 비록 본보에서 지위가 높지는 않아도 사부님께 부탁하면 제자 한 명 입문시키는 건 일도 아니에요. 더구나 유 수사는 내 생명의 은인이기도 해서 사부님도 소매를 걷어붙이고 나서셨을 거고요."

"처음엔 저 역시 그러려고 찾아왔다가 입문 시험이 열린다는 말을 듣고 그쪽으로 방향을 튼 겁니다. 선배님의 호의를 거절하려고 입문 시험을 본 게 아니란 점을 이해해 주십시오."

그때, 선혜수가 갑자기 복잡한 감정이 담긴 눈빛으로 물었다.

"그렇다면 할 수 없지요. 한데 앞으론 어떻게 할 작정이에요?"

"마두산 광산에서 5년 근무를 명령받았으니까 5년 근무를 다 마친 후에 생각하기로 했습니다. 본보로 돌아가도 좋고 여기서 계속 근무한다고 해도 딱히 나쁠 일은 없으니까요."

선혜수는 약간 실망한 표정으로 대꾸했다.

"유 수사의 생각이 그렇다면 그렇게 하도록 해요. 하지만 본보로 돌아오고 싶은 마음이 생기면 언제든 나에게 얘기해요."

유건은 머리를 긁적거렸다.

"전 마두산 광산을 떠날 수가 없어서 그럴 마음이 생겨도 선배님에게 전할 마땅한 방법이 없는 게 문제라면 문제겠군요."

얼굴을 약간 붉힌 선혜수가 입술을 잘근 깨물었다.

"그렇다면 내가 매년 유 수사를 방문하도록 하죠. 오늘처럼 수련 재료를 모은단 핑계를 대면 빠져나올 수 있을 거예요."

"선배님께 너무 수고를 끼치는 게 아닌지 모르겠습니다."

선혜수가 일어나며 고개를 저었다.

"괜찮아요. 내 목숨을 구해 준 은인인데 그 정도 편의는 봐 드려야죠. 그럼 오늘은 여기까지 하고 이만 본보로 돌아갈게요. 아마 다음에 만나는 건 내년 이맘때쯤일 거예요."

창고에 간 선혜수는 법술을 써서 미리 준비해 둔 대형 법보낭에 그동안 채굴한 남수석을 담아 칠교보 본보로 돌아갔다.

선혜수는 약속대로 그다음 해 같은 날에 마두산을 찾았다. 이번에는 일정에 여유가 있어 유건은 그녀에게 마두산 곳곳을 안내해 줬다. 물론, 마두산은 볼 게 딱히 없는 곳이라, 그

근방의 풍광이 괜찮은 명소를 돌아보는 시간이 더 길었다.

노을이 붉게 진 저녁 무렵, 유건은 왠지 아쉬운 마음으로 그녀를 떠나보냈다. 그녀 역시 발길이 떨어지지 않는단 표정으로 그를 보다가 한숨을 내쉬며 칠교보 본보로 돌아갔다.

마두산 광산 일은 뇌웅이 알아서 다 하는지라, 유건은 지하 선부에서 수련에 열중하며 선혜수가 오는 날만 기다렸다.

마침내 유건이 광산에 부임한 지 3년이 막 지났을 무렵, 선혜수가 수련 재료를 회수한다는 핑계를 대고 그를 찾아왔다.

유건은 그녀가 돌아오길 기다리는 동안, 그녀가 좋아할 만한 곳을 여러 군데 찾아 놓았기 때문에 두 사람은 마치 소풍 나온 어린아이처럼 멋들어진 폭포 밑에서 수영하거나, 아니면 좀처럼 보기 힘든 과일을 같이 음미하며 즐겁게 놀았다.

한데 헤어지기 직전, 선혜수가 생각지 못한 말을 꺼냈다.

"우리 같이 도망칠래요?"

"그게 갑자기 무슨 소립니까?"

"아니에요. 잊어버려요. 그냥 장난삼아서 해 본 말이었으니까."

왠지 처연한 느낌이 드는 미소를 지어 보인 선혜수가 본보로 돌아갔다. 유건은 미간을 찌푸린 모습으로 그녀의 말을 곱씹다가 선부로 돌아갔다. 한데 그로부터 열 달쯤 흘렀을 때였다. 마두산의 꼬리 쪽에 해당하는 산기슭에서 펑 하는 굉음과 함께 연기와 엄청난 흙먼지가 공중으로 치솟았다.

◆ ◈ ◆

칠교보를 실질적으로 이끌어 가는 조직은 일곱 개였다. 그
중에서도 현재 보주인 태일소를 배출한 두생교(頭生橋)를 비
롯해 일월교, 수태교(守太橋)가 세력 면에서나 실력 면에서
나 다른 조직을 항상 압도해 백보교 시절부터 지금까지 역대
보주 대부분이 그 세 조직에서 나왔다고 해도 과언이 아니었
다. 물론, 세 조직 사이에도 우열은 존재했다. 셋 중 수태교가
가장 처졌고 그다음이 두생교, 일월교 순이었다. 즉, 일월교
가 칠교보에서 가장 세력이 큰 조직이었다.

그런 점에서 보면 두생교 교주 태일소가 강력한 경쟁자인
일월교 교주 상대희(相大熙)를 누르고 보주에 오른 일은 일
대 사건이라 부를 정도로 대단한 일이었다. 태일소는 칠교보
에 단 세 명밖에 없는 장선 후기의 수사였으며 실력 역시 같
은 경지인 상대희를 반보 정도 앞선다는 평가를 받았다.

태일소는 청보궁 대청 상좌에 턱을 괴고 앉아 허공의 한 점
을 노려보았다. 노려보는 눈빛이 얼마나 강렬한지 만약 그곳
에 누가 있다면 그의 눈빛에 찔려 그대로 죽을 것 같았다.

철문처럼 굳게 닫혀 있던 태일소의 입이 한참 만에야 열렸
다.

211

"건 장로(建長老)는?"

그때, 아무것도 없는 허공에서 갑자기 대답하는 소리가 들렸다.

"건 장로는 보주님의 예상대로 구구말겁을 통과하지 못했습니다."

"흐음, 그럼 우리 두생교에 남은 장선 중기는 이제 네 명인가?"

"그렇습니다."

태일소의 말투에는 실망감이 살짝 배어 있었다.

"일월교와는 이제 장선 중기에서 세 명 차로 벌어졌군. 그나마 장선 초기에서는 다섯 명밖에 차이가 나지 않아 다행일 정도야."

"일월교 진종자가 장선 진입을 위해 폐관에 들어갔다고 합니다."

그때, 팔걸이에 올려 둔 태일소의 왼 주먹이 꿈틀거렸다.

"상대회 그놈은 성공을 확신할 때만 아끼는 제자의 장선 진입 폐관을 허락한다고 들었네. 그런 점에서 보면 그 진종자란 놈 역시 장선 진입에 성공할 확률이 꽤 높은 편이겠지?"

허공에서 감정이 전혀 실리지 않은 대답이 들려왔다.

"그럴 것입니다."

"일월교 문지걸(文智傑) 장로의 동태는 요즘 어떤가?"

"온건파 수장인 문지걸 장로가 자길 따르는 세력을 결집해 상대희 교주에게 대항하고 있기는 한데 쉽지 않은 모양입니다."

태일소의 짙은 눈썹이 송충이처럼 꿈틀거렸다.

"어째서?"

"상대희 교주가 새로운 작전을 세웠기 때문입니다."

"어떤 작전인가?"

"상대희 교주는 손자인 상영을 이용해 문지걸 장로가 애지중지하는 제자인 선혜수에게 혼담을 넣고 있습니다. 문지걸 장로는 딱히 반대할 명분이 없어 폐관한단 핑계로 제자의 혼담을 거절하는 중인데 그게 벌써 3, 4년째라 들었습니다."

"선혜수란 이름은 들어 보았네. 미모가 대단하다지?"

"예, 일월교뿐만 아니라, 본보 전체에서도 손에 꼽힐 정도지요."

태일소가 주저 없이 명령했다.

"문지걸 장로마저 상대희에게 넘어가면 본보에는 그를 저지할 세력이 없네. 자네가 손을 써서 문지걸 장로와 그 선혜수란 아이를 당분간 본보 밖으로 내보낼 계획을 세워 시행하게."

"분부대로 하겠습니다."

허공에 있던 투명한 그림자가 대청 밖으로 나가는 모습을 확인한 태일소는 주먹으로 상좌 팔걸이를 내리치며 중얼댔다.

"상대희, 네놈에게만은 절대 이 자리를 내어 주지 않을 것이야."

태일소 역시 장선 후기의 초강자라 감정을 추스르는 데 걸린 시간은 찰나에 불과했다. 그는 곧 청보궁 지하로 내려가 형태를 끊임없이 바꿔 가는 검은색 물체를 다시 연구했다.

"흐흐, 이 보물만 내 손에 넣을 수 있으면 상대희, 너도 내 상대가 아닐 것이야. 아니, 어쩌면 우리 백보교를 칠교보가 아니라, 일교보(一橋堡)로 만들 수 있을지도 모르는 일이지."

물체를 보는 태일소의 눈에 숨길 수 없는 탐욕이 배어 나왔다.

한편, 청보궁과 대리석 다리로 이어진 일월봉 모처에선 잘생긴 청년이 의자에 앉아 백발노인에게 보고를 받는 중이었다.

"그래, 일전에 지시한 일은 알아보았는가?"

노인이 품속에서 종이 한 장을 꺼내 공손하게 바쳤다.

"본보 서고에 있던 서류인데 한번 보십시오."

청년이 종이의 내용을 훑어보며 물었다.

"뭔가?"

"칠교산맥 변경에서 수련 재료 산지를 담당하는 수사 명단입니다. 그중 유건이란 수사 옆에 붙은 설명을 읽어 보십시오."

그 말을 들은 청년은 곧 이름 하나를 씹어뱉듯 중얼거렸다.

"대홍산맥 개염국 출신 공선 중기 유건이라······."

노인이 재빨리 덧붙였다.

"선혜 선자가 수십 년 전에 문 장로님의 명을 받고 상동에 갔을 때 우연히 만난 영선을 쫓다가 화를 입은 데가 대홍산맥입니다. 아마 선혜 선자는 그 대홍산맥에서 이자를 처음 만나 인연을 맺었을 겁니다. 또, 이자가 그 먼 상동에서 굳이 서남에 자리한 본보를 찾아와 입문 시험을 본 이유 역시 그때 만난 선혜 선자를 잊지 못해서일 가능성이 아주 큽니다."

"그럼 선혜 선자가 매년 이맘때쯤 수련 재료 산지에서 재료를 수거한다는 핑계를 대고 나가 만나는 놈이 이자란 말인가?"

"틀림없습니다."

종이를 구기는 간단한 동작으로 서류를 태운 청년이 감탄했다.

"역시 집요해서 지금까지 문 표적을 한 번도 놓친 적 없다는 백두견(白頭犬)다운 솜씨야. 자네가 직접 조사해 주지 않았으면 이런 사실을 이렇게 빨리 알아내지 못했을 게 틀림없네."

"과찬이십니다."

청년이 갑자기 목소리를 낮춰 물었다.

"본보에서 자네와 나 말고 이 사실을 아는 수사가 또 있는 가?"

백두견이 확신에 찬 어조로 대답했다.

"단언컨대 단 한 명도 없을 것입니다."

"그것 참 다행이군."

"예?"

"그 말은 자네만 없애면 아무도 모른다는 뜻이 아닌가?"

청년은 그 말을 끝내기도 전에 손가락을 앞으로 뻗었다. 곧 청년의 손끝에서 회색 광선이 튀어나와 백두견을 베어 갔다.

눈치 빠른 백두견은 급히 비행술을 펼쳐 도망쳤다. 그러나 회색 광선이 번쩍하는 순간, 그의 몸은 이미 한 줌 먼지로 변해 흩어졌다. 백두견을 없앤 청년은 입에서 불길을 내뿜어 먼지까지 완전히 태워 버린 후에 의자에 천천히 앉았다.

마치 백두견을 없앤 일은 차 한 잔 마시는 일과 별반 다를 게 없다는 듯 청년의 표정은 아주 평온하기 이를 데 없었다.

그러나 그의 입에서 나온 말은 전혀 평온하지 않았다.

"나에게 연적이 있다는 사실을 아는 놈은 나 하나로 족하 다네."

의자에 몸을 묻으며 중얼거리는 청년은 바로 상영이었다. 그는 일월교 교주인 상대회의 손자이며 서남 전체에서도 이름 높은 명문인 상씨선가(相氏仙家)의 후계자 중 하나였다.

물론, 선도에선 지위, 명예, 혈통이 별로 중요하지 않았다. 그저 얼마만큼 강한가가 수사를 판단하는 유일한 기준이었다.

칠교보 본보에 심상치 않은 기운이 감돌 무렵, 유건은 유건 나름대로 정신없는 나날을 보내는 중이었다. 마두산이 말이 라면 말꼬리에 해당하는 곳에서 굉음이 크게 울리더니 흙먼 지가 100장까지 솟을 만큼 엄청난 폭발이 일어났다.

유건은 즉시 폭발이 일어난 장소로 날아가 그 주변을 샅샅 이 훑었다. 한데 이상했다. 그는 며칠이 지나도록 폭발을 일 으킨 원인을 찾지 못했다. 마치 말이 방귀 뀐 것처럼 그쪽 부 분만 땅이 크게 파헤쳐져 구덩이가 생겼을 따름이었다.

구덩이는 상당히 커서 반경이 30장, 깊이가 100장에 달했 다. 유건은 직접 구덩이 안으로 들어가 조사했다. 한데 구덩 이 벽과 바닥에 하얀 서리가 짙게 끼어 있단 점을 제외하면 폭발을 일으킨 원인으로 추정할 수 있는 게 아무것도 없었 다.

'남수석은 물 속성 기운을 가지고 있으니까 구덩이 벽과 바 닥에 하얀 서리가 낀 게 그렇게까지 이상한 일은 아닐 것이 다. 원래 물 속성 기운과 눈 속성, 얼음 속성, 서리 속성은 한 몸에서 나왔으니까. 어쩌면 이곳이 아니라, 광산 내부에 생긴 어떤 문제 때문에 폭발이 일어난 것일지도 모르겠군.'

석실로 돌아온 유건은 전에는 신경 쓰지 않던 마두산 광산을 철저히 조사했다. 물론, 그 조사에는 옹 노인이 남겨 둔 세 번째 책이 큰 도움을 주었다. 광산에 보물이나 영물이 있을지도 모른다고 여긴 옹 노인은 사구중첩을 맞기 얼마 전까지도 광산 내부를 조사했고 그 결과를 책에 기록해 두었다.

유건은 흑주가 작업하지 않는 밤에 지하광장에 내려가 반대편 벽에 벌집처럼 뚫린 구멍을 들여다보았다. 사실, 구멍이라기보다는 갱도에 가까웠다. 다만, 광부가 그 안에서 일하는 게 아니라, 기선인 흑주가 일한다는 점이 다를 뿐이었다.

'결국, 갱도 안에 들어가 보는 수밖에는 없단 뜻인데.'

유건은 옹 노인의 책에 있는 지도를 보며 가장 큰 갱도로 들어갔다. 5,000년 동안 채굴한 곳이기 때문에 갱도를 전부 이으면 칠교산맥 둘레보다 넓을 정도였다. 또, 크고 작은 갱도가 거미줄처럼 얽혀 있어 남수석 광맥을 귀신같이 찾아내는 기능이 있는 흑주가 아니면 들어갈 엄두가 나지 않았다.

수백 장 깊이까지 내려간 유건은 마침내 갱도 끝에서 흑주가 아직 채굴하지 않은 온전한 형태의 남수석 광맥을 발견했다. 푸른 광석에 남수석 결정이 은하수처럼 박혀 있었다.

유건은 보름 동안 옹 노인이 남긴 책을 토대로 갱도 이곳저곳을 탐색했다. 그러나 소용없었다. 흑주가 작업 중인 모든 갱도를 샅샅이 뒤졌음에도 마두산 뒤편에서 폭발이 일어난 원인을 찾지 못했다. 답답해진 그는 다시 뒤편으로 가서 구덩이를 재차 조사했다. 한데 마찬가지였다. 남수석을 채굴하던 갱도와 이번 폭발의 연관성을 밝히는 데 실패했다.

거의 한 달 동안 이뤄진 조사에서도 이상한 점을 찾지 못한 유건은 산 뒤편에 생긴 구덩이를 법술로 다시 복구시켰다.

한데 석실에 돌아와 고민하던 유건의 머릿속에 어디서 들어 봤는지 알 길 없는 문구 하나가 갑자기 번개처럼 떠올랐다.

'어떤 사람이 진리는 항상 단순함에서 찾아야 한다고 했는데.'

유건은 그 문구를 토대로 이상이 없는 부분부터 제거해 나갔다.

'4,000년 전엔 칠교보 장선 중기가 이끄는 조사단이 마두산이 황폐해진 이유를 조사했지. 또, 옹 노인은 이곳에 부임한 직후부터 거의 100년 동안 마두산 갱도를 돌아다니며 영물이나 보물이 있을지 모르는 곳을 샅샅이 뒤지고 다녔고. 그렇다면 마두산에서는 그 원인을 찾기 힘들단 뜻이겠지.'

유건은 고개를 갸웃거리며 생각의 폭을 좀 더 넓혀 갔다.

'흠, 마두산이 아니면 마두산에는 원래 없던 무언가에 문제가 있단 결론이 나오는데? 마두산에는 원래 없었던 것이라?'

그 순간, 유건은 흑주를 떠올렸다. 5,000년 전, 마두산에 질 좋은 남수석 광맥이 있단 사실을 알아낸 칠교보는 광석을 채굴하기 위해 개발한 기선인 흑주 300대를 이곳으로 보냈다.

한데 남수석을 채굴하는 5,000년 동안, 수리가 아예 불가능할 정도로 고장이 크게 난 흑주를 지속해서 폐기한 탓에 현재는 숫자가 287대로 줄었다. 흑주 관리 대장에 적힌 숫자역시 정확히 287대였다. 유건은 지하광장에 내려가 흑주의수를 세어 보았다. 관리 대장에 적힌 대로 287대가 맞았다.

'흑주가 문제일지 모른단 내 예상이 틀린 건가?'

고개를 저은 유건은 법결을 날려 흑주에게 작업 지시를 내리고 다시 석실로 돌아갔다. 한데 그때 갱도로 들어가던 흑주의 다리 하나가 다른 쪽보다 약간 짧은 모습이 눈에 띄었다.

워낙 미세한 차이라 흑주에 이상이 있는지 조사하던 유건이 아니면 알아보기 힘든 차이였다. 유건은 혹시 하는 생각에 다른 흑주도 조사해 보았다. 마찬가지였다. 여덟 개의 다리 중에 하나만 약간 짧은 흑주가 무려 100대에 달했다.

'이 정도면 우연이 아니군.'

유건은 다음 날, 모든 흑주를 분해해 부품 수를 확인했다. 한데 놀랍기 짝이 없는 결과가 나왔다. 누가 일부러 그런 것처럼 모든 흑주의 부품 중 하나가 원래 규격보다 작거나, 빠져 있었다. 한데 그보다 더 놀라운 점은 작업하는 데 지장을 줄 정돈 아니어서 겉으론 멀쩡하게 보인단 사실이었다.

'이런 결과가 나온 데는 반드시 그럴 만한 이유가 있을 거다.'

유건은 조사한 결과를 토대로 새로운 사실을 하나 더 밝혀냈다. 바로 없어진 부품을 조합하면 새로운 흑주를 하나 만들 수 있는 양이란 사실이었다. 즉, 마두산에서 활동하는 흑주는 287대가 아니라, 288대였다. 또, 그 한 대는 다른 흑주와 달리 작업이 끝나도 지하광장으로 돌아오지 않았다.

'칠교보가 파견한 조사단도, 웅 노인도 흑주는 당연히 이상이 없을 거라 예상해 이런 일이 벌어진 거로구나. 더구나 흑주의 숫자마저 일치한다면 알아내기가 더 어려웠을 테지.'

유건은 그 즉시 청랑을 불러 돌아오지 않는 흑주를 찾게 했다. 그러나 소용이 없었다. 흑주는 우선 살아 있는 생명체가 아닌 데다, 흑주가 가진 기운이 남수석과 비슷한 물 속성 기운이어서 이는 바늘 더미에서 바늘을 찾는 것과 같았다.

흑주는 5,000년 동안 남수석을 채굴하면서 남수석이 뿜어내는 물 속성 기운을 흡수해 287대 전부가 물 속성 기운을 지닌 상태였다. 청랑으로서는 찾아낼 방도가 없단 뜻이었다.

그러나 유건은 포기하지 않았다.

'원인이 뭔지 모를 때는 뭐부터 해야 할지 몰라 암담한 심정일 테지만 다행히 나는 원인이 뭔지 알고 있다. 그렇다면 문제를 해결할 방법을 찾는 것은 식은 죽 먹기에 불과하지.'

유건은 며칠 동안 밤을 새워 가며 연구한 끝에 흑주를 찾는 기능을 뇌웅에 추가할 수 있었다. 다음 날, 준비를 단단히 마친 그는 뇌웅을 앞세워 돌아오지 않은 흑주를 찾아 나섰다.

한데 가장 깊은 갱도 끝에 이른 뇌웅이 갑자기 동작을 멈췄다.

유건은 갱도 끝을 조사하며 물었다.

"이 끝 너머에 흑주가 있단 말이냐?"

뇌웅이 맞는다는 듯 유건이 붙여 준 팔로 갱도 끝을 가리켰다.

"그렇다면 할 수 없지."

유건은 규옥의 지둔술을 써서 갱도 끝을 뚫고 들어갔다. 한데 끝을 지나 한참을 내려갔을 때였다. 갑자기 농후한 물 속성 기운이 사방에서 몰려와 유건과 규옥을 흠칫하게 하였다.

지둔술을 멈춘 유건은 급히 주위를 둘러보았다. 어른 허리만 한 크기의 굵은 광맥에 짙은 물 속성 기운을 뿜어내는 커다란 남수석이 박혀 있었다. 이는 지금까지 본 남수석 중에서 가장 크면서도 가장 짙은 기운을 뿜어내는 남수석이었다.

'그 돌아오지 않는 흑주 하나가 남수석이 지닌 물 속성 기운을 죄다 흡수하는 바람에 다른 흑주가 갱도에서 채굴한 남수석의 영기가 형편없어졌단 내 가설이 맞은 모양이군. 아마 이곳의 남수석은 아직 흡수하지 못한 상태라 이렇겠지.'

그렇게 다시 수십 장을 더 내려갔을 때였다. 마침내 유건의 가설이 옳다는 증거가 그 앞에 모습을 드러냈다. 바로 온

몸이 가을하늘처럼 푸른색을 띤 흑주 하나가 등 위에 회색 구슬을 매단 모습으로 그를 쏘아보고 있었기 때문이었다.

◆ ◇ ◆

흑주는 두 가지 기운을 발산하는 중이었다. 하나는 흑주 본체가 지닌 물 속성 기운이었고 다른 하나는 흑주의 등에 달린 회색 구슬에서 안개처럼 피어오르는 짙은 귀기(鬼氣)였다.

한데 두 기운 다 유건이 감당하기 힘들 정도로 강력하다는 점이 문제였다. 4,000년 동안 마두산의 남수석이 지닌 물 속성 기운을 잔뜩 흡수한 흑주는 거의 5품에 해당하는 기운을 발산하는 중이었다. 한데 회색 구슬에서 피어오르는 귀기는 오히려 그보다 더 강력해 거의 4품에 가까웠다. 두 기운 다 공선 중기가 혼자 감당하기에는 벅찬 감이 있었다.

흑주는 지금 남수석이 유달리 큰 광맥에 붙어 몸통에 달린 다리 여덟 개로 물 속성 기운을 신나게 빨아들이는 중이었다. 그 덕에 다행히 흑주에게 선공 당하는 불상사는 면했다.

유건은 직감적으로 흑주 위에 매달린 회색 구슬이 4,000년 동안 마두산을 황폐하게 만든 원흉임을 알아보았다. 흑주가 갑자기 영성을 깨우칠 확률은 없었다. 5,000년 동안 남수석을 채굴한 다른 흑주는 모두 멀쩡하단 사실이 그 증거였다.

지금으로선 회색 구슬이 다른 흑주의 부품을 조금씩 떼어내 숙주로 삼을 새 흑주를 만들었단 결론을 내릴 수밖에 없었다.

'저렇게 짙은 귀기를 발산하는 모습을 봐선 키우던 영귀(靈鬼)에게 잡아먹힌 귀선(鬼仙)이 영주(靈珠)로 변한 모양이군.'

귀선이 익히는 귀종(鬼宗) 공법은 난해하기 이를 데 없어 대성하는 수사가 드문 데다, 위험천만하기까지 하여 본인이 키우던 영귀에게 잡아먹히는 귀선이 허다할 정도로 많았다.

대신, 위력은 다른 종파의 공법을 훌쩍 뛰어넘는 탓에 도박과도 같은 귀종 공법을 몰래 수련하는 수사가 적지 않았다.

헌월선사의 기억에 따르면 본인이 키우던 영귀에게 잡아먹힌 귀선은 저주를 받아 윤회가 힘들었다. 또, 혼백이 영귀에게 지배당한 후엔 아예 구슬 같은 형태로 모습이 바뀌었다.

선도에서는 그런 구슬을 영주라 불렀는데 영주는 보통 다른 수사의 본신을 새로운 숙주로 삼아 수련을 지속해 나갔다.

한데 흑주 등에 매달린 회색 구슬은 영주의 모습이면서도 다른 수사가 아닌 기선 본체에 기생한단 점이 약간 특이했다.

'어쨌든 나 혼자 상대하긴 무리다.'

결정을 내린 유건은 규옥의 지둔술을 이용해 도망쳤다. 한데 놀랍게도 흑주 역시 지둔술을 펼쳐 반대 방향으로 도망쳤다. 그는 이보다 좋을 수 없단 생각에 속으로 쾌재를 불렀다.

한데 그때였다.

"어서 흑주를 따라가야 합니다."

전에 없이 다급한 백진의 목소리에 유건이 깜짝 놀라 물었다.

"그게 무슨 말입니까?"

"영주는 지금 흑주를 조종해서 마두산 지맥 뿌리에 보관 중인 강력한 법보를 찾으러 간 게 분명합니다. 만약, 영주가 그 법보를 손에 넣으면 4품이 아니라 2품, 어쩌면 1품까지 단숨에 성장할지도 모릅니다. 그때는 서남을 포함한 녹원대륙 전 지역이 위험해지겠지요. 삼월천 같은 하계에는 1품 영주를 상대할 만한 수사가 거의 없을 게 분명하니까요."

"1품 영주가 그 정도로 무서운 겁니까?"

"특수한 공법을 익힌 수사가 아니면 영주를 상대로 밀릴 수밖에 없습니다. 더욱이 1품이면 비선 정도는 와야 할 겁니다."

유건은 흠칫했다. 헌월선사가 남긴 기억에 따르면 현재 녹원대륙에는 비선 경지의 수사가 단 한 명도 없었다. 다른 대륙에는 있을지 몰라도 녹원대륙에는 확실히 없었다. 영주가

1품으로 성장하면 녹원대류 선도는 끝장이란 소리였다.

유건은 녹원대류이 망하든, 말든 별 관심이 없었다. 심지어 녹원대류에 사는 수십, 수백억의 생명보다 그의 생명 하나가 훨씬 더 소중했다. 그러나 침착함을 잃지 않던 백진이 다급한 모습을 보인 덴 특별한 이유가 있을 거라 확신했다.

"저렇게 강한 영주를 제가 막을 수 있겠습니까?"

"지금 공자님의 능력이라면 충분합니다."

"그럼 백 선자님의 말을 믿고 한번 해 보도록 하죠."

마음을 단단히 먹은 유건은 지맥 뿌리를 찾기 위해 규옥의 지둔술을 써서 지하로 내려갔다. 오채석으로 본체의 기운을 북돋기 시작한 후부터 영체(靈體)인 규옥 또한 실력이 부쩍 늘어 눈 깜짝할 사이에 수천 장 깊이까지 내려갔다.

어느 순간부터 주변 풍경이 전과 판이한 모습을 보였다. 얼마 전까지는 흙과 바위, 나무뿌리, 남수석 결정이 박힌 광석 등으로 가득 찬 풍경이 지루할 정도로 반복해서 이어졌다.

한데 얼마 전부턴 갑자기 온도가 급격히 상승하더니 천장까지 지하수가 가득 찬 지하 호수가 등장했다. 워낙 규모가 방대해 마치 지하 깊은 곳에 또 다른 바다가 있는 듯했다.

그 외에도 시커먼 강물이 파도처럼 흐르는 계곡과 마두산의 몇 배 크기에 해당하는 거대한 바위를 통과할 때도 있었다.

물론, 그중 최고는 역시 펄펄 끓는 용암지대였다. 웬만한 강줄기보다 굵은 용암은 마치 붉은 용처럼 지하 곳곳에 자신의 흔적을 남겨 놓았다. 또, 용암이 굳으면서 생긴 계곡과 절벽은 지상에서 본 그 어떤 절벽, 계곡보다 장대해 하늘 높은 줄 모르고 솟던 인간 수사의 콧대를 단숨에 꺾어 놓았다.

급격히 올라간 온도에 영향을 받은 규옥의 속도가 점점 느려졌다. 그나마 다행인 점은 본체가 기선인 흑주 역시 그렇게 빠르지는 않다는 점이었다. 그 덕에 유건은 흑주보다 한발 먼저 목표 지점인 칠교산맥 지맥 뿌리에 도달할 수 있었다.

'이게 말로만 듣던 지맥 뿌리란 말인가?'

유건은 높이가 수천 장, 너비가 수십만 장에 달하는 거대한 공동(空洞)을 앞에 두고 벌어진 입을 쉽게 다물지 못했다.

공동에는 모양이 전부 다른 기둥 수천 개가 천장을 찌를 듯이 솟아 있었다. 어떤 기둥은 노란 수정 수만 개를 어지럽게 꽂아 만든 것처럼 생겼고 또 어떤 기둥은 용암이 마치 용이나 봉황 등의 형태로 굳어져 만들어진 것처럼 보였다.

각 기둥은 생김새, 재질, 크기가 모두 제각각이었는데 유일한 공통점은 모두 농도 짙은 엄청난 양의 천지 영기를 함유하고 있어 기둥에 가까이 접근할수록 체내의 법력이 미친 듯이 요동쳐 비행술과 같은 법술을 펼칠 수 없단 점이었다.

'공선 중기가 이렇다면 오선, 장선, 비선은 아예 출입 자체가 불가능할 것 같군. 여긴 수련 성지가 아니라, 수련 지옥이야.'

유건은 기둥에 접근하는 일이 없게 조심하며 공동 내부를 수색했다. 그러나 공동 내부가 워낙 광대한 탓에 그가 찾는 기둥을 발견하는 데 예상보다 훨씬 많은 시간이 소요되었다.

칠교산맥에서 나는 온갖 종류의 수련 재료는 모두 이 지맥 뿌리가 공급하는 농도 짙은 천지 영기의 영향을 받아 태어났기 때문에 눈으로 헤아리기 힘들 정도로 기둥이 많았다.

'저기다!'

유건은 공동 구석진 곳에서 남수석으로 이루어진 거대한 원통 기둥을 발견했다. 둘레가 거의 10장에 달하는 남수석 원통 기둥은 천장을 향해 수직으로 곧게 뻗어 있었는데 가까이 다가가기도 전에 짙은 물 속성 기운이 물씬 풍겨 왔다.

'백 선자가 말한 그 대단한 법보가 여기 어딘가에 있을 텐데.'

유건은 멀리서 남수석 기둥을 한 바퀴 빙 돌았다. 한데 그때, 회색 구슬을 등에 매단 흑주가 기둥 중앙에 달라붙어 있는 모습이 보였다. 그는 즉시 안력을 높여 흑주를 관찰했다.

흑주는 앞다리 두 개를 기둥에 찔러 넣어 안에 든 무언가를 조심스레 꺼내는 중이었다. 유건은 급히 안력을 높였다. 곧 흑주가 꺼내려는 물건이 똑똑히 보였다. 그건 바로 영롱한 자태를 자랑하는 팔뚝 크기의 파란색 수정 막대기였다.

'오기는 내가 먼저 왔는데 기둥을 찾다가 추월당한 모양이군.'

영주가 법보를 손에 넣으면 2품, 혹은 1품까지 급성장할 수 있다는 백진의 경고가 떠오른 유건은 목정검부터 날려 보냈다.

그러나 목정검은 흑주를 베기 직전에 남수석 기둥이 머금은 천지 영기의 영향을 받아 옆으로 크게 빗나가 버렸다. 한데 문제는 그것으로 끝나지 않았다. 목정검은 급기야 그의 통제마저 벗어나 남수석 기둥 속으로 빨려 들어가려 들었다.

깜짝 놀란 유건은 급히 뇌력으로 목정검을 회수했다. 그의 뇌력과 남수석 기둥의 끌어당기는 힘이 팽팽하게 맞서는 바람에 목정검은 그 사이에서 오도 가도 못 하고 붕 떠 버렸다.

유건은 뇌력을 왕창 밀어 넣은 후에야 가까스로 목정검을 회수하는 데 성공했다. 한데 그사이, 흑주는 남수석 기둥 가운데 있던 수정 막대기를 표면으로 거의 옮겨 놓은 상태였다.

'빌어먹을.'

마음이 급해진 유건은 전광석화를 써서 흑주에게 접근했다. 그러나 기둥을 30장 남겨 두었을 무렵, 남수석 기둥이 머금은 농도 짙은 천지 영기가 그의 법력을 홱 끌어당겼다. 마치 체내에 있는 법력이 그의 살갗을 뚫고 쏟아져 나올 것처럼 마구 요동치는 바람에 더는 접근하기가 어려웠다.

유건은 하는 수 없이 뒤로 물러나 남수석 기둥의 영향력에서 가까스로 벗어났다. 그러나 아직 포기하기엔 너무 일렀다.

그때, 그의 머릿속을 스쳐 지나가는 의문이 하나 있었다.

'한데 흑주는 저 속에서 어떻게 움직일 수 있는 거지? 설마 수사가 쌓은 법력은 끌어당겨도 오행의 기운은 끌어당기지 않는단 건가? 그 사실을 안 영주가 다른 수사의 몸을 빼앗는 대신에 오행의 기운으로 움직이는 기선에 붙은 거고?'

유건은 시험 삼아 청랑을 내보내 보았다. 한데 그의 예상이 맞았다. 청랑은 남수석 기둥에 영향을 받지 않고 자유롭게 움직였다. 아직 영성을 깨우치지 못한 청랑은 수사와 달리 몸에 법력이 한 톨도 없는 덕에 전혀 영향을 받지 않았다.

화륜차 불꽃을 키운 청랑은 흑주 쪽으로 달려들어 가장 자신 있는 공격인 불길을 내뿜었다. 다리 두 개로 남수석 기둥에 있는 수정 막대기를 꺼내던 흑주는 청랑이 뿜은 불길을 보기 무섭게 남은 다리 여섯 개를 위로 번쩍 들어 올렸다.

흑주의 다리 안에는 사람의 눈처럼 생긴 혹이 달려 있었는데 청랑이 뿜어낸 불길이 닥쳐오는 순간, 그 혹 안에서 파란빛을 발산하는 투명한 막이 솟아 나와 흑주 전체를 보호했다.

투명한 막은 청랑이 뿜어낸 불길을 막아 낼 뿐만 아니라, 풍선처럼 크게 부풀어 올라 청랑을 멀찍이 밀어내기까지 하였다.

청랑은 투명한 막에 불길도 뿜어 보고 화륜차 불꽃을 몸에 두른 상태에서 돌진도 해 보았다. 그러나 매번 투명한 막에 막혀 튕겨 나오기만 할 뿐, 뚫릴 기미가 보이지 않았다. 오히려 한 번은 투명한 막에 갇혀 위험에 처하기까지 했다.

그때, 흑주가 다리 두 개로 남수석 기둥 속에 있는 수정 막대기 끝을 잡아 조심스레 끌어당겼다. 초조해진 유건은 법보 낭에서 염화도인에게 빼앗은 풍화부(風火符) 부적을 꺼냈다.

풍화부가 곧 열풍(熱風)으로 변해 흑주가 펼친 투명한 막과 충돌했다. 처음엔 뜨거운 바람으로 이뤄진 열풍이 흑주가 펼친 투명한 막을 태워 그 주변을 짙은 수증기로 뒤덮었다.

그러나 부적은 몇몇 특수한 경우를 제외하면 대부분 수사의 법력을 부적 안에 가둔 형태라, 법력으로 이뤄진 열풍 역시 남수석 기둥으로 빨려 들어가 순식간에 자취를 감추었다.

'부적도 실패란 말인가?'

그 순간, 수정 막대기 끝이 남수석 기둥 밖으로 빠져나오며 뼈가 얼어붙을 것 같은 강력한 얼음 속성 기운을 발산했다.

'물 속성이 아니라, 얼음 속성이란 말인가? 그렇다면 대체 왜 영주는 수정 막대기를 물 속성 재료인 남수석 기둥에 보관한 거지? 그리고 저 수정 막대기는 대체 어디서 온 거고?'

그러나 지금은 그런 걸 따질 때가 아니었다. 지금은 영주가 수정 막대기를 손에 넣어 급성장하는 일부터 막아야 했다.

얼굴을 굳힌 유건은 그동안 아껴 둔 부적을 전부 꺼냈다. 부적이 효과가 없단 사실은 좀 전에 쓴 풍화부를 통해 확인한 바였다. 그러나 법술, 법보와 달리, 남수석 기둥의 반응이 부적엔 약간 느리단 점을 확인한 유건은 시간을 끌어 볼 요량으로 그동안 쓰지 않던 강력한 부적을 연달아 사용했다.

그동안 죽인 공선, 오선에게 빼앗은 부적은 별 볼 일 없어도 헌월선사, 요검자, 염화도인과 같은 장선 경지의 강자가 법보낭에 지니고 있던 부적은 그 위력이 하나같이 대단했다.

만석부(萬石符), 천검부(千劍符), 홍뇌부(紅雷符) 등을 던질 때마다 수만 근에 달하는 거대한 바위와 천 개로 이루어진 날카로운 칼날, 붉은빛이 도는 벼락 등이 쏟아져 흑주가 몸을 보호하기 위해 펼친 투명한 막을 쉼 없이 두들겼다.

물론, 결과는 풍화부를 날렸을 때와 똑같았다. 남수석 기둥으로 힘없이 끌려 들어간 부적이 차례차례 모습을 감추었다.

그러나 피 같은 부적을 쓴 효과가 아예 없진 않았다. 부적과 충돌할 때마다 투명한 막이 깨질 것처럼 흔들린 탓에 흑주의 작업 속도가 현저히 느려졌다. 시간이 꽤 흘렀음에도 흑주가 수정 막대기를 반밖에 꺼내지 못한 게 그 증거였다.

한데 그때, 흑주가 펼친 투명한 막이 갑자기 바람 빠진 풍선처럼 쪼그라들더니 색깔마저 파랗게 변해 시야를 차단했다.

'제길, 이건 영주가 시킨 짓이 분명하군. 내 시야를 막아서 작업 진척 상황을 나에게 알려 주지 않으려는 의도가 틀림없어.'

쓴웃음을 지은 유건은 법보낭에서 일곱 장으로 이루어진 새 부적을 꺼냈다. 각 부적의 앞에는 복잡한 선문이, 뒤에는 별을 형상화한 고풍스러운 그림이 그려져 있었는데 풍기는 기운이 대단해 누가 봐도 강력한 부적임을 알 수 있었다.

'아깝지만 지금은 다른 방도가 없다.'

유건은 헌월선사가 가장 아끼던 칠성뇌화부(七星雷火符)를 던졌다. 곧 천둥소리를 내며 불타오른 칠성뇌화부에서 일곱 개의 불티를 머금은 벼락이 튀어나와 파란 막을 강타했다.

칠성뇌화부는 과연 헌월선사가 애지중지할 정도로 위력이 뛰어나 파랗게 변한 막에 균열이 생기며 안의 모습이 보였다.

'역시.'

흑주는 다리 두 개로 남수석 기둥 속에 보관한 수정 막대기를 거의 다 뽑아낸 상태였다. 한데 상황이 매우 급해졌음에도 유건의 표정은 오히려 전보다 훨씬 여유로워 보였다.

그때, 수정 막대기가 마침내 남수석 기둥을 완전히 빠져나와 흑주의 손에 떨어졌다. 한데 그 순간, 머리에 우산을 덮어쓴 시커먼 인영 하나가 갑자기 튀어나와 상대의 손에 거의 들어간 거나 마찬가지인 수정 막대기를 재빨리 낚아챘다.

보물을 훔친 시커먼 인영은 처음부터 그럴 생각이었다는 듯 냅다 밑으로 뛰어내렸다. 한데 비행술을 쓰지 못하는지 몇 번 버둥거리던 인영이 그대로 낙하했다. 떨어진 곳이 수십 장 높이여서 비행술을 쓰지 못하면 살아남기 어려웠다.

시커먼 인영이 바닥에 거의 떨어지기 직전, 갑자기 불꽃에 휩싸인 청랑이 날아와 시커먼 인영을 자기 등 위에 태웠다.

유건도 지켜만 보진 않았다. 재빨리 청랑과 시커먼 인영을 회수한 그는 규옥에게 지둔술을 펼치란 명령을 내렸다. 법술로 유건을 감싼 규옥은 곧 마두산으로 전력을 다해 솟구쳤다.

한편, 눈앞에서 수정 막대기를 빼앗긴 영주는 흑주를 조종해 도망치는 유건을 쫓았다. 영주에게 수정 막대기는 목숨보다 소중한 물건이기 때문에 지옥 끝이라도 쫓아갈 태세였다.

얼마 후, 유건이 먼저 마두산 산허리를 뚫고 튀어나왔다. 그러나 얼마 도망치진 못했다. 영주가 조종하는 흑주가 뒤따라 튀어나와 도망치는 유건의 앞을 재빨리 막아선 탓이었다.

이젠 싸우는 것 외엔 다른 방법이 없었다.

유건은 오행석으로 움직이는 흑주가 남수석 기둥에 영향을 받지 않는 모습에서 착안해 이번 계획을 세웠다. 흑주가 영향을 받지 않는다면 기선인 뇌웅도 똑같을 게 분명했다.

강력한 부적을 연달아 사용해 흑주와 영주의 시선을 분산시킨 유건은 무광무영복을 덮어쓴 뇌웅에게 수정 막대기를 훔치란 밀명을 내렸다. 뇌웅은 유건이 시키는 대로 은신한 상태에서 남수석 기둥을 천천히 기어올라 마지막 순간에 흑주가 꺼낸 수정 막대기를 재빨리 낚아채는 데 성공했다.

목숨보다 소중한 수정 막대기를 상대에게 빼앗긴 영주는 흑주의 등 위에서 떨어져 나와 본격적으로 귀기를 발산했다.

처음에는 어른 머리만 하던 영주가 엄청난 귀기를 발산하면서 본체를 점점 키워 나가 금세 1장 크기까지 불어났다.

덕분에 전에는 보지 못한 모습을 볼 수 있었는데, 크기가 커진 영주 안에 회색 연기를 옷처럼 두른 영귀가 숨어 있었다.

영귀는 몸통 위에 머리 다섯 개가 달려 있었다. 한데 그중 두 개는 인간 수사의 얼굴을, 나머지 세 개는 이목구비가 머리 이곳저곳에 제멋대로 달라붙은 귀신의 형상을 하였다.

또, 몸통에는 정체를 알 수 없는 기관이 잔뜩 달려 있었는데 팔과 다리라기보단 지느러미나 촉수에 더 가까운 모습이었다. 심지어 살이 흘러내리는 회색 몸통 속에는 애벌레가 기어 다니는 것처럼 무언가가 꿈틀거리며 계속 움직였다.

영주를 중심으로 모여드는 귀기의 농도가 갑자기 짙어질 때였다. 회색 구슬 여기저기에 구멍이 뚫리더니 영귀의 머리 다섯 개와 촉수 등이 구슬 밖으로 튀어나왔다. 구슬 형태인 영주에서 원래 모습인 영귀 형태로 변신을 마친 셈이었다.

물론, 유건도 영주가 영귀로 변하는 과정을 지켜만 보지는 않았다. 그는 바로 목정검과 홍쇄검을 날려 영귀를 기습했다.

그러나 영귀로 변하는 순간이 가장 취약하단 사실을 누구보다 잘 아는 영주가 주위에 보호막을 펼쳐 공격을 막아 냈다.

한편, 유건이 영귀를 상대하는 동안, 자유를 찾은 흑주는 몸집을 크게 키워 파란 가죽을 지닌 거대 거미로 변신했다.

흑주가 거대 거미로 변신한 모습을 확인한 유건은 주저 없이 규옥, 청랑 둘을 밖으로 내보내 흑주를 상대하게 하였다.

"너희들은 시간만 끌도록 해라."

"예, 공자님! 소옥에게 맡겨 주십시오!"

대답한 규옥은 바로 청랑 위에 올라타 흑주 쪽으로 날아갔다. 한편, 파란 보호막을 펼쳐 본체를 보호한 흑주는 몸에 달린 거대한 다리 여덟 개를 이용해 먼저 공격을 시도했다.

파란 거미가 다리 여덟 개를 번갈아 가며 휘두를 때마다 허공에 다리 그림자 수십 개가 나타나 청랑에 탄 규옥을 날카롭게 베어 갔다. 그러나 규옥과 청랑도 쉽게 당하진 않았다.

규옥의 지시를 받은 청랑은 화륜차 불꽃을 크게 키워 다리 그림자 사이를 미꾸라지처럼 요리조리 빠져나갔다. 화가 난 흑주는 발광할 때처럼 다리 여덟 개를 마구 움직였다.

확실히 이번 공격은 위력이 달랐다. 그 주변 일대가 흑주의 다리 허상으로 빼곡히 뒤덮여 빠져나갈 구멍이 보이지 않았다. 그러나 규옥도 오채석을 얻은 덕에 실력이 급성장한 상태였다. 규옥은 재빨리 녹색 독 구름으로 본인과 청랑을 둘러싼 상태에서 흑주가 만든 다리 허상을 향해 질주했다.

쿠웅!

둔탁한 소리가 들리기 무섭게 흑주가 만든 다리 허상은

유리 조각처럼 깨져 흩어졌다. 한데 다리 허상과 충돌한 규옥과 청랑도 허깨비처럼 그 자리에서 갑자기 모습을 감추었다.

표적을 놓친 흑주가 웬만한 바위보다 큰 눈알 두 개를 데굴데굴 굴리며 규옥과 청랑의 위치를 찾았다. 그때, 흑주 밑에서 갑자기 튀어나온 규옥이 청랑의 다리를 잡아 힘껏 던졌다.

공중에서 몸을 공처럼 둥글게 접은 청랑은 화륜차 불꽃을 키운 상태에서 흑주의 뱃가죽으로 포탄처럼 쏘아져 들어갔다.

멀리서 보면 마치 파란색 불꽃에 휩싸인 불공이 흑주의 배를 향해 날아가는 것 같았다. 소스라치게 놀란 흑주는 급히 파란색 보호막을 넓게 펼쳐 본체를 보호했다. 그러나 뱃가죽에는 파란색 보호막이 상대적으로 얇은 탓에 보호막을 간단히 통과한 불공이 마침내 흑주의 배를 정통으로 가격했다.

퍼어엉!

폭음이 울리는 순간, 뱃가죽이 움푹 파인 흑주가 불꽃에 휩싸여 맹렬하게 타올랐다. 마치 몸 전체에 기름을 끼얹은 듯했다.

급기야 화상이 주는 엄청난 고통을 견디다 못한 흑주가 미친 듯이 발버둥 치며 지상으로 도망쳤다. 평범한 기선이라면 고통을 전혀 못 느낄 테지만 영주의 도움 덕분에 영기(靈器)

형태로 진화한 흑주는 상처 입은 짐승처럼 괴로워했다.

청랑 위에 올라탄 규옥이 손뼉을 치며 좋아했다.

"청랑, 너와 나의 협공이 제대로 먹힌 것 같구나!"

청랑 역시 기쁜지 지상으로 도망치는 흑주를 노려보며 신나게 짖어 댔다. 같이 보내는 시간이 평소에 많은 규옥과 청랑은 오늘과 같은 상황에 대비해 몇 가지 협공 방법을 고안해 냈다. 그중 하나가 바로 유건에게 빌린 무광무영복으로 신형을 감췄다가 다시 나타나 상대를 기습하는 방법이었다.

그러나 흑주는 최소 4,000년 동안, 남수석이 가진 물 속성 기운을 흡수한 영기였다. 즉, 불로 흑주에게 고통을 가할 순 있어도 죽일 순 없었다. 지상으로 도망치던 흑주가 갑자기 중기에 휩싸인 것처럼 뿌옇게 변해 시야에서 사라졌다.

"아차!"

뭔갈 눈치 챈 규옥은 청랑의 귀를 잡아 옆으로 힘껏 당겼다. 그 순간, 흑주를 감싼 증기 속에서 구멍이 뻥 뚫리더니 파란 빛기둥 10여 개가 곧장 솟구쳐 규옥과 청랑을 기습했다.

그러나 다행히 규옥이 한발 먼저 움직인 덕에 그대로 즉사하는 불상사는 가까스로 면했다. 그때, 증기 속에서 튀어나온 흑주가 다리 여덟 개를 번쩍 들어 올려 빛기둥을 쏘았다.

흑주 다리 안쪽에는 사람의 눈처럼 생긴 혹이 나와 있었는데 그 혹이 파란색을 띤 굵은 빛기둥을 계속 쏘아 보냈다.

"이크!"

규옥은 청랑을 움직여 가까스로 빛기둥을 피했다. 그다음
부턴 대결이 아니라, 흑주가 일방적으로 공격하는 양상이 이
어졌다. 청랑에게 배를 맞는 바람에 화가 크게 난 흑주가 전
력을 다하기 시작하면서 규옥과 청랑은 후퇴를 거듭했다.

만약, 청랑에게 화륜차가 없었으면 진작 당했을 정도로 매
서운 공격이어서 반격은커녕, 공격을 피해 도망치는 데만도
급급할 지경이었다. 흑주의 빛기둥 공격을 가까스로 피한 규
옥이 고개를 돌려 영귀와 대결하는 주인의 모습을 살폈다.

주인은 지금 자하와 금룡까지 소환해 영귀와 대결 중이었
는데 상황이 그리 좋지 않아 그들을 도와줄 형편이 아니었
다. 이를 악문 규옥은 다음부턴 시간을 끄는 데만 집중했다.

규옥이 본 대로 유건은 자하와 금룡까지 소환해 영귀와 혈
투를 벌이는 중이었다. 거기다 뇌력으로 조종하는 목정검과
법결로 조종하는 홍쇄검 108자루까지 보냈기 때문에 사실상
유건이 보유한 가장 좋은 법보를 전부 동원한 셈이었다.

한데 문제는 다 동원하고도 영귀에게 조금씩 밀린단 점이
었다. 자하와 금룡이 심상치 않은 영물임을 직감한 영귀는
머리 다섯 개 중에 귀신 모습을 한 머리 두 개를 즉시 법술로
터트려 귀기가 감도는 귀풍(鬼風) 두 가닥을 뽑아냈다.

귀풍 두 가닥은 곧 팔이 여섯 개, 다리가 네 개 달린 30장
크기의 귀신 두 마리로 변해 자하와 금룡을 동시에 덮쳐 갔
다.

콧방귀를 뀐 금룡은 즉시 벼락을 떨어트려 귀신을 공격했다. 또, 보라색 안개로 변해 사라진 자하는 귀신 뒤에서 갑자기 나타나 몸통으로 똬리 틀 듯 상대의 허리를 칭칭 감았다.

금룡이 떨어트린 벼락 수십 발을 동시에 얻어맞은 귀신은 수십 개의 작은 귀풍으로 쪼개져 흩어졌다. 또, 자하에게 결박당한 귀신은 세 등분으로 잘려 각자 다른 방향으로 도망쳤다. 그 광경을 본 금룡과 자하가 의기양양한 표정을 지었다.

한데 그 순간, 수십 개의 작은 조각으로 흩어진 귀풍이 다시 하나로 뭉쳐 귀신 형태로 돌아갔다. 그뿐만이 아니었다. 자하에게 당한 귀신 역시 금세 원상태로 돌아가 반격까지 해왔다. 귀신 두 마리는 곧 팔 여섯 개에 달린 회색 송곳을 번개같이 휘두르며 자하, 금룡과 치열한 육박전을 벌였다.

자하와 금룡이 귀신 두 마리에게 붙들려 있는 동안, 영귀는 몸통에 달린 수백 개의 촉수를 회색 채찍처럼 휘둘러 유건이 날린 목정검과 홍쇄검 108자루를 여유 있게 상대했다.

'그 수밖에 없는 건가?'

마음을 굳게 먹은 유건은 목정검에 뇌력을 끝까지 밀어 넣었다. 그 순간, 수십 배 크기로 불어난 목정검이 거대한 고목으로 변했다. 한데 변신은 거기서 끝나지 않았다. 거대한 고목은 갈색 이파리가 달린 나뭇가지 수천 개를 밧줄처럼 늘어트려 영귀가 휘두르는 촉수를 결박했다. 마치 고목이 가지를 뻗어 영귀를 품 안으로 끌어들인 것 같은 모습이었다.

'지금이다!'

유건은 바로 나뭇가지에 달린 갈색 이파리를 터트렸다.

펑펑펑펑펑!

폭죽이 연달아 터진 것처럼 영귀 주위에서 폭발이 끊임없이 일어났다. 폭발의 강도가 엄청났기 때문에 영귀의 손과 발 역할을 하던 징그러운 촉수가 잘려 나가 바닥으로 떨어졌다.

유건은 내친김에 홍쇄검 108자루까지 투입해 아직 남은 촉수까지 전부 제거하는 데 성공했다. 촉수가 전부 잘려 나간 영귀는 바람 빠진 풍선처럼 쪼그라들었다. 그는 기세를 탔을 때 영귀를 완전히 없애 버릴 심산으로 남은 뇌력 대부분을 목정검에 밀어 넣었다. 그 순간, 고목의 모습을 하고 있던 목정검이 갑자기 수백 그루가 넘는 아름드리나무로 변했다.

말 그대로 영귀 머리 위에 거대한 숲이 하나 생긴 셈이었다. 이번 법술은 실제인지, 허상인지 분간하기 아주 힘들 정도로 숲과 똑같았다. 심지어 그 숲에서는 붉은 날개를 지닌 나비가 쌍을 지어 날아다니고 연분홍 꽃잎이 만개한 꽃밭에서는 사람의 얼굴을 한 벌이 열심히 꿀을 채취하고 있었다.

유건은 뇌력으로 숲을 뒤집어 영귀를 바닥으로 찍어 눌렀다. 숲이 발산하는 엄청난 기세의 나무 속성 기운에 눌린 영귀는 저항해 볼 틈도 없이 수십 장 밑의 지상으로 추락했다.

그때, 절체절명의 위기임을 직감한 영귀가 다급한 표정으로 남아 있는 머리 세 개 중 인간 수사의 머리 두 개를 연달아 터트렸다. 처음에는 자하, 금룡을 상대할 때처럼 또 다른 귀풍을 불러내는지 알았다. 그러나 이번에는 아니었다. 이번에는 귀풍이 아니라 영귀 자체에 변화의 조짐이 있었다.

바람 빠진 풍선처럼 쪼그라든 영귀가 갑자기 다시 크기를 불려 가더니 옆에서는 근육이 꿈틀거리는 거대한 팔 두 개가, 밑에서는 털이 숭숭 난 거대한 다리 두 개가 튀어나왔다.

2차 변신을 마친 영귀가 털이 숭숭 난 거대한 다리로 허공을 단단히 지탱했다. 또, 근육이 꿈틀거리는 거대한 두 팔로는 머리 위에서 쏟아지는 숲을 받쳐 떨어지지 않게 저지했다.

처음에는 숲이 발산하는 나무 속성 기운이 더 강력해 영귀의 두 팔이 조금씩 밑으로 내려왔다. 그러나 영귀가 혀를 깨물어 만들어 낸 회색 피를 팔 쪽에 뱉는 순간, 두 배로 굵어진 팔이 숲을 지탱하는 데 성공했다. 얼마 후엔 아예 지탱하는 수준을 넘어 숲을 고공으로 던져 버리기까지 하였다.

엄청난 괴력으로 목정검이 변한 숲마저 던져 버린 영귀가 거대한 팔과 다리를 닥치는 대로 휘둘러 유건을 공격해 왔다. 팔과 다리를 두서없이 휘두르는 단순한 공격임에도 그 공격에 실린 힘이 엄청나 대기가 불타고 공간이 일그러졌다.

원래 형태로 돌아온 목정검을 뇌력을 써서 급히 회수한 유건은 홍쇄검을 부챗살처럼 넓게 펴트려 영귀의 공격을 저지했다. 그러나 2차 변신한 영귀의 힘은 무지막지할 정도로 강해 앞을 막아선 홍쇄검을 나무 막대기처럼 튕겨 버렸다.

심지어 영귀가 팔과 다리를 휘두를 때마다 귀기가 칼날처럼 뭉쳐 베어 오기까지 했다. 유건은 전광석화로 피한 후에야 거머리처럼 달라붙는 칼날을 가까스로 떼어 낼 수 있었다.

금세 수세에 몰린 유건은 이를 악물었다.

'여기서 비장의 수까지 써야 한단 말인가.'

유건은 최악의 상황을 대비해 아껴 둔 수를 꺼냈다. 바로 그가 익힌 불가 정종 공법이었다. 불가 정종 공법은 마선, 귀선, 요선과 같은 사이한 기운을 지닌 수사의 천적이기 때문에 공법을 펼치는 순간, 귀기가 주는 압박이 금세 줄었다.

여유가 생긴 유건은 남은 법력을 쥐어짜서 사자후를 연달아 펼쳤다. 사자후가 만든 무형의 음파가 고리로 변해 영귀의 목과 팔, 다리 네 개에 달라붙었다. 곧 고리가 감싼 부위에서 지독한 악취가 나며 회색 연기가 스멀스멀 올라왔다.

"으아아아악!"

엄청난 극통을 견디다 못한 영귀가 마두산 전체가 흔들릴 정도로 큰 괴성을 질러 댔다. 유건은 급히 법력으로 귀를 보호하며 구련보등을 펼쳤다. 곧 수백 개의 연꽃이 환상처럼 피어나 고통에 괴로워하는 영귀의 몸에 꽃가루를 뿌렸다.

강철도 녹이는 하얀 꽃가루를 뒤집어쓴 영귀는 살갗이 녹

아내려 근육과 살 속에 숨어 있던 회색 뼈가 밖으로 드러났
다.

"이젠 끝이다!"

호기롭게 소리친 유건은 몸을 곧장 30장까지 키웠다. 바로
유건이 가장 자신 있는 공법인 천수관음검법의 준비 자세였
다.

30장까지 몸을 키운 유건의 겨드랑이와 어깨에서 팔 열네
개가 더 튀어나와 원래 있던 팔과 합쳐져 열여섯 개의 팔로
변신했다. 또, 각 팔엔 불경 선문이 적힌 칼날이 달려 있었다.

바로 영귀를 덮친 유건은 팔 열여섯 개를 번개같이 휘둘렀
다. 그 순간, 선문이 적힌 칼날이 뿌린 검기가 그물처럼 한데
엮이더니 고통에 몸부림치는 영귀를 단숨에 옥죄어 갔다.

"크아아악!"

영귀가 전보다 더 고통스러워하며 처절한 비명을 질러 댔
다.

승리를 직감한 유건은 남은 법력을 칼날에 밀어 넣었다.
그 순간, 검기로 이루어진 그물이 영귀를 더 강하게 조여 갔
다.

한데 어느 순간부터 검기 그물에서 전해지는 느낌이 뭔가
이상했다. 마치 허공을 옥죄어 가는 느낌이었다. 그제야 영
귀에게 속았음을 깨달은 유건은 안력을 높여 주변을 훑었다.

그때, 회색 구슬 형태로 돌아간 영주가 혹주 등에 달라붙는

모습이 보였다. 유건은 급히 규옥과 청랑에게 경고를 보냈다.

그 순간, 흑주가 갑자기 100장까지 크기를 키우더니 머리가 있는 쪽에서 좀 전에 본 영귀가 가죽을 뚫고 튀어나왔다.

그 앞을 막아선 유건은 깜짝 놀라 뒤로 물러섰다.

흑주와 영귀가 합체하는 순간, 엄청난 기운이 폭풍처럼 휘몰아쳤다. 한데 그 기운의 세기가 어림잡아도 3품 이상이었다.

유건은 대결한 후 처음으로 등에 식은땀이 솟는 것을 느꼈다.

100장까지 커진 흑주가 흐릿하게 변해 사라졌는데 그에게는 마치 앞에 있던 산 하나가 땅속으로 꺼진 것처럼 느껴졌다.

안력을 높여 흑주를 추적하던 유건의 안색이 갑자기 달라졌다.

"소옥, 어서 피해!"

"옛!"

대답한 규옥은 청랑의 귀를 힘껏 젖혔다. 영민한 청랑은 즉시 화륜차의 불꽃을 최대한 키워 까마득한 고공으로 달아났다.

그러나 불행히도 그리 멀리 달아나진 못했다. 청랑 코앞에 나타난 흑주가 다리 여덟 개를 휘두르는 순간, 푸른색과 회색이 반씩 섞인 빛줄기가 날아들어 규옥과 청랑을 감쌌다.

"꺄아아악!"

규옥과 청랑은 비명을 지르며 지상으로 힘없이 떨어졌다. 그나마 즉사는 면한 덕에 땅에 처박히기 직전, 가까스로 균형을 잡은 둘은 지둔술을 써서 땅속으로 허겁지겁 도망쳤다.

"제길!"

유건은 전광석화를 펼쳐 흑주 앞을 막아섰다. 그는 천수관음검법을 펼치느라, 몸을 30장까지 키운 상태였다. 그러나 흑주는 그보다 세 배나 더 큰 100장이었다. 웬만한 산보다 훨씬 거대한 흑주 앞에서는 그조차 어린아이나 다름없었다.

'나에게 남은 기회는 이제 한 번밖에 없다.'

남은 법력을 계산한 유건은 팔 열여섯 개와 칼날 열여섯 개를 합쳐 10장이 넘는 거대한 칼로 만들었다. 그사이, 흑주는 푸른색과 회색이 섞인 보호막을 전개해 공격에 대비했다.

각오를 다진 유건은 들어 올린 거대한 칼을 번개같이 내리쳤다. 곧 거대한 칼이 검기를 토해 흑주의 머리를 잘라 갔다.

그때, 눈을 번득인 흑주가 보호막을 더 두껍게 만들었다.

카아앙!

검기가 흑주가 펼친 보호막을 강타했다. 처음에는 검기가 보호막을 가르는 것처럼 보였다. 그러나 보호막의 색이 약간 짙어지는 순간, 검기는 무언가에 막힌 것처럼 힘없이 튕겨 나갔다. 전력을 다한 공격마저 실패로 돌아가는 순간이었다.

그때, 흑주가 또 한 번 흐릿하게 변해 모습을 감췄다.

"이런!"

유건은 재빨리 전광석화를 펼쳐 도망쳤다. 그 순간, 그의 머리 바로 위에 나타난 흑주가 빛줄기 수십 가닥을 발사했다. 마치 빛줄기로 이루어진 소나기가 쏟아지는 것 같았다.

유건은 전광석화를 연달아 펼쳐 빛줄기가 만든 소나기 속을 가까스로 빠져나왔다. 그 순간, 흑주가 갑자기 자신의 다리 여덟 개를 동시에 떼어 내 유건이 도망치는 방향으로 던졌다.

흑주의 몸에서 떨어져 나온 다리 여덟 개는 곧장 20장이 넘는 거대한 회색 귀신으로 변신해 유건을 둘러쌌다. 회색 귀신 여덟 마리는 손에 들고 있는 무기가 각자 다 달랐다.

어떤 귀신은 창을, 어떤 귀신은 활과 화살을 들었다. 심지어 뼈다귀로 만든 깃발을 양손으로 쥔 기이한 귀신까지 있었다.

도망칠 방법을 찾지 못한 유건은 남은 법력으로 금강부동공을 펼쳤다. 그 순간, 회색 귀신 여덟 마리가 휘두른 무기가 그를 강타했다. 회색 빛줄기 수십 가닥이 일제히 덮쳐 왔다.

찰나의 시간이 지난 후, 회색 빛줄기가 사라진 자리에 유건이 다시 모습을 드러냈다. 그는 다행히 금강부동공과 봉우포 덕에 상처를 입지는 않았다. 그러나 이번 공격을 막는 데 법력을 전부 쏟아부은 탓에 도망치기는커녕, 회색 귀신 여덟 마리가 가하는 두 번째 공격을 막아 낼 수단조차 없었다.

그때, 회색 귀신 여덟 마리가 괴성을 지르며 날아와 무기를 다시 휘둘렀다. 곧 회색 빛줄기 수십 가닥이 다시 한번 유건을 짓쳐 갔다. 이번에는 정말 빠져나갈 방도가 없어 보였다.

한데 그 순간, 유건의 품에서 빠져나온 우윳빛 구체가 눈 깜짝할 사이에 100장까지 불어나 회색 빛줄기를 튕겨 냈다.

우윳빛 구체의 위력이 심상치 않다고 판단한 회색 귀신 여덟 마리가 올무에 걸린 짐승처럼 울부짖으며 급히 달아났다.

그러나 우윳빛 구체가 불어나는 속도가 회색 귀신이 도망치는 속도보다 훨씬 빨랐다. 우윳빛 구체에 따라잡힌 회색 귀신 여덟 마리는 곧 발버둥을 치다가 먼지로 변해 흩어졌다.

하지만 우윳빛 구체도 회색 귀신 여덟 마리를 완전히 해치우지는 못했다. 먼지로 변해 흩어진 회색 귀신 여덟 마리가 다시 흑주의 다리로 변해 돌아갔다. 물론, 흑주도 타격이 전혀 없진 않았다. 푸른빛이던 색이 하늘색으로 연해졌다.

조금 전에 회색 귀신의 공격을 막아 낸 우윳빛 구체의 정체는 현경도의 백진이 그를 구하기 위해 급히 펼친 법술이었다.

상황이 심상치 않다고 느낀 백진은 현경도 밖으로 나와 유건 대신 흑주를 직접 상대하기 시작했다. 곧 백진이 손가락을 튕겨 발사한 우윳빛 광선이 흑주가 다리로 발출한 청회(靑灰)색 광채와 허공에서 부딪혀 거대한 빛무리를 형성했다.

빛무리가 만들어 낸 충격파에 휩쓸린 유건은 거친 파도에 휩쓸린 돛단배처럼 한참을 떠밀려 간 후에야 가까스로 멈춰섰다. 그는 급히 고개를 젖혀 백진이 무사한지 확인했다.

그사이, 하얀 호랑이로 변신한 백진은 흑주와 합체한 영귀를 상대로 엄청난 공격을 연달아 퍼부었다. 흑주도 물러서지 않고 반격함에 따라 그 둘을 에워싼 다채로운 색깔의 빛무리가 동심원을 그리며 퍼져 나갔다. 유건은 그들이 뿜어내는 강력한 충격파에 휩쓸려 다시 10리를 더 떠밀려 갔다.

유건은 그들의 대결을 지켜보며 초조한 표정을 감추지 못했다. 지금 하얀 호랑이는 우윳빛, 금빛, 은빛 세 가지 색의 빛줄기 수천 가닥을 연달아 발사해 흑주와 합체한 영귀를 폭풍처럼 몰아붙이는 중이었다. 하얀 호랑이가 쏜 빛줄기는 직선으로 가는 것도 있고 호선을 그리며 가는 것도 있고 다발처럼 몇십 개가 뭉쳐 한 번에 날아가는 것도 있었다.

한편, 흑주와 합체한 영귀는 회색과 푸른색이 섞인 짙은 귀기를 발산해 하얀 호랑이가 발사한 빛줄기를 최대한 막아냈다.

그러나 하얀 호랑이의 공격이 워낙 강력한 탓에 시간이 지날수록 영귀가 뿜어내는 귀기가 점점 사그라드는 모습을 보였다.

　'백 선자는 초반부터 전력을 다할 속셈인가 보구나.'

　유건은 바닥까지 쥐어짜 낸 법력으로 안력을 더 높였다. 곧 하얀 호랑이와 영귀의 대결 양상이 좀 더 자세히 드러났다.

　하얀 호랑이는 퉁방울만 한 눈으로 금빛 광선을 발사하면서 날카로운 발톱을 동시에 휘둘렀다. 그러면 발톱에서 은빛 폭포를 연상케 하는 빛이 쏘아져 나갔다. 또, 가끔은 송곳니가 튀어나온 입을 크게 벌려 우윳빛 빛기둥을 날려 보냈다.

　이에 흑주와 합체한 영귀는 온몸을 푸른 보호막으로 보호한 상태에서 회색 연기로 이루어진 귀신 병사 수만 마리를 내보내 하얀 호랑이를 포위했다. 그러나 갈수록 광채의 빛이 짙어진 탓에 유건 역시 더는 그들이 어떻게 싸우는지 확인하지 못했다. 그저 광채의 크기와 색깔로 판단할 따름이었다.

　대결은 반나절 넘게 이어졌다. 처음엔 흑주와 합체한 영귀가 발산하는 청회색 광채가 아주 심하게 밀리는 정도는 아니었다. 그러나 하얀 호랑이가 몸집을 100장까지 키워 덤벼드는 순간, 우윳빛, 금빛, 은빛이 청회색 광채를 압도했다.

　결국, 두 시진이 더 지났을 무렵, 눈을 찌를 듯한 광채가 하늘을 뒤덮기 무섭게 청회색 광채가 씻은 듯이 자취를 감췄다.

그제야 마음이 놓인 유건은 부리나케 지상으로 내려가 규옥과 청랑을 찾았다. 중상을 입은 규옥과 청랑은 백진과 영귀가 대결하는 동안, 지둔술을 펼쳐 숨어 있다가 유건이 부르는 소리를 듣고 지상으로 올라왔다. 규옥과 청랑의 상태를 점검한 그는 안도의 숨을 크게 내쉬었다. 둘 다 몇 달 동안 정양해야 할 만큼, 상처가 심했다. 그러나 당장 목숨이 위태롭다거나, 나중에 후유증이 남을 정도까지는 아니었다.

"너희들은 어서 선부로 돌아가 부상을 돌보거라."

"예, 공자님."

힘없이 대답한 규옥은 청랑을 데리고 선부로 먼저 돌아갔다. 그사이, 유건은 자하와 금룡이 있는 장소로 날아갔다. 영귀가 머리를 터트려 만든 귀신 두 마리와 대결하던 자하와 금룡은 멀뚱멀뚱 서서 주인이 돌아오길 기다리는 중이었다. 아마 영귀가 백진에 의해 최후를 맞는 순간, 그들과 싸우던 귀신도 같이 사라지는 바람에 당황한 모양이었다.

회수 법결을 날려 자하와 금룡을 회수한 유건은 서둘러 백진이 있는 장소로 돌아갔다. 어느새 의인화한 모습으로 돌아온 백진은 손에 회색 구슬을 쥐고 유심히 살펴보는 중이었다.

회색 구슬이 멀쩡한 모습을 발견한 유건은 깜짝 놀라 물었다.

"영귀가 죽기 전에 영주로 돌아간 것입니까?"

백진이 회색 구슬에서 시선을 떼며 대답했다.

"영귀가 마지막 순간에 영주로 변신해 달아나던 것을 비술을 써서 간신히 붙잡았습니다. 공자님도 한번 살펴보시지요."

대답한 백진은 회색 구슬을 유건에게 공손히 바쳤다. 유건은 백진이 건넨 회색 구슬을 받아 살펴보았다. 그러나 구슬 안에 회색 연기가 짙게 끼어 있어 내부를 들여다보지 못했다.

"전 견문이 얕아 그런지 아무리 봐도 모르겠군요."

이번에는 조금 전과 반대로 유건이 법보낭에서 지독한 한기를 발산하는 수정 막대기를 꺼내 백진에게 건네며 물었다.

"백 선자님은 이 수정 막대기의 정체를 아시겠습니까?"

수정 막대기를 살펴보던 백진이 참지 못하고 탄성을 터트렸다.

"본녀의 눈에는 빙혼정(氷魂晶)처럼 보이는군요."

유건은 처음 듣는 이름에 깜짝 놀라 급히 물었다.

"빙혼정이 대체 무엇입니까?"

백진은 이런저런 법결로 수정 막대기를 시험하며 대답했다.

"빙하와 같은 거대한 얼음 덩어리도 사방에서 엄청난 압력을 계속해 받으면 시간이 지날수록 그 크기가 줄어들기 마련입니다. 한데 아무리 크기가 줄어든다고 해도 결국에는 한계가 있어 어느 시점부터는 전혀 줄어들지 않습니다. 대신, 주변에 있는 냉기를 흡수해 수정처럼 변하지요. 빙혼정은 바로 그런 빙하가 줄어들어 수정으로 변한 결정체입니다."

유건은 감탄하며 물었다.

"빙하가 수정처럼 작게 변하려면 엄청난 세월이 필요하겠군요?"

"맞습니다. 빙하의 크기가 어느 정도냐에 따라 다를 수는 있어도 최소 수천만 년에서 길게는 수억 년까지도 걸릴 겁니다."

수천만 년에서 수억 년에 걸쳐 만들어진 재료라면 보물 중에서도 보물일 게 틀림없었다. 유건의 심장 고동이 빨라졌다.

"다른 수사들은 빙혼정을 어떻게 다루는지 아십니까?"

"빙혼정은 그 자체가 보물이라 몸에 지니고만 있어도 불 속성이나 열기 속성 공격에 약간의 저항력이 생깁니다. 또, 원신 진화로 연성하면 공격 법보처럼 사용할 수도 있지요. 물론, 가장 좋은 방법은 역시 법보 재료로 쓰는 것입니다. 빙혼정 자체가 워낙 보물이라 시간이 오래 걸린단 단점은 있습니다만 완성만 한다면 큰 위력을 발휘할 것입니다."

백진이 빙혼정을 다시 돌려주며 의미심장한 미소를 지었다.

"공자님이 만약 빙혼정으로 얼음 속성을 지닌 검 법보를 연성하신다면 오행검 완성을 크게 앞당기실 수 있을 것입니다."

유건은 머리를 긁적이며 쑥스러워했다.

"역시 백 선자님의 눈은 속일 수가 없군요."

유건은 백진에게 빙혼정에 관한 설명을 듣기 무섭게 바로 오행검을 떠올렸다. 보유한 목정검, 홍쇄검에 빙혼정으로 만든 얼음 속성 검을 더한다면 오행검의 위력을 지금보다 크게 끌어올릴 수 있었다. 한데 백진은 그런 유건의 생각을 들여다보기라도 한 것처럼 바로 그와 관련한 조언을 해 왔다.

빙혼정에 봉인 부적을 붙여 석갑 안에 보관한 유건은 내친 김에 이해가 가지 않는 점을 백진에게 더 물어보기로 했다.

"한데 영귀는 어째서 이 빙혼정을 칠교산맥 지맥 뿌리에 있는 남수석 기둥에 보관한 것일까요? 남수석은 물 속성, 빙혼정은 얼음 속성이란 점을 고려하면 이는 오히려 빙혼정이 가진 얼음 속성 기운을 훼손하는 멍청한 행동이 아닙니까?"

백진은 어린 제자를 가르치듯 찬찬히 설명했다.

"그 점을 이해하기 위해서는 먼저 지맥 뿌리의 본질부터 파악해야 합니다. 공자님도 지맥 뿌리에 농도가 아주 짙은 천지 영기가 안개처럼 뭉쳐 있는 모습을 보셨을 겁니다. 또, 그런 천지 영기가 만들어 낸 각양각색의 기둥도 보셨을 테고요."

유건은 지맥 뿌리에서 겪은 일을 떠올리며 대답했다.

"맞습니다. 한데 지맥 뿌리에 있던 천지 영기는 흡수할 수 없더군요. 오히려 몸에 있던 법력이 빠져나가려 들었습니다."

257

"그게 바로 지맥 뿌리의 본질입니다. 지맥 뿌리에 분포하는 천지 영기는 지상이나 공중에 존재하는 천지 영기와 달리 서로 붙으려는 성질이 아주 강합니다. 한데 수사의 법력도 그 근원은 천지 영기이기 때문에 지맥 뿌리에 있는 천지 영기가 수사의 법력을 끌어당기는 현상이 벌어지는 거지요."

유건은 백진의 설명을 곱씹으며 다시 질문했다.

"공선 중기에 불과한 제가 지맥 뿌리의 본질 때문에 위협을 느낄 정도면 오선이나 장선은 아예 출입할 수 없겠군요?"

"그렇습니다. 아마 공선 후기만 해도 출입이 쉽지 않을 겁니다."

유건은 말없이 고개를 끄덕였다.

공선 중기인 그가 지맥 뿌리에 어렵지 않게 접근할 수 있다면 그보다 강한 수사는 당연히 가능하다고 봐야 했다. 그러나 헌월선사의 기억에 따르면 지맥 뿌리에 숨어 수련하는 수사는 없었다. 지맥 뿌리에 있는 천지 영기는 오로지 다른 천지 영기를 흡수만 할 뿐, 나눠 주지는 않기 때문이었다.

유건은 그때, 번득 떠오르는 생각이 하나 있어 급히 물었다.

"그 말은 영귀가 빙혼정을 보관하던 남수석 기둥 또한 주변에 있는 천지 영기를 흡수만 할 수 있다는 뜻이 아닙니까?"

"역시 공자님은 영민하십니다. 남수석 기둥 또한 주변의 천지 영기를 흡수만 할 수 있을 뿐, 기둥이 보유한 천지 영기를 다른 재료나 법보, 혹은 수사에게 나눠 주지는 못합니다."

"아!"

유건은 참지 못하고 탄성을 터트렸다.

그제야 영귀가 목숨처럼 귀한 빙혼정을 물 속성 기운으로 이루어진 남수석 기둥에 보관한 이유를 깨달았기 때문이었다.

"영귀가 보유한 빙혼정이 완벽한 빙혼정이 아니었던 거군요?"

백진은 제자의 일취월장을 기뻐하는 스승처럼 대답했다.

"그렇습니다. 아마 영귀가 빙혼정을 처음 얻었을 때는 지금과 같은 모습이 아니었을 것입니다. 원래 물 속성과 얼음 속성은 같은 뿌리에서 출발했기 때문에 한 가지 재료에 두 가지 속성이 공존하는 게 그리 이상한 일은 아니니까요. 빙혼정에 물 속성 기운이 섞여 있단 사실을 알아낸 영귀는 순수한 얼음 속성으로만 이뤄진 빙혼정을 만들기 위해 고민하다가 지맥 뿌리의 성질을 떠올리곤 남수석처럼 물 속성 기운이 강한 재료가 나는 광맥을 찾아다녔을 것입니다."

백진의 설명이 한동안 이어졌다.

마침 칠교산맥 마두산에서 질 좋은 남수석이 난단 소문을 듣고 바로 마두산에 잠입한 영귀는 광석을 채굴하던 흑주 부품을 몰래 떼어 내 장부에 없는 유령 흑주를 하나 제작했다.

작업에 흑주가 필요한 이유는 오행석으로 움직이는 기선

은 수사보다 훨씬 자유롭게 지맥 뿌리를 오갈 수 있어서였다.

지맥 뿌리에 도착한 영귀는 흑주를 조종해 남수석 기둥 속에 빙혼정을 집어넣었다. 그렇게 하면 남수석 기둥이 빙혼정에 섞인 불순물인 물 속성 기운을 남김없이 빨아들여 주어 빙혼정 안에는 순수한 얼음 속성 기운만이 남기 때문이었다.

한데 문제가 발생했다. 순수한 물 속성 기운으로만 이루어진 남수석 기둥에 강제로 얼음 속성 기운이 든 빙혼정을 집어넣는 바람에 기운이 혼탁해져 그다음부턴 남수석의 질이 급격히 떨어졌다. 깜짝 놀란 칠교보는 급히 조사단을 꾸려 마두산 조사에 나섰다. 그러나 칠교보는 유령 흑주를 이용해 귀신처럼 도망쳐 다니는 영귀를 찾지 못해 조사에 실패했다.

유건은 백진의 설명을 들으면 들을수록 본인이 엄청난 기연을 얻었다는 생각이 들었다. 그가 애초에 칠교보에 입문하지 않았으면, 또, 마두산에 배치를 받지 않았다면 이런 기연은 없었을 가능성이 짙었다. 그는 조용히 기쁨을 만끽했다.

◆ ◈ ◆

백진은 빙혼정에 관한 설명을 끝내기 전에 한마디 덧붙였다.

"이 빙혼정은 물 속성 기운이 한 톨도 섞이지 않은 순수한 얼음에 가깝습니다. 본녀의 추측으론 영귀가 빙혼정을 완성한 시기가 지금으로부터 이틀 전, 혹은 하루 전일 듯한데 이것이 아마 마두산 뒤편에 구덩이가 생긴 원인일 것입니다."

"어째서 그렇습니까?"

"빙혼정을 완성한 줄 안 영귀는 마두산을 나갈 목적으로 법술을 펼쳤을 것입니다. 마두산 뒤편에 갑자기 생긴 커다란 구덩이는 영귀가 펼친 법술이 남긴 흔적인 셈이지요. 한데 실제로는 빙혼정에 물 속성 기운이 약간 남아 있었습니다. 완벽한 빙혼정으로 법술을 펼쳤으면 구덩이 벽에 서리가 아니라, 얼음이 끼었을 테니까요. 그제야 실수를 눈치 챈 영귀는 부랴부랴 지맥 뿌리로 돌아가 빙혼정을 다시 남수석 기둥에 집어넣었을 것입니다. 그래야 빙혼정에 아직 남은 미세한 물 속성 기운을 완전히 제거할 수 있을 테니까요."

백진의 설명을 들은 유건은 안도의 숨을 크게 내쉬었다.

"영귀가 만약 법술을 처음 펼쳤을 때 빙혼정 상태가 완벽했다면 끔찍한 결과로 이어졌겠군요. 물론, 저도 빙혼정과 같은 귀한 보물을 얻지 못했을 테고요. 암튼 이번에도 백 선자 선배님에게 큰 신세를 졌습니다. 백 선자 선배님이 아니었으면 저나 소옥, 청랑 모두 죽음을 면치 못했을 것입니다."

그때, 유건의 말을 듣던 백진의 표정이 갑자기 어두워졌다. 백진은 지금까지 그의 생명을 여러 차례 구해 주었었다.

그러나 일이 끝난 후에 지금처럼 심각한 표정을 지은 적은 없었다.

유건은 이번에도 백진이 전처럼 현경도 안에 들어가 수련하면 소모한 법력을 쉽게 회복할 수 있을 거라 예상해 신경 쓰지 않았는데 아무래도 그가 모르는 일이 있는 모양이었다.

유건은 심장이 덜컥 내려앉아 황급히 물었다.

"고민거리가 있으십니까?"

백진은 고개를 가로저었다.

"고민이 있기는 하지만 공자님께서 신경 쓰실 일은 아닙니다."

"그건 들어 보고 나서 제가 직접 판단하겠습니다."

"본녀가 본족에 있을 때 수련한 비술 중에 화신역체대법(化身易體大法)이란 비술이 있습니다. 쉽게 말해 본녀와 같은 화신을 본신으로 바꾸는 몹시 위험한 비술이지요. 한데 그 화신역체대법에서 가장 중요한 재료가 바로 영주입니다."

유건은 그제야 백진이 영주에 전에 없이 관심을 보인 이유를 깨달았다. 화신인 백진은 평범한 방법으로는 소모한 법력을 회복할 수가 없어 반드시 현경도 안에 들어가야 했다.

수사가 연성한 일종의 분신인 화신은 경지가 높아질수록 화신과 본신의 차이가 줄어들었다. 즉, 경지가 아주 높으면 화신이 본신과 거의 엇비슷한 실력을 발휘할 수 있었다. 그러나 화신에는 뚜렷한 약점이 존재했다. 바로 본신처럼 운기조식을 통해 소모한 법력을 회복할 수 없단 약점이었다.

현재로선 화신이 소모한 법력을 회복하려면 본신과 다시 합체하는 수밖에 없었다. 물론, 현경도처럼 절세의 보물이 있다면 사정이 약간 달라졌다. 백진이 그랬던 것처럼 화신도 현경도 안에 들어가면 소모한 법력을 회복할 수 있었다.

그러나 현경도가 아무리 대단해도 소모한 법력을 회복하는 데 긴 시간이 걸렸다. 현경도가 있음에도 수사라면 한두 달 만에 회복할 법력을 보충하는 데 백진은 몇 년이 걸렸다.

한데 백진이 아는 화신역체대법을 쓰면 화신이 본신으로 바뀌어 더는 현경도에 들어가 법력을 회복할 필요가 없었다.

선도에서 살아남는 데 백진의 도움이 누구보다 절실한 유건으로서는 두 팔 벌려 환영할 만한 소식이었다. 더구나 지금은 화신역체대법의 가장 중요한 재료인 영주까지 운 좋게 손에 넣은 상황이었다. 백진이 하겠다면 말릴 이유가 없었다.

유건은 잔뜩 흥분해 물었다.

"그럼 당장 화신역체대법을 펼칠 수 있는 것입니까?"

백진은 한숨을 작게 내쉬며 흥분한 유건을 진정시켰다.

"본녀가 아직 말씀드리지 않은 내용이 몇 개 있습니다."

유건은 흠칫해 물었다.

"무엇입니까?"

"화신역체대법을 완성하는 데는 최소 수백 년의 시간이 걸

263

립니다. 심지어 영주 하나로는 부족할 가능성도 아주 크고
요."

유건은 그제야 백진의 표정이 갑자기 어두워진 진짜 이유
를 깨달았다. 대법을 펼치는 데 수백 년의 시간이 필요하단
말은 백진이 가진 강력한 힘을 수백 년 동안 사용하지 못한
다는 뜻이었다. 또, 가장 중요한 재료인 영주가 더 필요할지
도 모른다는 말은 무시무시한 실력을 보유한 영귀를 이번에
는 그가 먼저 찾아다녀야 한다는 말이었다. 백진을 사부처럼
의지하던 그로서는 쉽게 받아들이기 어려운 일이었다.

백진은 유건의 심정을 다 안다는 듯 엷은 미소를 지어 보
였다.

"아무래도 영주를 더 구할 때까지 기다리는 것이 좋겠습니
다. 아마 그때쯤이면 공자님의 경지도 지금보다 훨씬 높아져
본녀의 도움이 더는 필요하지 않은 날이 올지도 모르지요."

유건은 미간을 찌푸렸다.

"그러지 마십시오. 선배님과 지낸 세월이 한두 해가 아닙
니다."

백진은 붓으로 그린 듯한 눈썹을 살짝 치켜세웠다.

"본녀는 공자님이 무슨 뜻으로 하시는 말씀인지 모르겠군
요."

"선배님이 제게 감출 일이 있을 때마다 일부러 미소 짓는
단 사실을 제가 모를 줄 알았습니까? 아마 선배님이 제게 밝

히지 않은 내용이 더 있을 것입니다. 그리고 그 때문에 선배님이 영주를 처음 봤을 때 특별한 관심을 보인 것일 테고요."

백진은 입술을 살짝 깨물었다.

"본녀는 결단코 공자님을 속인 적이 없습니다."

유건은 단호한 표정으로 고개를 가로저었다.

"제가 선배님이 절 속이려 들 때마다 일부러 미소 짓는다는 사실을 어떻게 알아냈는지 아십니까? 혹시 내가 반인반수이거나, 혹은 용의 피를 조금이라도 물려받은 게 아니냐고 물어볼 때마다 선배님이 지금처럼 미소를 지었기 때문입니다."

순간적으로 굳어진 백진의 얼굴이 금세 원상태로 돌아왔다.

"본녀는 공자님을 속이지 않았습니다. 본녀의 기억이 온전하지 못해 공자님에게 정확한 정보를 드리지 못할 뿐입니다."

단단히 마음먹은 유건도 쉽게 물러서지 않았다.

"그럼 이렇게 하시죠. 앞으로 선배님에게 제 출신 성분에 관해서는 일절 묻지 않겠습니다. 그 대신, 화신역체대법과 관련해 감추는 내용이 있다면 지금 즉시 진실을 알려 주십시오."

유건의 고집을 아는 백진은 눈을 내리깔며 한숨을 내쉬었다.

"알겠습니다. 말씀드리죠. 현경도는 인세에 보기 드문 보물이 맞습니다. 그러나 아무리 뛰어난 보물도 결국엔 수사가 만든 법보란 한계를 벗어나지 못하긴 마찬가집니다. 하늘이 수사에게 부여한 순리를 완벽히 거스르진 못한단 뜻이지요."

유건은 눈을 번쩍 뜨며 물었다.

"그렇다면 현경도에 부작용이 있단 말씀입니까?"

"그렇습니다. 공자님도 아시다시피 현경도 안에서 수련하면 화신인 본녀도 다른 수사처럼 법력을 회복할 수 있습니다. 하지만 거기에는 부작용이 있습니다. 화신 자체에 문제가 생겨 법력을 회복할 때마다 영성을 잃어 간단 부작용이지요."

유건은 떨리는 목소리로 물었다.

"영성을 잃는단 말이 정확히 무슨 뜻입니까?"

"인간 수사가 영성을 상실하면 백치로 돌아가듯 악수로 태어난 본녀는 영성을 잃으면 악수로 돌아갈 수밖에 없습니다."

충격적인 소식을 접한 유건은 한동안 말을 잇지 못했다.

유건은 한참 만에야 떨리는 마음을 간신히 다잡으며 물었다.

"지금은 어떤 상태입니까? 벌써 영성에 문제가 생긴 것입니까?"

백진은 고개를 끄덕였다.

"자하선부를 떠날 때부터 그런 조짐이 약간 있었습니다."

유건은 화를 벌컥 냈다.

"왜 빨리 말해 주지 않았습니까?"

"그 당시엔 다른 방법이 없었기 때문이었습니다."

유건은 입술을 깨물었다.

"한데 지금은 영주가 있어 방법이 생긴 것이군요?"

"말하자면 그렇지요."

유건은 주저 없이 고개를 끄덕였다.

"후유증이 더 커지기 전에 화신역체대법을 시행해야겠습니다."

백진은 자기 일이 아닌 것처럼 담담한 표정으로 고개를 저었다.

"이번 일은 절대 성급하게 결정할 사안이 아닙니다. 만약, 공자님에게 위기가 닥쳤을 때, 본녀가 화신역체대법을 수련하느라 도와 드리지 못한다면 화신역체대법을 수련하는 목적 자체가 사라질 수도 있습니다. 조금 더 숙고를 해 보시지요."

유건은 단호한 표정으로 물었다.

"화신역체대법이 제가 아는 다른 대법과 비슷하다면 빨리 시작할수록 영성을 상실하는 것과 같은 후유증이 적고 대법을 완성하는 시기도 좀 더 빨라질 겁니다. 제 말이 맞습니까?"

대답을 망설이던 백진은 결국 어쩔 수 없단 얼굴로 인정했
다.

"그럴 가능성이 큽니다."

"그럼 지금 당장 화신역체대법을 펼치십시오."

백진은 눈썹을 살짝 찡그렸다.

"그건 명령입니까?"

"제가 명령을 내리면 선배님은 따르실 겁니까?"

"사안에 따라 다르겠지요."

"어떻게 다르지요?"

주저하던 백진은 유건의 재촉을 재차 받은 후에야 입을 열
었다.

"본녀의 화신을 현경도에 봉인한 선인에게 중차대한 사안
에 관해서는 공자님의 의사를 따르라는 명령을 받았으니까
요."

"선인이 취한 다른 조치들에 대해서는 아직 더 생각해 봐
야 할 여지가 있다고 생각합니다만, 그거 하나는 제 마음에
쏙 드는군요. 이건 중차대한 사안입니다. 제 의향대로 하십
시오."

유건을 응시하던 백진은 결국, 속눈썹이 긴 눈을 내리감았
다.

"알겠습니다. 공자님의 의사대로 하지요."

즉시 선부로 돌아간 유건은 화신역체대법을 펼칠 준비에

들어갔다. 준비는 아주 간단했다. 미리 만들어 둔 깨끗한 석실에 백진과 현경도, 영주를 같이 넣어 주면 끝나는 일이었다.

석실에 들어가기 직전, 백진은 그녀를 찾은 유건에게 마치 잔소리 심한 어머니와 누나가 철없는 아들이나 남동생에게 하듯 선도를 걸으며 숙지해야 할 사안을 끊임없이 열거했다.

유건은 이대로 두면 백진의 잔소리가 영원히 끝나지 않을 것 같단 생각에 마음을 굳게 먹고 그녀를 석실 안으로 밀었다.

백진은 문을 닫기 직전까지 계속 당부했다.

"절대 위험한 상황에 휘말리시면 안 됩니다. 전엔 본녀가 도와 드릴 수 있었지만, 지금부터는 그럴 수 없을 테니까요."

"조금 전에 들었습니다."

"어느 곳을 가든 항상 대비책을 세워 두십시오. 그리고 처음 가는 데라면 움직이기 전에 정보부터 수집하셔야 합니다. 그래야 돌발 상황이 생겼을 때 빠르게 대처할 수 있습니다."

"그것도 조금 전에 들은 내용입니다."

씩 웃은 유건은 석실 문을 살짝 때렸다. 그 순간, 석실 문이 쾅 닫히며 백진의 모습이 시야에서 사라졌다. 그제야 긴장이 풀린 유건은 문에 기대서서 잠시 백진에 대해 생각했다.

유건은 지금까지 백진에게 많은 도움을 받았다. 아니, 도움을 받는 수준을 넘어 백진이 없었으면 그는 지금쯤 헌월선사의 함정에 빠져 백팔음혼마번의 재료로 쓰였을지 몰랐다.

한데 앞으론 백진의 도움을 기대할 수 없었다. 즉, 이제부터는 본인이 지닌 실력과 재능만으로 이 거친 선도에서 살아남아야 한단 말이었다. 갑자기 두려움이 파도처럼 몰려왔다.

그러나 천령근을 보유한 수사답게 머릿속을 채운 부정적인 생각을 긍정적으로 바꾸는 데는 오랜 시간이 걸리지 않았다.

'아니, 오히려 지금까지는 그녀에게 필요 이상으로 의지했다고 보는 편이 맞다. 직감적으로 위험하다고 느꼈음에도 그녀의 지원을 믿고 무모하게 뛰어든 적이 몇 차례나 있었으니까. 그렇다면 차라리 잘된 일일지도 몰라. 그녀가 없는 것을 자각한 순간부터는 좀 더 신중히 행동할 수밖에 없겠지.'

흔들리는 마음을 다잡은 유건은 약초밭으로 날아가 영귀에게 입은 상처를 치료 중인 규옥과 청랑의 상태를 점검했다.

요상에 좋은 영단을 복용한 규옥은 약초밭에 심어 둔 본체와 합체한 상태에서 오채석의 도움을 받아 부상을 열심히 치료하는 중이었다. 또, 청랑은 그 옆에서 발로 차도 모를 만큼 깊은 잠에 빠져 있었다. 심지어 그가 온 것도 모를 정도였다. 규옥처럼 운기조식을 통해 상처를 회복할 수 없는 청랑은 수면이 가져다주는 자가 치유력을 이용하는 모양이었다.

순식간에 열흘이 지났다.

개인 연공실에 틀어박혀 법력을 회복하던 유건은 석실 문이 열리는 소리를 듣고 곧장 날아갔다. 한데 그가 석실에 도착했을 땐 이미 현경도가 밖으로 나와 복도를 날아다니는 중이었다. 그는 얼른 법결을 날려 현경도를 다시 회수했다.

유건은 끌어온 현경도를 조심스레 펴 보았다. 크게 변화한 곳은 없었다. 하늘엔 회색빛을 내는 태양과 초승달에서 막 반달로 변해 가는 달이 있었다. 또, 하늘을 뚫을 듯이 솟은 원통형 절벽 주위에서는 구름이 파도처럼 출렁이며 흘러갔다.

유건은 원통형 절벽으로 시선을 천천히 옮겼다. 절벽 위엔 여전히 보라색 대나무 숲을 병풍처럼 두른 작은 초옥이 있었다.

물론, 모든 풍경이 전과 똑같진 않았다. 원래 초옥 마루에서는 백진이 변한 하얀 호랑이가 휴식을 취하는 경우가 많았다.

또, 가끔 운이 좋을 때는 백진이 아름다운 미녀의 모습으로 의인화한 상태에서 운기조식하는 모습을 훔쳐볼 수 있었다.

한데 지금은 하얀 호랑이도, 의인화한 백진의 모습도 찾아볼 수 없었다. 그저 가운데 하얀 줄이 있는 거대한 회색 구슬만이 초옥 위에 둥둥 떠 있을 따름이었다. 회색 구슬 안엔 여전히 안개가 자욱이 끼어 있어 내부 모습이 보이지 않았다.

하지만 회색 구슬에 하얀 줄이 살짝 가 있다는 게 중요했다.

'그녀가 회색 구슬 안에 들어가 본격적으로 화신역체대법을 펼치기 시작한 모양이구나. 외관상이긴 하지만 다행히 지금까지는 별 이상이 없는 것 같아 한결 마음이 놓이는군.'

미리 준비해 둔 금갑에 현경도를 보관한 유건은 외부 충격으로 잘못되는 일이 없게 부적을 꼼꼼히 붙여 법보낭에 넣었다.

시급한 일을 마친 유건은 본격적으로 빙혼정을 연성했다. 백진의 경고처럼 빙혼정은 쉽게 연성할 수 있는 재료가 아니었다. 더욱이 영귀가 남수석 기둥을 써서 순수한 얼음 속성 기운만 남겨 둔 탓에 잘못하면 본인이 다칠 수 있었다.

유건은 우선 원신 진화로 빙혼정을 계속 달궈 법결로 조종할 수 있는 상태까지 만들었다. 우선 이 작업을 마쳐야 빙혼정을 배양해 검 법보로 만드는 단계에 착수할 수 있었다.

하루 대부분을 빙혼정 연성에 투자한 유건은 여유가 생길 때마다 선부 방어를 강화했다. 선부는 그의 최후 보루와 같았다. 백진이 있을 때는 몰라도 지금은 선부 방어를 강화해 언제 닥칠지 모르는 적의 침입에 미리 대비해 둬야 했다.

그가 아는 진법과 결계, 금제 10여 개로 선부 방어를 강화한 유건은 외부로 나가 지상에도 강력한 방어망을 구축했다.

그로부터 순식간에 한 달이 흘렀을 때였다.

문득 선혜수가 오기로 한 날이 머지않았단 사실을 깨달은 유건은 약간 흥분한 상태에서 그녀의 방문을 학수고대했다.

예상대로 선혜수가 오기로 약속한 날 오전, 그가 무심코 퍼트린 뇌력에 마두산으로 접근해 오는 수사 한 명이 포착되었다.

8장. 살의와 살심

유건은 순간 흠칫했다. 그가 퍼트린 뇌력이 상대의 몸에 닿기 무섭게 상대도 뇌력을 퍼트려 선부에 있는 그를 감지했다.

한데 상대의 뇌력이 오가는 속도가 그보다 반 배 이상 빨랐다. 이는 그보다 강한 수사가 마두산에 접근 중임을 뜻했다.

선혜수는 아니었다. 선혜수는 그와 같은 공선 중기였다. 뇌력도 그보다 훨씬 약해 이렇게 빨리 그를 찾아낼 수 없었다.

'그렇다면 누구지? 칠교보 수사인가?'

긴장한 유건은 급히 선부 밖으로 뛰쳐나와 동북쪽 하늘을 주시했다. 곧 안개가 짙게 낀 동북쪽 하늘 끝에서 하얀 점 하나가 구름을 뚫고 마두산으로 다가오는 모습을 볼 수 있었다.

하얀 점은 순식간에 커져 유건도 접근해 오는 수사의 정체를 한눈에 알아보았다. 비취색 도포를 입은 젊은 사내였다. 그는 행동거지에 기품이 흘렀고 외모도 아주 출중해 군계일학이란 표현이 그보다 더 잘 어울릴 수가 없는 사내였다.

그러나 유건은 여자가 아니었다. 젊은 사내가 지닌 남성적인 매력에 관심을 가질 이유가 없었다. 그가 지금 유일하게 관심을 보인 분야는 젊은 사내의 경지였다. 놀랍게도 젊은 사내는 오선 중기 대성을 코앞에 둔 만만치 않은 강자였다.

'이런 강자가 왜 칠교산맥 변두리에 있는 이곳을 찾은 거지?'

오선 중기가 칠교산맥 변두리에 있는 수련 산지를 돌며 재료를 수거할 리 없었다. 그렇다면 다른 목적이 있단 뜻이었다.

유건은 즉시 젊은 사내 앞으로 날아가 머리를 조아렸다.

"본보 선배님이신지요?"

한데 사내는 유건의 질문에 대답하지 않았다. 대신, 뇌력을 주변에 퍼트려 마두산 근처에 그들 말고 다른 수사가 있는지 확인했다. 사내의 행동이 왠지 수상쩍다고 느낀 그는 상대를 은밀히 탐색하면서 한층 더 공손한 목소리로 물었다.

"후배는 마두산 광산을 담당하는 유건이라 합니다. 본보를 방문할 기회가 아직 없어 본보에 어떤 훌륭한 대선(大仙) 선배님이 계신지 알지 못합니다. 후배가 감히 선배님의 존함을 묻는 무례를 범한 것을 부디 너그러이 용서해 주십시오."

근처에 다른 수사가 없단 사실을 확인한 사내가 갑자기 고개를 돌리더니 복잡한 심경이 담긴 눈빛으로 그를 쏘아보았다.

유건은 얼른 머리를 숙였다.

"후배가 잘못한 점이 있으면 꾸짖어 주십시오. 바로 고쳐 다신 선배님의 심기를 상하게 하는 일이 없도록 하겠습니다."

사내가 약간 냉랭한 투로 물었다.

"내 이름은 상영이다. 들어 본 적이 있느냐?"

"용서하십시오. 후배가 과문(寡聞)하여 들어 보지 못했습니다."

그때, 상영이 갑자기 하늘을 쳐다보며 광소를 터트렸다.

웃음소리에 법력이 실린 탓에 유건은 순간 균형을 잃고 떨어질 뻔했다. 그나마 그는 사정이 나은 편이었다. 근처에 살던 새와 짐승 수백 마리는 영문도 모르고 뇌가 깨져 즉사했다.

'이 미친놈은 누가 자기 이름을 모르면 광증을 일으키는

지병이라도 있나? 제 놈이 칠교보 보주도 아닐진대 왜 이러지?'

그러나 생각과 달리 입에서는 연신 죽는단 소리가 새어 나왔다.

"요, 용서해 주십시오, 선배님! 머, 머리가 깨질 것 같습니다!"

갑자기 웃음을 뚝 그친 상영이 이를 부드득 갈며 중얼거렸다.

"그년이 내 얘기를 한 번도 안 했나 보군. 그년이 너를 지켜 주기 위해 그런 건지, 아니면 내가 그 정도로 신경 쓸 인물이 아니라 그런 건진 모르겠다만 썩 유쾌한 기분은 아니군."

유건은 그 순간, 선혜수의 얼굴이 떠올랐다.

'이자는 설마 선혜수 때문에 나를 찾아온 건가?'

그때, 상영이 그를 노려보며 물었다.

"설마 인제 와서 선혜수를 모른다곤 하지 않겠지?"

머리를 재빨리 굴린 유건은 최대한 태연한 표정으로 대답했다.

"선혜 선자는 후배가 유일하게 아는 본보 동문입니다."

상영이 콧방귀를 뀌며 물었다.

"흥, 동문이라 이건가?"

유건은 한껏 억울한 표정을 지으며 변명했다.

"어찌 하늘 같은 선배님에게 거짓을 고하겠습니까. 후배와 선혜 선자는 친한 동문일 뿐입니다. 상동에 있을 때, 서로 목숨이 위태로운 상황에서 만나 선혜 선자와 안면을 익힌 것은 사실입니다. 또, 선혜 선자의 조언을 받아 본보에 입문한 것 또한 사실이고요. 그러나 후배가 본보에 적을 둔 후에는 선혜 선자가 1년마다 찾아와 말동무해 준 게 전부입니다. 선배님이 의심하시는 것과 같은 그런 일은 없었습니다."

상영은 피식 웃었다.

"네놈은 과연 더러운 계집이 홀딱 빠질 정도로 돌아가는 상황을 파악하는 눈치가 빠르구나. 내가 네놈의 주변 배경을 미리 조사했던 사실을 눈치 채기 무섭게 선수를 쳐 오다니."

유건은 답답해서 미치겠던 표정으로 항변했다.

"후배가 어찌 선배님 앞에서 잔재주를 부릴 생각을 하겠습니까. 그저 후배는 사실만을 말씀드렸을 뿐입니다. 제발 믿어 주십시오. 후배는 맹세코 부끄러운 행동을 한 적이 없습니다."

그때, 상영이 갑자기 비릿한 미소를 지으며 살기를 표출했다.

"네놈이 그년과 정을 통했든, 통하지 않았든 상관없다. 어차피 너를 어떻게 처분할지는 오기 전에 이미 정해 두었으니까."

유건이 당황해 물었다.

"그, 그게 무슨 말씀이신지요?"

"그년이 널 만나기 위해 왔을 때, 내가 네놈의 머리를 들고 마중 나가면 그년이 어떤 표정을 지을지 정말 궁금하군. 네 놈도 그년이 네 머리를 보고 놀라는지, 슬퍼하는지, 태연한 표정으로 자기완 상관없는 척하는지 알고 싶을 테지. 하지만 네겐 그년의 표정을 확인할 기회가 없을 것 같구나."

그때, 유건이 조아린 머리를 슬쩍 들며 웃었다.

"그런 날이 올지도 모르지요."

"뭐?"

유건은 재빨리 목정검을 던져 상영을 기습했다. 고작 공선 중기 따위가 오선 중기인 자길 상대로 기습할 거란 예상을 전혀 못 한 상영은 회색 보호막을 펼쳐 목정검을 튕겨 냈다.

유건은 처음부터 가장 강력한 수단을 쓰지 않으면 승산이 없단 생각에 목정검에 뇌력을 꾸역꾸역 밀어 넣었다. 곧 목정검이 거대한 숲으로 변해 회색 보호막을 찍어 눌러 갔다.

'이 정도론 아직 부족하다.'

유건은 목정검에 뇌력을 더 집어넣어 거대한 숲에 변화를 주었다. 곧 목정검이 변한 거대한 숲이 갑자기 둥글게 말리더니 위와 아래, 양쪽에서 회색 보호막을 압박해 들어갔다.

그러나 유건은 그 정도로 안심하지 않았다. 상대는 심상치 않은 분위기를 풍기는 오선 중기였다. 그보다 무려 경지가 세 단계나 높은 강자로 이런 기회가 또 오리란 법이 없었다.

유건은 남은 뇌력 대부분을 거대한 숲으로 변한 목정검에 집어넣었다. 곧 거대한 숲을 채운 100여 그루의 아름드리나무가 동시에 몸을 흔들어 가지에 달린 이파리를 떼어 냈다. 수만 개가 넘는 갈색 이파리들은 가지에서 떨어져 나오기 무섭게 마치 자석에 이끌리듯 회색 보호막에 달라붙었다.

"터져라!"

유건이 기합성을 터트리는 순간, 달라붙은 이파리 수만 개가 일제히 폭발해 회색 보호막에 엄청난 충격을 연달아 가했다.

펑펑펑펑펑!

이파리가 폭발할 때마다 회색 보호막은 실금이 쫙쫙 가며 금방이라도 터질 것처럼 위태로워 보였다. 유건은 그사이 전광석화를 끌어올려 언제든 도망칠 수 있게 준비해 두었다.

그때, 회색 보호막이 부서지며 버섯 기둥 같은 폭발이 일어났다. 폭발이 만든 빛과 충격파가 닥치는 순간, 유건은 급히 눈을 보호하며 고공으로 솟구쳐 폭발 영향권에서 벗어났다.

폭발의 여파가 어느 정도 가셨을 무렵, 유건은 약간 초조한 심정으로 상영의 상태를 확인했다. 한데 어디서도 상영의 모습을 찾아볼 수 없었다. 순간적으로 불길한 느낌을 받은 유건은 전광석화를 연달아 펼쳐 급히 그 자리를 벗어났다.

그러나 뛰어 봤자 부처님 손바닥 안이란 말처럼 유건이 전광석화를 펼쳤을 땐 이미 10장 크기에 달하는 거대한 손바닥이 날아드는 중이었다. 마치 파리 잡듯 유건을 손쉽게 낚아 챈 손바닥은 힘을 주어 그를 마구 짓이겼다. 동시에 은신술 을 펼쳐 숨은 상영이 손바닥 위에서 모습을 다시 드러냈다.

상영의 몰골은 말이 아니었다. 먼지 한 톨 없던 비취색 도 포는 여기저기 찢어져 원래 형태를 알아보기 어려웠고 기름 을 발라 비녀로 묶은 머리카락은 헝클어져 있었다. 또, 입가 에 핏자국이 있는 모습을 봐선 내상을 입은 게 틀림없었다.

상영은 분노를 삭이지 못한 나머지 괴성까지 질러 댔다.

"이 몸이 고작 공선 중기 따위를 상대로 내상을 입다니! 내 네놈의 원신을 뽑아내는 대로 혈저독침(血猪毒針)을 박 아 고통의 굴레 속에서 영원히 헤어 나오지 못하게 만들겠 다!"

상영은 조부 상대희 덕분에 어려움을 모르고 살았다. 심 지어 그가 입선 초기일 때조차 다른 입선은 물론이거니와 공 선조차 그를 함부로 대하지 못했다. 한데 어디서 굴러왔는지 도 알 길 없는 비천한 놈에게 기습당해 손해를 크게 봤다.

평생을 칠교보에서만 지낸 그는 지금까지 그를 이렇게 대 한 수사가 없었기 때문에 화난 감정을 제대로 주체하지 못했 다.

그때, 유건을 짓이기던 회색 손바닥 표면에 구멍이 뻥뻥 뚫렸다. 한데 처음엔 하나처럼 보이던 빨간 구멍이 삽시간에 100여 개로 늘더니 급기야 손바닥 표면을 뚫고 튀어나왔다.

퍼엉!

결국, 견디지 못하고 폭발한 회색 손바닥 안에서 유건이 모습을 드러냈다. 그런 유건 주위에는 홍쇄검 108자루가 마치 고슴도치가 가시를 세운 것처럼 삐죽삐죽 솟아 나와 있었다.

상영은 입술에 피가 흐를 때까지 이를 바득바득 갈았다.

"공선 중기 주제에 본 공자가 펼친 수납술(手拉術)을 막아 내다니! 좋다! 내 오랜만에 전력을 다해 네놈을 상대해 주마!"

상영은 법보낭을 쳐서 새로운 법보 두 개를 꺼냈다. 하나는 책 모양 법보였고 다른 하나는 피리 모양을 한 법보였다. 한데 둘 다 영기가 농밀한 게 범상치 않은 법보로 보였다.

칠교보 내에서 경지가 상영보다 높은 수사들이 그를 상대하기 꺼린 이유가 바로 이것이었다. 상영은 상대희 덕에 오선 중기가 구하기 쉽지 않은 법보를 대여섯 개나 지니고 있었다.

책 법보와 피리 법보도 그런 법보 중 하나였다. 두 법보 다 상대희가 장선 초기 때 쓰던 법보로 위력이 만만치 않았다.

과연 상영이 새로 꺼낸 법보는 위력이 대단했다. 3장까지 크기를 키운 책 법보가 책장을 펼치는 순간, 회색빛에 둘러싸인 선문 수천 자가 빠져나와 유건을 공격했다. 또, 피리는 피리대로 대단해 몸통을 한 차례 튕길 때마다 투명한 음파 수백 개가 쇠사슬처럼 좌르륵 엮여 유건을 묶으려 들었다.

유건에게 저 두 법보를 상대할 수단은 사실상 하나밖에 없었다. 이를 악문 그는 자하제룡검에 정혈을 끝까지 주입했다.

곧 팔찌 형태이던 자하제룡검이 검으로 변해 공중으로 치솟았다. 유건은 재빨리 수결을 맺은 손으로 법결을 발출했다.

법결을 맞은 자하제룡검은 자하와 금룡 두 개로 쪼개져 자하는 유건 주위를 돌며 책 법보가 만든 회색 선문을 튕겨냈다. 또, 금룡은 음파를 먹어 치우며 날아가 피리를 후려쳤다.

그사이, 유건은 홍쇄검으로 방어를 단단히 한 상태에서 목정검을 날려 상영 본인을 급습했다. 이것이 유건의 마지막 발악이라 여긴 상영은 피식 웃으며 손가락에 있던 녹색 반지를 뽑아 허공으로 던졌다. 곧 1장까지 크기를 키운 녹색 반지는 환영 수십 개를 만든 상태에서 바람개비처럼 맹렬히 회전해 녹색 보호막을 형성했다. 상영은 기다렸다는 듯 녹색 반지가 만든 녹색 보호막 안으로 들어가 몸을 숨겼다.

목정검이 뒤늦게 녹색 반지가 만든 보호막을 찔러 보았으나 매번 튕겨 나오기만 할 뿐, 보호막에 흠집조차 내지 못했다.

'제길, 녹색 반지도 대단한 법보인 모양이군.'

유건은 하는 수 없이 목정검을 회수해 방패로 만들었다.

상대를 어찌할 수 없다면 차라리 방패로 쓰는 편이 더 나았다.

유건의 유일한 걱정거리는 상영이 피리 법보, 책 법보와 같은 대단한 법보를 더 꺼내는 것이었다. 지금은 자하와 금룡역시 한계에 달한 터라, 만약 상영이 법보를 더 꺼낸다면 도망치는 방법밖에 없었다. 한데 다행히 상영은 법보를 더 꺼내지 않았다. 법보가 없어서 그런 건지, 아니면 유건을 얕잡아봐서 그런 건지는 알 수 없어도 어쨌든 다행이었다.

유건은 방어를 단단히 굳힌 상태에서 자하와 금룡을 확인했다. 자하는 책 법보를 향해 보라색 독 안개를 뿜어 댔고 책법보는 더 많은 선문을 발출해 그런 독 안개를 밀어냈다.

그러나 오선 중기가 조종하는 책 법보는 위력이 대단해 자하는 금세 수세에 몰렸다. 유건이 위험할 때마다 홍쇄검으로돕지 않았으면 자하는 진작 선문에 당했을 공산이 높았다.

금룡은 자하보단 형편이 조금 나은 편이었다. 금룡은 뿔에모아 둔 벼락을 터트리거나, 발톱을 휘둘러 피리 법보를 직접가격했다. 반대로 피리 법보는 수백 개가 넘는 허상으로 주위를 둘러싸 금룡이 터트린 벼락 공격을 피했다. 화가 난 금룡은 벼락을 쪼개 허상 전체를 공격했다. 그러나 피리가 허상수를 늘리는 방법으로 대응해 와 무위로 돌아갔다.

유건은 고개를 돌려 상영의 상태를 확인했다. 두 손을 정신없이 놀려 피리와 책 법보를 조종하던 상영은 뭔가 충격적인 광경을 목격한 사람처럼 눈이 거의 찢어지기 직전이었다.

상영은 실제로 자기가 본 광경을 믿지 못했다. 피리와 책법보는 지금까지 적을 공격해서 실패해 본 역사가 없었다. 한데 지금은 고작 공선 중기 따위가 내보낸 영물에 막혀 제대로 힘을 쓰지 못했다. 상영은 한참이 지나서야 유건의 영물이 심상치 않은 보물임을 깨닫고 놀라움을 금치 못했다.

"설마 나보다 더 대단한 배경을 지닌 놈이란 말인가?"

공선 중기 수사가 본인 능력으로 저런 귀한 영물을 얻었을 리 없다고 판단한 상영은 어쩌면 유건이 본인처럼 대단한 선가의 후손일지도 모른다는 얼토당토않은 착각까지 하였다.

공선 중기를 상대로 승기를 쉽게 잡지 못한 데서 온 초조함이 결국 상영을 폭발하게 하였다. 주먹을 부서지라 움켜쥔 상영은 법보낭에서 회색빛이 도는 작은 은갑을 하나 꺼냈다.

한데 은갑에 대단한 보물이라도 들어 있는지 쉽게 손을 쓰지 못하던 상영은 한참 만에야 은갑 뚜껑을 조심스레 열었다.

은갑 안에는 머리가 소처럼 생긴 괴인을 그린 회색 부적이 한 장 들어 있었다. 이미 결심을 굳힌 상영은 회색 부적을 꺼내 이마에 철썩 붙였다. 그 순간, 상영이 괴로운 표정을 지으며 돼지의 멱을 따는 것 같은 괴성을 계속 질러 댔다.

잠시 후, 영준하기 짝이 없던 상영의 얼굴이 갑자기 크게 일그러지더니 조금 전 부적에서 본 소의 얼굴로 확 바뀌었다. 기이한 일은 그뿐만이 아니었다. 얼굴이 소로 바뀐 다음에는 몸마저 거인처럼 점점 불어나 거의 30장까지 커졌다.

유건은 상영의 돌연한 변화에 놀라 눈을 부릅떴다.

상영은 소와 인간을 합쳐 놓은 괴이한 모습으로 변신했다. 상영의 머리는 회색 뿔이 두 개 달린 완벽한 소의 형태였다. 심지어 팔과 다리에도 소처럼 회색 발굽이 달려 있었다.

그러나 근육으로 뒤덮인 몸통은 여전히 사람의 형태를 하고 있어 사람과 소를 섞은 우인족(牛人族)의 모습과 흡사했다.

"나에게 신우술(神牛術)까지 펼치게 한 것을 후회하게 해 주마!"

소리친 상영은 섬광을 방불케 하는 속도로 쏘아져 와 발굽이 달린 오른 주먹을 뻗었다. 그 순간, 엄청난 충격을 받은 유건은 100장을 날아간 후에야 간신히 멈춰 설 수 있었다.

간신히 멈춰 선 유건이 갑자기 머리 위에서 들려온 파공성에 놀라 고개를 막 들었을 때였다. 유령처럼 나타난 상영이 발굽처럼 생긴 오른발로 걷어찼다. 발굽에 차인 유건은 끈 떨어진 연처럼 추락하다가 땅에 처박혀 움직이지 않았다.

그 모습을 보며 웃음을 터트린 상영은 양 주먹을 풍차처럼 마구 내질렀다. 그 순간, 1장 크기의 주먹 허상 수십 개가 유건이 처박힌 땅에 쏟아져 그 주변 일대가 폐허로 변했다.

흡족한 표정으로 본인이 만든 풍경을 감상하던 상영이 뒷짐을 쥔 자세로 내려가 주변을 수색했다. 원신에 혈저독침을 찔러 고문하려면 시체부터 찾아야 했다. 한데 뭔가 이상했다. 아무리 찾아도 유건의 모습이 보이지 않았다. 시체는 커녕, 어디로 도망쳤는지 알려 주는 단서조차 보이지 않았다.

상영은 급히 주변에 뇌력을 퍼트려 유건의 종적을 찾았다. 그러나 여전히 오리무중이었다. 분노를 참지 못한 상영은 주변에 닥치는 대로 주먹질과 발길질을 하며 화풀이를 하였다.

그러나 화가 나서 감정을 잠시 주체 못하긴 했어도 어쨌든 상영 또한 오선 중기의 강자였다. 타고난 재능이나 뼈를 깎는 노력 없이 오롯이 가문이 가진 힘만으로 오선 중기까지 도달할 수 있는 수사는 이 세상에 절대 존재하지 않았다.

이성을 회복한 상영은 그가 빠트린 게 뭐가 있는지 조사했다. 상영의 뇌력은 한 번에 100리를 수색할 수 있었다. 반면, 유건의 비행술이 아무리 빠르더라도 그 시간에 100리 밖으로 도망치지 못했다. 상영은 곧 유건이 은신술이나 은신 법보를 이용해 어딘가에 숨어 있단 결론에 이르렀다.

"네깟 놈이 쓰는 수야 뻔하지."

서늘하게 중얼거린 상영은 법보낭에서 붉은 호리병을 꺼내 주둥이를 입으로 가져갔다. 그리고는 입을 크게 벌려 볼이 홀쭉해질 때까지 호리병에 들어 있는 내용물을 빨아드렸다.

상영은 빨아들인 내용물을 재빨리 공중에 뱉었다. 그 순간, 불 바람이 크게 일어 주변으로 번져 갔다. 거기다 때맞춰 불어온 바람까지 더해진 후에는 불 바람이 불 폭풍으로 진화했다.

불 폭풍은 나무, 돌, 심지어 흙까지 녹일 정도로 뜨거웠다. 곧 그 주변 10리 전체가 용암지대처럼 새빨갛게 달아올랐다.

한데 정작 찾으려는 유건은 여전히 오리무중이었다. 욕을 한 상영은 불 바람을 한 번 더 일으켜 아예 이 일대 전체를 녹여 버릴 생각으로 호리병 주둥이를 다시 입에 가져갔다.

파앗!

그때, 불 폭풍 속에서 전광석화의 불꽃을 매단 유건이 튀어나와 사자후와 구련보등으로 상영을 기습했다. 사자후가 만든 음파가 상영을 묶어 두는 동안, 구련보등이 만든 연꽃이 10장에 달하는 상영의 몸에 달라붙어 흰 꽃가루를 뱉었다.

그러나 이성을 회복한 상영도 오선 중기다운 실력을 유감없이 발휘했다. 상영은 호리병에서 빨아들인 불 바람을 주위에 뿜어 구련보등이 만든 연꽃을 통째로 태웠다. 또, 목과 사지를 구속한 사자후 음파 고리는 힘을 주어 단숨에 끊었다.

조금 전, 상영의 다리에 차여 땅에 처박힌 유건은 재빨리 무광무영복을 덮어써 종적을 감추었다. 처음엔 그렇게 숨어 있다가 기회를 봐서 천수관음검법으로 기습할 계획이었다.

한데 그의 의도를 생각보다 빨리 눈치 챈 상영이 호리병 법보로 불 바람을 일으키는 바람에 무위로 돌아갈 위기에 처했다.

불 바람이 급기야 불 폭풍으로 변하는 모습을 본 유건은 하는 수 없이 신형을 드러내려 하였다. 한데 그 순간, 불 바람이 그렇게 뜨겁지만은 않단 느낌이 들었다. 급히 원인을 조사하던 그는 품속에 지닌 빙혼정이 얼음 속성 기운을 발산해 불 바람이 지닌 열기 대부분을 막아 준단 사실을 알아냈다.

그 덕분에 시간을 충분히 번 유건은 준비를 완벽히 마친 후에 사자후와 구련보등으로 상영을 기습하는 데 성공했다. 물론, 상영은 오선 중기답게 유건의 기습을 쉽게 피해 냈다.

상영이 어이없다는 표정으로 물었다.

"숨어서 한다는 짓이 고작 이거냐?"

그러나 유건은 상영이 그를 조롱하든, 말든 신경 쓰지 않았다. 그는 오로지 천수관음검법을 펼치는 데만 집중했다. 잠시 후, 그는 10장까지 몸의 크기를 키우는 데 성공했다.

유건의 어깨와 겨드랑이에서 뼈가 부딪치는 소리가 나더니 끝에 칼날이 매달린 팔 열네 개가 살을 찢고 튀어나왔다. 그사이, 그의 뒤에선 장엄한 불광이 피어오르며 진짜 천수관음이 하계에 강림한 것 같은 신비한 광경을 연출했다.

유건이 변신한 모습에서 심상치 않은 기운을 감지한 상영은 주저 없이 오른 주먹을 내질렀다. 유건도 팔 열여섯 개에 달린 칼을 방패처럼 한데 엮어 상영의 오른 주먹을 막았다.

퍼엉!

거대한 북을 치는 것 같은 폭음이 울리며 유건과 상영이 동시에 물러섰다. 그러나 고하는 확실했다. 상영은 5장을 물러선 데에 비해 유건은 50장 가까이 밀려났다. 천수관음검법으로도 상영의 신우술을 감당하기 어렵다는 뜻이었다.

승기를 확실히 잡은 상영은 다시 거리를 좁혀 오며 왼 다리를 냅다 내질렀다. 유건은 다시 칼날을 방패처럼 엮어 막아 갔다. 그러나 이번엔 충격을 더 크게 받아 80장을 물러섰다.

그때, 갑자기 은신술을 써서 모습을 감춘 상영이 유건 위에 다시 나타나 손깍지를 낀 두 팔로 그의 등을 힘껏 내리쳤다.

쿠웅!

북을 찢는 것 같은 폭음이 울리며 지상으로 떨어진 유건은 땅에 부딪혀 한 차례 튕긴 후에 다시 공중으로 올라왔다. 처음엔 신형을 똑바로 세워 괜찮은 것처럼 보였다. 그러나 공격을 몸으로 막아 낸 후유증으로 인해 결국 피를 토했다.

"죽어라!"

고함친 상영이 두 주먹을 번갈아 내질렀다. 주먹은 곧 수십 개가 넘는 허상으로 변해 폭풍처럼 유건의 전신을 두들겼다.

유건은 급히 전광석화를 펼쳐 피했다. 그러나 수십 개가 넘는 주먹 허상을 다 피할 순 없었다. 결국, 주먹 허상에 정통으로 가격당한 그는 마치 끈 떨어진 연처럼 힘없이 날아갔다.

"이번에야말로 끝이다!"

다시 고함친 상영이 유건의 전광석화에 못지않은 속도로 따라붙어 오른 주먹을 번개같이 뻗었다. 이번에는 주먹이 허상을 만들어 내지 않았다. 그 대신에 주먹으로 수납술을 펼친 것처럼 주먹 크기가 10장까지 불어나 그를 찍어 눌렀다.

그때였다.

휙!

유건이 허깨비처럼 그 자리에서 신형을 감추었다. 당연히 상영이 뻗은 오른 주먹은 유건 대신, 애꿎은 허공을 강타했다.

유건은 지금까지 전광석화를 펼칠 때마다 일부러 속도를 조금씩 떨어트려 상대에게 선입견을 심어 주었다. 그 바람에 상영은 유건의 전광석화 속도를 오해한 나머지 이번 마지막 주먹 공격으로 그를 확실히 없앨 수 있을 거라 착각했다.

그러나 유건이 전력으로 펼친 전광석화는 그 이름처럼 전광석화를 방불케 하는 면모가 있었다. 그는 상영이 전력을 다한 주먹 공격을 아슬아슬한 차이를 두고 가까스로 피해 냈다.

상영이 당황한 틈을 타서 전광석화로 거리를 더 벌린 유건은 주저 없이 자기 팔목을 물어뜯어 정혈을 힘껏 빨아들였다.

입안을 가득 채울 때까지 정혈을 빨아들인 유건은 품에서 마귀를 그린 작은 깃발을 꺼내 그 위에 머금은 피를 뿌렸다.

유건의 피를 머금은 깃발이 공중에 둥둥 떠서 사방으로 짙은 마기를 발산했다. 그 순간, 땅속에 미리 심어 둔 백팔음혼마번 깃발 107개가 마기에 감응해 공중으로 끌려 올라왔다.

"맙소사, 설마 진짜 마종 법보란 말인가!"

살갗을 찌르는 짙은 마기에 깜짝 놀란 상영은 급히 비행술을 써서 도망치려 들었다. 그러나 이미 발동을 시작한 백팔음혼마번이 그를 쉽게 놓아줄 턱이 없었다. 비록 천령근의 원신으로 배양한 주기가 없어 위력이 많이 떨어지긴 해도 한때 헌월선사가 구구말겁을 막기 위해 연성하던 법보였다. 아무리 오선 중기라도 포위망을 벗어나기 쉽지 않았다.

곧 백팔음혼마번에서 튀어나온 수많은 마귀와 악귀, 괴물이 처절한 비명을 지르거나, 심금을 울리는 구슬픈 울음소리를 내며 날아들어 포위당한 상영의 몸을 야금야금 뜯어 먹었다. 신우술을 펼친 상영의 몸이 순식간에 피투성이로 변했다. 심지어 벌써 회색 뼈가 드러난 부위까지 있었다.

"으아아악!"

비명을 지르며 괴로워하던 상영이 갑자기 눈을 번득였다. 그때, 신우술로 만든 우인족의 몸속에서 인간의 모습을 한 원래 크기의 상영이 튀어나와 동북쪽으로 잽싸게 도망쳤다.

상영이 어떤 비술을 썼는진 알 수 없었다. 그러나 위력이 대단한 구명 비술임은 틀림없었다. 그렇지 않았다면 마귀와 악귀, 괴물이 껍데기만 남은 우인족을 뜯어 먹는 대신, 도망치는 상영을 쫓아가 그를 먼저 잡아먹었을 공산이 높았다.

그러나 상영은 얼마 도망쳐 보지도 못하고 바람같이 쫓아온 유건에게 따라잡혔다. 수명을 대폭 깎아 펼친 구명 비술마저 실패했음을 직감한 상영의 얼굴이 시체처럼 창백해졌다.

상영이 다급하게 애원했다.

"유 수사, 오늘 일은 우리 사이에 오해가 생겨 벌어진 일 같은데 이쯤에서 서로 양보하는 것이 어떻겠소? 내 본보에 돌아갈 수만 있으면 오늘 일은 절대 함구하겠소. 만약, 내 말을 믿지 못하겠으면 서로 공평하게 선약을 맺는 것이 어떻겠소? 나에게 훨씬 불리한 선약이라도 기꺼이 맺도록 하겠소."

유건은 대답 없이 천수관음검법으로 만든 열여섯 개의 칼을 하나로 합쳐 거대한 칼로 만들었다. 곧 거대한 칼 표면에 불경으로 만든 선문이 반짝이며 장엄한 불광을 발산했다.

그 모습을 보고 겁을 먹은 상영이 재빨리 제안했다.

"유 수사, 손을 쓰기 전에 내 말부터 들어 주시구려. 내 수중에 적지 않은 오행석과 조부께서 내려 주신 귀한 법보가 있소. 만약, 나를 이대로 보내 주면 오행석과 법보를 모두 드리겠소. 또 수사가 본보로 돌아오길 원하면 일월교 교주인 조부님께 말씀드려 본보의 요직을 맡을 수 있도록 해 주겠소."

유건은 서늘한 미소를 지었다.

"의심한 대로 난 선혜 선자와 보통 관계가 아니다."

그 말에 얼굴이 벌게진 상영이 악에 받쳐 소리쳤다.

"날 죽이면 조부께서 널 살려 둘 것 같으냐? 너는 물론이고 네놈과 정을 통한 선혜수 그년도 쉽게 죽지는 못할 것이야!"

"흐흐, 역시 본성을 숨기지 못하는군."

피식 웃은 유건은 거대한 칼을 내리쳤다. 그 순간, 상영의 머리 위에 나타난 칼날이 그대로 떨어져 상대의 머리를 갈랐다.

상영은 상대희에게 배운 다른 구명 비술을 펼쳐 몸을 두 개로 분리했다. 그러나 칼날에 적힌 선문이 번쩍하는 순간, 두 개로 나뉜 몸이 자석에 이끌리듯 다시 하나로 합쳐졌다.

"크아악!"

상영은 그대로 몸이 수십 개로 쪼개져 즉사했다. 그때, 회색 빛줄기를 매단 상영의 원신이 재빨리 동쪽으로 달아났다.

그러나 미리 대비하고 있던 유건은 원신을 내보내 상영의 원신을 추격했다. 겨드랑이 밑에 달린 투명한 날개를 퍼덕여 순식간에 상영의 원신을 따라잡은 원신이 입을 크게 벌렸다.

이번에도 상영의 원신을 잡아먹으려는 것이 분명했다.

"원신을 살려 둬라! 그자의 원신에게 물어볼 게 있다!"

소리친 유건은 원신이 멈칫한 틈을 타 규옥의 포선대로 상영의 원신을 낚아챘다. 불만스러운 얼굴로 유건을 노려보던 원신이 뭐라 계속 웅얼대며 주인의 천령개 속으로 들어갔다.

"녀석 성질머리하곤."

혀를 끌끌 찬 유건은 천수관음검법부터 빨리 해제했다. 천수관음검법은 법력을 워낙 많이 잡아먹어 오래 유지하고 있기 힘들었다. 원래 모습으로 돌아온 그가 갑자기 손으로 가슴을 부여잡으며 고통스러워하다가 다시 피를 울컥 쏟아 냈다.

상영의 신우술에 당한 내상이 만만치 않아 최소 1년은 조용히 요양해야 원래 상태로 돌아갈 수 있었다. 한숨을 쉰 유건은 빨리 선부로 돌아가 쉬고 싶다는 생각이 간절했다. 그러나 그 전에 시급히 처리해야 할 일이 몇 가지 있었다.

유건은 그와 1,000장 정도 떨어진 공중에서 상영이 발출한 피리 법보와 책 법보와 대결하던 자하와 금룡을 회수했다. 자하와 금룡이 검에서 다시 팔찌 형태로 변해 유건의 손목에 감기는 순간, 책 법보와 피리 법보가 동쪽으로 달아났다.

주인과의 연결이 끊어진 순간부터 이미 위력이 크게 줄어 자하와 금룡에게 연신 당하던 두 법보는 주인의 흔적이 완전히 사라지기 무섭게 원래 주인이 있는 칠교보로 돌아가려 들었다. 물론, 유건은 두 법보를 풀어 줘서 상대희가 손자의 신변에 이상이 생겼다는 사실을 알게 해 줄 마음이 없었다.

재빨리 포선대를 던져 두 법보를 회수한 유건은 반대편 방향으로 고개를 돌렸다. 반대편에선 상영이 신우술로 만든 우인족 껍데기를 백팔음혼마번이 거의 다 먹어 치운 상태였다.

마침내 우인족 껍데기를 깨끗이 먹어 치운 마귀와 악귀, 괴물 수천 마리가 피와 살점이 뚝뚝 떨어지는 입을 크게 벌리고 주변을 두리번거렸다. 아마 다음 희생자를 찾는 눈치였다.

유건은 그다음 희생자가 되지 않기 위해 헌월선사의 기억에 있는 법결을 날려 공중을 부유하는 주기부터 회수했다. 다행히 주기가 그의 통제를 받은 후엔 마귀와 악귀, 괴물이 다시 얌전히 백팔음혼마번 안으로 들어가 모습을 감추었다.

누가 볼세라 얼른 백팔음혼마번을 회수한 유건은 부적을 붙여 단단히 봉인한 후에 법보낭에 넣었다. 삼월천에서는 마선을 불구대천의 원수로 여겼다. 또, 일반 수사 중에서도 마종과 관련한 공법을 익히거나 마종 법보를 지닌 자가 있으면 공적으로 몰아 철저히 처단했다. 다른 수사가 그에게 백팔음혼마번이 있단 사실을 알아내면 칠교보 실력자의 손자를 죽인 것보다 더 위험한 상황이 펼쳐질 위험이 있었다.

상영이 남긴 법보낭까지 챙겨 선부로 돌아간 유건은 입구에 들어서기 무섭게 약초밭으로 향했다. 약초밭에서 요양 중이던 규옥과 청랑은 근심 가득한 얼굴로 천장만 보다가 유건이 무사히 돌아오는 모습을 보고 펄쩍펄쩍 뛰며 좋아했다.

유건은 바로 규옥에게 물었다.

"그래, 몸은 좀 어떠냐?"

"공자님의 배려 덕분에 많이 좋아졌습니다."

"그럼 네가 힘을 좀 써야겠다."

규옥은 바로 머리를 조아렸다.

"명령만 내리십시오."

"어려운 일은 아니다. 네가 가진 흙 속성 법술을 써서 엉망으로 변한 마두산 주변 일대를 원상태로 돌려놓도록 해라."

"알겠습니다."

시원하게 대답한 규옥은 즉시 지상으로 올라가 상영의 공격 때문에 엉망진창으로 변한 주변 일대를 원상태로 복구했다.

유건은 그사이, 개인 연공실에 들어가 포선대로 잡은 상영의 원신을 고문했다. 이 세상에 고문을 끝까지 견디는 원신은 존재하지 않았기 때문에 곧 그가 원한 정보를 얻어 냈다.

'그나마 다행이군. 이 상영이란 자가 주변에 목적지를 밝히지 않은 덕분에 당분간 칠교보에 머물러도 큰 문젠 없겠어.'

유건은 상영의 조부인 상대희가 그를 추격할 실마리가 있단 사실이 드러나면 바로 짐을 챙겨 칠선해로 도망칠 계획이었다. 한데 다행히 상영은 주변에 목적지를 밝히지 않았다.

상영의 원신을 사흘 넘게 고문했을 때였다. 이미 만신창이로 변한 상영의 원신은 당장이라도 소멸할 것처럼 원신 주위에 흐르던 회색빛이 깜빡거렸다. 쓴웃음을 지은 유건은 상영의 원신을 어떻게 처리할지 고민하다가 기발한 생각이 갑자기 떠올랐다. 상영은 혈통 좋은 선가에서 태어난 수사답게 수령근(秀靈根)을 지니고 있었다. 수령근은 상령근, 보령근(寶靈根) 등과 함께 천품 아래 단계에 있는 선근으로 공선까지는 거의 별다른 어려움 없이 이를 수가 있었다.

유건은 수령근을 지닌 상영의 원신을 백팔음혼마번 주기에 집어넣어 불완전한 백팔음혼마번을 완성하는 데 성공했다.

물론, 천령근이 아니어서 헌월선사가 백팔음혼마번을 연성할 때 예상한 위력과 비교하면 많이 떨어졌다. 그러나 수령근도 괜찮은 선근이라 오선 초기까진 능히 상대할 수 있었다.

시급한 일을 마무리 지은 유건은 선혜수를 기다리며 내상을 치료했다. 한데 선혜수는 보름이 지나도, 한 달이 지나도 돌아오지 않았다. 선혜수에게 무슨 일이 생긴 건가 싶어 유건의 걱정이 깊어질 무렵, 칠교보는 다른 일로 발칵 뒤집혔다.

칠교보에서 가장 큰 세력인 일월교의 유력한 후계자 중 하나
가 한 달 넘게 돌아오지 않고 있었기 때문이었다.

〈4권에 계속〉

재벌가 막내

입니다만?

초촌 현대판타지 장편소설
MODERN FANTASY STORY

특수전사령부 소속 비밀작전팀 아시온 팀장이자
국내에 유일한 사이보그인 이준성.
열강들의 야욕을 저지하기 위해 나선 작전 도중
뜻밖의 상황을 맞이하며 자폭하기에 이르는데.

"지옥에서는 제네바 협약 따윈 안 지키는 거냐?"

눈을 뜬 그의 시야에 들어온 것은 지독한 참극.
이윽고 상황을 인지하며 한 가지 사실을 깨닫는다.
자신의 두 발이 16세기 말 임진왜란이 펼쳐지는
전란의 대지에 서 있다는 것을.

# 독재자

## 조휘 대체역사 장편소설

### ALTERNATIVE HISTORY FICTION

특수전사령부 소속 비밀작전팀 아시온 팀장이자
국내에 유일한 사이보그인 이준성.
열강들의 야욕을 저지하기 위해 나선 작전 도중
뜻밖의 상황을 맞이하며 자폭하기에 이르는데.

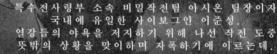

눈을 뜬 그의 시야에 들어온 것은 지독한 참극
이윽고 상황을 인지하며 한 가지 사실을 깨닫는
자신의 두 발이 16세기 말 임진왜란이 펼쳐지
전란의 대지에 서 있다는 것을.